诺贝尔文学奖作家作品

已故的帕斯卡尔

THE LATE MATTIA PASCAL

［意］ 路伊吉·皮兰德娄　著

路　畅　译

北京出版集团
北京出版社

图书在版编目（CIP）数据

已故的帕斯卡尔 /（意）路伊吉·皮兰德娄著；路畅译 . — 北京：北京出版社，2021.4（2025.7 重印）
（诺贝尔文学奖作家作品）
ISBN 978-7-200-14588-5

Ⅰ . ①已… Ⅱ . ①路… ②路… Ⅲ . ①长篇小说—意大利—现代 Ⅳ . ① I546.45

中国版本图书馆 CIP 数据核字（2019）第 009430 号

诺贝尔文学奖作家作品

已故的帕斯卡尔

YIGU DE PASIKA' ER

［意］路伊吉·皮兰德娄 著
路 畅 译

*

北 京 出 版 集 团 出版
北 京 出 版 社
（北京北三环中路 6 号）
邮政编码：100120

网 址： www. bph. com. cn
北 京 出 版 集 团 总 发 行
新 华 书 店 经 销
三河市天润建兴印务有限公司印刷

*

140 毫米 × 202 毫米 32 开本 9.125 印张 212 千字
2021 年 4 月第 1 版 2025 年 7 月第 3 次印刷
ISBN 978-7-200-14588-5
定价：52.00 元
如有印装质量问题，由本社负责调换
质量监督电话：010-58572393
责任编辑电话：010-58572757

作家小传

　　路伊吉·皮兰德娄（Luigi Pirandello，1867—1936），1867年6月28日在西西里岛阿格里琴托出生。皮兰德娄的祖父是热那亚的一个船主，腰缠万贯。皮兰德娄的父亲曾经追随加里波第将军，为祖国的统一贡献了力量。离开军队后，皮兰德娄的父亲经商开矿，家境十分优渥。年少时的皮兰德娄不擅长和别人交流，为了改变这种情况，他刻苦学习语言。皮兰德娄没有上过小学，只在家里接受过家庭教师的教育。在一个女用人的影响下，他经常去教堂，因此熟悉一些神秘主义活动，他在《已故的帕斯卡尔》一书中有关通灵的写作就与此有关。中学阶段，皮兰德娄去了技术学校，但是此时他对文学的兴趣已经显露出来。1885年，皮兰德娄考进了巴勒莫大学，他决心不再遵从父亲的安排，而是遵从自己的兴趣，投身文学创作事业。1887年，皮兰德娄转到罗马大学就读文学系，1888年又去了德国波恩大学语言系。1891年，皮兰德娄从波恩大学毕业，并写了一篇论文《论凯琴铁的方言》，获得语言博士学位。后来，皮兰德娄回到意大利，成为罗马高等师范学院的一名教师。从此，他开启了小说创作的大门。

皮兰德娄早期作品有《没有爱的爱情》（1894）、长篇小说《被抛弃的女人》（1901）、《轮流》（1902）和《已故的帕斯卡尔》（1904）等。其中，《被抛弃的女人》深受真实主义的影响。而《已故的帕斯卡尔》更是被评论界誉为意大利20世纪叙事体文学作品的典范。

皮兰德娄一生中共创作了300多篇短篇小说，7部长篇小说，40多部剧本，7部诗集。长篇小说主要有《老人与青年》（1913）、《开拍》（1916）和《人，既不是任何人，又是千万个人》（1925—1926）。

从20世纪开始，皮兰德娄涉足戏剧创作。他较知名的作品有《诚实的快乐》（1917）、《六个寻找剧作家的角色》（1921）和《亨利四世》（1922）。1923年，他的戏剧作品《六个寻找剧作家的角色》在巴黎上演，并一举成功，这也让皮兰德娄跻身世界著名戏剧作家的行列。该作品运用传统的"戏中戏"的形式，平行地展开了两个主题。从表面上看起来，这部戏演的是剧团排练，但实际上描写的是一个家庭的悲剧。从1926年至1934年间，皮兰德娄曾率领剧组奔波在欧美各地，为大家献上精彩的演出，大大提高了知名度。1934年，皮兰德娄获得诺贝尔文学奖。

1936年12月10日，皮兰德娄在罗马病逝。

授奖词

瑞典学院常务秘书　佩尔·哈尔斯特龙

　　路伊吉·皮兰德娄作为一名短篇小说家，其作品无所不包，著作量非常庞大，甚至在这种体裁的发源地意大利也是首屈一指的。薄伽丘的《十日谈》中只有100个故事而已，而皮兰德娄的《一年的故事》中却一共讲了365个故事，相当于一天一个。这些故事不仅主题不同，而且风格也不一样，有单纯写实的描写，也有寓意深刻或荒谬的描写，而且常用此来表达风趣和嘲讽。他的作品不追求现实，而是追求理想和创意，进而显得趣味横生、引人遐想。

　　他的所有小说都是即兴创作的，所以充满朝气、自然、不做作。因为这一体裁对篇幅有要求，所以他即兴创作的后果也是非常明显的，当他把主题匆匆忙忙处理好以后，很快就开始任意驰骋了，而没有关注到总体的效果。尽管他的小说创意十足，可是却不能作为这位伟大的文学家的代表作，在后来的戏剧作品中，也出现过很多相似的主题。

他的小说并不能代表他在文学上的最高成就。在他的小说中，我们很早就发现了他对现代戏剧深邃而具有开创性的认识，这种认识的精准模型，还是在戏剧中被保留了下来。

我们只能在这里提一下他的一部小说《开拍》。这部小说创作于1916年，是一部别具风格而且把他的现实意识表达出来的小说。书名源于一个电影术语"试拍"，即准备拍摄一幕戏时，提醒演员们所说的话。在这部小说中，他明确表达出了对掌控我们生活、让我们的生活变得刻板的唯物主义的憎恨。这部小说主要讲述的是一位电影公司的摄影师，在他看来，生活中好的一面也好，坏的一面也好，都只是为了打发时间而机械地拍摄出来的物质形象，没有任何目的。摄影器材可以将万物都吞进去，把胶卷装上能显现出所有事物的真实形态，可是从本质上来说，这些形态都是死的灵魂和不真实的东西。而如今我们的生活也像是丢失了生命一样，呆板地前进，日复一日。作家是秉着严谨的态度创作的，在设置情节时，也满含嘲讽之意。

皮兰德娄时常研究的戏剧背景是单纯心理学的问题。尽管他本心是偏向于悲观哲学的，可是，毋庸置疑，我们时代的苦难深刻地影响了他戏剧中的悲剧思想。

1918—1921年间，他创作的戏剧集《赤裸的面具》的意义太繁复了，以至于翻译起来难度很大。如果单从表面上来看，其可以被翻译为"赤裸的面目"，可是"masks"（面具）一词常用来表示外在的表现，而这里则寓意着人们互相之间、人和自我之间的隐瞒。而且，皮兰德娄的"自我"又意指人的表象下所隐藏的难以揣测的内心。对这个"隐藏"的面具加以深入剖析，我们就会对这个词的意思有所理解：因为人是暴露在外的，所以这是人类的真正群像。

皮兰德娄所具有的杰出魅力，是他艺术创作中最引人注意的部分，心理分析经他一加工，就可以变成戏剧杰作。戏剧的素材往往来源于人类的常型，可是在皮兰德娄的戏剧里，精神并不是真实存在的。这就出现了难题，人们根本无从判断中心是什么。即便费尽九牛二虎之力也是徒劳的。事实上，中心根本就不存在，因此一切都是相对的，没有什么可以尽在掌握中。可是，他的戏剧在捕获人心方面却很特别。这种情况充满了矛盾，作者自己是这样解释的，这一矛盾是以这样的事实为源头的：他的作品"素材源于生活中的形象，在被作者的思想加工以后才打造出来的"，所以，它是一个最根本的形象，并不是一种抽象思维，而且被后来的形象再次"捣饬"过，和很多人的观点不符。

据说皮兰德娄的思想是单一的：个人人格的幻象，也就是"自我"的幻象。要想对这一点进行说明并不难，作家的确会深陷于这种思想中。可是，哪怕再延伸他的这一思想，把人类所有可以看到的、认识的和信赖的事物都包含进去，责难他的这一思想也是有失公允的。

一开始，皮兰德娄在进行戏剧创作时，也会局限于一般文学流派倾向中。他的创作题材主要是解决社会和道德问题、亲子关系和社会架构中对荣誉、礼仪的固有的冲突，还有人性的善在对自己进行正当防卫而和弊端相对抗时的难题，等等，表现出伦理上和逻辑上的复杂局面，结局要么是胜利，要么是失败。在对角色"自我"进行分析时，这些问题有其顺理成章的"对合物"，而这些角色之间就如同其思想一样，一刻也不停止他们的纷争。

在他的几部戏剧中，主旨都是其他人经历过的、个性十足和曾经有过的思想。就像我们对其他人的了解一样，别人对我们的了解也是片面的，可是我们却武断地给出结论。一个人的自我意识基于这种环境的压力，是会发生变化的。他1920年创作的《一切都会变得最好》，从头至尾都是对这一心理过程进行的刻画。而在他1922年创作的《给裸者穿上衣服》中，主题有了彻底的转变，他虚构了一个楚楚动人的悲剧角色。一个"自我"没有了生命，觉得人生索然无味，一心求死，而且整个身心都向另一个世界转移，仅有的一个悲戚的心愿，和先辈离世之前的愿望一样，就是拥有一件得体的寿衣。哪怕是由于烦恼而编造的谎言在这出引人入胜的戏剧里都是无可厚非的。

可是作者的探究还在继续，他在其他几部剧本中对谎言的相对性进行了探讨，并深层次剖析了这些谎言的罪是轻还是重。1924年他创作的《我给你的生命》这出戏，充分发挥了他的想象力。剧本的主人公是一个失去独子的女人，对于她来说，她已经没有活下去的支柱，可是却有一股强大的内部力量推动着她，让她好好活下去，这股力量就如同前方的光亮一样，帮她赶走了黑暗，迎来了光明。所有事物都变成了虚幻的东西，她觉得万事万物，包括她自己在内，都成了不真实的存在。她心里不但有记忆也有梦境，可是现在，这二者已经凌驾在所有东西之上了。她赐予生命的儿子会一直占据她的心灵。那里已经满了，会一直是儿子所在的地方，他时常出现在她的眼前，可是她却无法抓住他，她觉得儿子无时无刻不在她身旁。通过这样一种简单而高尚的隐秘形式，就表现出了真实的相对性。

在一部《假如你认为你对》的剧本中，也出现了像谜一样的相对性。我们可以把这部剧本看作一则寓言，也就是说这个内容奇特的故事的特点并不在于其真实性。它是一部独树一帜的虚构戏，闪烁着智慧的光芒。一个才搬来乡镇不久的家庭，家里一共有三口人，分别是丈夫、妻子和岳母，他们无法容忍镇上其他居民总是和他们过不去。不管在哪个方面，丈夫和岳母都非常清醒，只有妻子的脑海里总是有一些荒谬的想法，让人思来想去，也无法做出抉择。尽管最后一个发言的人老觉得他的话可以作为结论，可是把他们不断争吵的意见放到一起比较，还是无法得出结论。通过这两个角色的"争吵"，我们可以发现作家高超的戏剧艺术技巧，还有对人类内心深处最细腻的认知。妻子这一角色好像可以把这谜底揭开，可是她总是以一副知识女神的形象出现，连说话的口气都让人捉摸不透。对每一个想要了解她的人来说，她只是她自己的代表，她在他们心目中的形象也一直没有变过。实际上，她代表着真理，而真理是不可能被人们完全掌握的。

这出戏对人类的好奇心和伪聪明进行了巧妙的嘲讽。皮兰德娄在这里表现出了各种人物的类型，并用幽默风趣的方式完全或部分地揭示了人类内心深处的骄傲的弱点，由此把真理挖掘出来。整部作品力量十足，成为戏剧中的完美代表。

可是作者的戏剧作品中的核心问题依然是分析"自我"，当然也不排除化解矛盾、否定幻觉中的整体性和象征性地刻画"假面具"。皮兰德娄的创造力十足，他有能力从各个不同的角度去对问题进行剖析和解决，有的在前面我们已经提到过。

在对"疯狂"这类艰深的问题进行探讨时，他的发现不可谓不多，而且还都非常重要。打比方说，在他1922年创作的《亨利四世》这部悲剧作品中，在永无止境的时光洪流中，为了认可自我而进行的艰苦卓绝的斗争给人留下了很深的印象。他1919年创作的《游戏规则》完全是一部抽象概念的戏剧作品，他以人为的责任为契机，说明社会人士迫于传统的压力，会做出一些出格的举动，就如同魔杖点一下，舞台上就会充斥着抽象游戏这种让人沉醉的生活。

1921年创作的《六个寻找剧作家的角色》中的"游戏"类似于我前面所提到的，可又是一部截然不同的戏。它不仅具有丰富的内容，而且寓意深刻。在这出戏里，充斥着无尽的想象力，比抽象的意念要高出百倍还不止。这部剧真的太美了，尽管它在舞台上表演，可是却又过于逼真，以至于让舞台和现实都没有了距离。而且，受伤年代的灵魂、破碎的片段中的灵魂，都接收到了它那令人失望至极的艺术气息。这是一部真正意义上的伟大作品，从它那炽烈的感情、高层次的智性和美好的画卷中都可以看出来。这部在世界上都赫赫有名的戏，对它那已经被了解的程度进行了证实，也对剧本本身的独树一帜进行了说明。在这里，我们不需要也没有时间去对那些神秘而耸人听闻的细节进行回想了。

皮兰德娄杰出作品的基础就是负面的不可知论的心理。如果那些对前沿和奇特的思想表示接受的一般观众，也采取一样幼稚的态度去对这种思想表示接受，危险性将是不言而喻的。可是这种情况是不会发生的，因为它只对高层次的知识领域有用，普通大众不可能了解这么多。如果某人出于意外，对这种"自我"的虚伪表示相信，那对于这一"自我"事实上存在着一定程度上的真实性，他也会比较容易相信，就如同我们无法证明意志的自由一样，因为它只有在实践中才能加以证明。显而易见，"自我"有方法记忆，也许这些方法一眼就可以看穿，也许是让人匪夷所思的。其中思考方式本身是最让人难以捉摸的，特别是要把"自我"的思考清除掉时。

可是这位杰出作家的作品依然充满着很大的分析意义，尤其是和我们所在的时代、我们面临的各种事物进行对比时。因为心理分析，我们了解到了事物的复杂性，还让我们收获了无限的愉悦。甚至很多虔诚的心灵都无比敬仰它们，就如同《圣经》和偶像一样。如果一个人有视觉幻象，那么它们就如同水中纠缠不清的海藻。小鱼游荡在海藻间，并陷入思考中，直到想通了，它们才会消失在海藻中。我们会因为皮兰德娄的"不可知论"而不用再深入险境，而且他还可以给我们提供帮助。他警示我们，冲动而盲目地触及人类灵魂的敏感之处是不可取的。

皮兰德娄作为一名伦理学家，既不相互冲突，也不自我毁灭，好和坏分得非常清楚。他在看待人类世界时，是秉承着一种高尚的、老式的人道主义观点。他的理想主义并没有被他的悲观思想清除殆尽，他生命的根源也没有被他的深入剖析而连根拔起。幸福在他想象的世界中所占的比重很小，可是生命的尊严还完全有余地周旋。

亲爱的皮兰德娄博士——对我来说，要简单地总结一下您那变幻莫测的文学作品，真的是太难了。尽管这样的简述存在很多瑕疵，可是我还是很兴奋，我把这个任务完成了。

现在，请允许我向您发出邀请，请您接受国王陛下颁发给您的、由瑞典学院确认的、您理应得到的诺贝尔文学奖。

获奖致辞

路伊吉·皮兰德娄

我觉得自己非常幸运，在这个宴会上可以看到国王和王后陛下，同时，我也非常感谢你们的大驾光临，忠诚地向你们致以最崇高的敬意。在今天稍早的郑重聚会中，国王陛下把1934年诺贝尔文学奖颁发给了我，这个宴会将给今天这个令人难忘的日子收尾。

我也要真诚地感谢高贵的瑞典学院，同时致以最崇高的敬意，因为你们出色的评判，让我的文学生涯又多了一道光。

为了在文学上有所成就，我必须在生活这所大学校中不断学习。尽管对于某些聪明人来说，这所学校没有什么意义，可是对于我这种人来说，它是仅有的一个可以给我提供帮助的地方。因为我是一个专心、耐心的学生，虽然一开始不够聪明，可是却很爱学，哪怕没有老师，可是最起码还有生活，让我这个学生在学习的过程中不会舍弃信仰、失去信心。这一信仰存在于我的本性中，我觉得我必须不遗余力地去信仰万事万物。

　　对于我写到的一切，我都会用无限的关心和深刻的真诚去对待，并对其中揭示的人性的真实进行思考：热爱和敬仰生命，免不了要经历痛苦的涅槃、难过的过往、恐怖的伤痛和所有带给我经验和教训的错误。我付出了很大的代价才得到这种心灵的教育，而且，它也教会我成长，并保存自己。

　　我的整个生命因为才能的真正发展而显得苍白，好像变成了一名真正的艺术家，只能思想和感知，可以思想是因为有感知，可以感知是因为有思想。基于创作自我的想象，实际上，我创作的只是那些我感知到的和我信赖的东西。

　　当我想到你们如此看重我的这种创作，并把这个世界知名的奖颁发给我时，我真的难以用语言来表达我的感谢和自豪。

　　我相信这个奖之所以颁发给我，并不只是考虑到一位作家的高超技巧——那只是一些小技巧而已，而是考虑到我作品中最真实的人性。

目　录

第一章　我的名字是马提亚·帕斯卡尔

　　我知识匮乏，对这个世界了解得并不多，但是我知道一点，确切地说是唯一的一点，就是我的名字是马提亚·帕斯卡尔。对于这唯一的一点知识，我总是喜欢充分利用。每当我的朋友或者熟人遇到了什么棘手的事情，跑来向我征求意见，我总会耸耸肩膀，挤眉弄眼，给出这样的回答："我的名字是马提亚·帕斯卡尔。"

　　"没错，可是亲爱的，这一点我早就知道了啊！"

　　"难道你觉得知道这些还不够吗？"

　　说真的，的确是不够的。不过，我当时并没有这样的意识。我没办法恰当地回答他们的问题，只会故作严肃地对他们说：

　　"我的名字是马提亚·帕斯卡尔！"

　　这就是我，一个人生经历完全空白的人，我不知道我的父母是谁，也不知道我的出生地点、时间以及怎么出生的，仿佛我从未来到过这个世界。也许有人会说，像我这样的可怜人，一定遭受了莫大的痛苦，甚至会同情我（不过人们总是喜欢同情别人）。由于我

1

这样无辜的人遭受的对待，也许还会有人对这个社会极为愤慨（愤慨也是人们喜欢做的）。

很好！我会对他们的同情和愤慨表示感激，可是我得说，这与事实大相径庭。说实话，要是有这个必要，我完全可以把我的家谱写出来，把我的家族的兴衰史仔细道来。我还可以证明，我不但知道自己的父母是谁，还知道我的祖上是谁，更详细地知道他们曾经做过什么。（在这里我要承认一点，他们所做过的事并不都是那么光彩的。）

所以，到底发生了什么事呢？

别着急，听我慢慢说。我的故事非常离奇，可以说是世所罕见，因此，我准备把它讲出来。

曾经有两年时间，我混迹在一个图书馆里，它的名字是博卡蒙扎。其实我也搞不清楚，我到底是个抓老鼠的还是个图书管理员。据说这个图书馆的藏书原本属于博卡蒙扎主教，1803年，他在弥留之际将所有的藏书捐赠给了镇子，这个图书馆才应运而生。在我看来，这位令人尊敬的主教实在是不知道自己的同胞都是些什么脾气秉性。据我揣测，他的本意是，随着时间的推移，他的善举可以在某个时刻点燃同胞们对学习的热情。然而迄今为止，他的善举连一点学习的星星之火都没有点燃。对于这一点，我十分确定。我说出这番话，其实是在赞扬我的同胞。说实话，我所在的镇子并不在意博卡蒙扎主教的这份遗赠。直到现在，镇里都没有掏出哪怕一毛钱来为他立一尊半身雕像。而那些藏书的下场更惨，主教的葬礼结束之后，它们就被堆在了一个潮湿阴冷的库房里，一放就是很多年，再也无人问津。后来这些书又怎么样了呢？它们被运到了荒废已久的圣·玛利亚自由教堂（至于当时它们有多么狼狈，稍微想象一下就知道了），这个教堂由于某个不为人知的原因改为了俗用。后来，镇政府雇了一个闲人来看管这些书籍。其实，这个看守人完全是看自己的心情来决定要不要看管这些书的。而且，他只要能忍受空气里书本的霉臭味儿，每天就可以轻松地收入两里拉。

后来，我也得到了这份差事。坦白说，打从我开始看管这些书本和手稿的第一天，我对它们就毫无兴趣（虽然我听别人说，有些书稿非常珍贵），因此我根本就没有要写手稿的念头。可是，我在前面已经说过了，我的故事非常离奇。也许有一天，有一个人会走进图书馆，读到我写的手稿，并对它产生强烈的好奇心，那我也算是帮助博卡蒙扎主教实现了他的遗愿。但是我有一个条件：不管是谁，只有在五十年后，也就是我第三次（最后一次）死亡之后，才能打开我的手稿。

没错，你不用怀疑自己的眼睛！迄今为止，我已经死过两次了（我敢说，只有上帝才知道我的遗憾之情）。我第一次是死于错误，至于第二次……就慢慢听我的故事吧！

第二章　唐恩·艾利戈的鼓动

　　我之所以会产生写这本书的念头，或者说鼓动我写这本书的，是我的朋友唐恩·艾利戈·佩乐格里诺图。他是我的好朋友，我非常尊重他。目前，他正在看管博卡蒙扎遗赠的那些书。一旦我把这本书写完（如果我真能写完的话），我就会把它交到唐恩手里。在这之后，他会让这本书蒙尘，还是细心呵护，就都取决于他了。

　　现在，我正在这个改为了俗用的教堂——曾经的圣地里写作。我的头上就是教堂的天窗，从那里洒下了淡淡的光。这里曾经是教堂里一个破败不堪的圆室，四周围着一圈木头围栏，现在充当了图书管理员的办公室。就在我奋笔疾书的时候，唐恩·艾利戈也在忙着整理这些乱糟糟的书。

　　我有这样一个疑虑：这是一个他永远都无法完成的任务。

　　在他开始整理这些书之前，没有人关心过这些书，更别说去看看书脊，看看老主教送给镇里的到底是些什么书了（我们都想当然地认为这些书大部分都是有关宗教的）。而此刻，唐恩·艾利戈惊讶地发现，我们原本的想法都是错误的，这些书涉及的范围之广，令人瞠目结舌。（唐恩当时说了这么一句话："天啊，我的运气也太棒了！"）当时，这些书和在库房里的时候别无二致，看起来乱七八糟的。虽然有些书表面上看起来相差无几，但实际内容却大相径庭。比如，唐恩·艾利戈告诉我，由于库房里太过潮湿，《爱女人的艺术》和《福斯蒂诺·马特鲁奇的生与死》这两本书的封皮牢牢地粘在了一起。他费了好大的力气才把这两本书分开，得知前者内容淫秽，而后者是一部传记作品，于1625年在曼图亚出版。

为了方便爬上爬下，唐恩·艾利戈从点路灯的人那里借来了一架梯子。幸运的是，虽然那些书架上积满了厚厚的灰尘，但是上面的书籍却很有趣，而且有些古怪。每当他发现一本好书，就从梯子顶上直接扔到位于房间中间的那张大桌子上，姿势极为优美。这座教堂已经有些年头了，每当他扔书的时候，教堂都会由于书落到桌子上发出的巨大声响而震颤。随后，一大团尘土就会在空中飞扬，原本在桌子上的蜘蛛也会被这突如其来的声响所惊吓，迅速逃跑。这时候，我就从书桌前面站起来，走过围栏，来到桌子旁，拿起唐恩刚刚扔过来的书，先用它把那只正在逃跑的蜘蛛打死，再随手翻开一页，迅速阅读起来。

不知不觉之中，我竟然对翻阅这些古书产生了兴趣。这时候，唐恩·艾利戈还告诉我，我应该把他挑选出来的这些书当作写作的范本，这样我才能写出具有"古典韵味"的东西。我耸耸肩，对他说这有点儿强人所难。然后，我就继续埋头苦读了。

唐恩·艾利戈满头大汗地从梯子上爬下来，身上沾满了土。然后，我们会一起到教堂角落里的一个花园里去，接受新鲜空气的洗礼，顺便放松一下。

我坐在矮墙上，把下巴靠在手杖上，看着忙着给莴苣松土的唐恩·艾利戈，说：

　　"唐恩·艾利戈，我尊敬的朋友，我觉得此时并不是写书的最佳时机。虽然我写出的东西水平不高，可是对我来说已经非常困难了。我对于文学的态度，还是我那句老生常谈：'该死的哥白尼！'"

　　"等等！"唐恩·艾利戈一边站起身一边大叫。由于现在是中午，气温很高，而他硬是又戴上了一顶宽檐帽，所以此刻热得脸颊都红彤彤的，"这跟哥白尼有什么关系？"

　　"不但有关系，而且关系比你想象的还要大！因为，在地球还没有围着太阳转的时候……"

　　"你说什么？地球一直都是围着太阳转的！人就这样生活……"

　　"胡说八道，根本不是你说的这样。有谁能说地球从古至今都是围着太阳转的？所以，以前也许地球根本就不转，甚至现在都不转。直到今天，还有很多人对地球围着太阳转这件事持否定态度。几天前，我遇到了一个老农民，他居然跟我说，这套说辞很适合醉鬼。虽然你是一个受人尊敬的神父，但是对于约书亚让太阳停在空中这件事，你也是丝毫不敢质疑的。好了，我们先把这件事放在一边。我要说的是，在地球不转的时候，那些道貌岸然的希腊人或罗马人总是信心十足地认为，他们是造物主的所有作品中最为重要的。所以也就不难理解，他们为什么会郑重地记录下自己的日常故事。"

　　"不过，实际情况却是，"唐恩·艾利戈说，"按照你的说法——自从地球开始围着太阳转，就出现了更多无用的书。"

　　"我同意你说的这一点，"我说，"'伯爵先生会雷打不动地在每天早上的八点半起床……''百万富翁的妻子穿着一件低领大衣，脖子上还有花边……''他们坐在豪华酒店的早餐桌旁，四目对视……''卢克雷提亚坐在前厅的窗户边，手里缝补着一件破衣服……'现在他们写的都是诸如此类的东西。我可以坦白说，这些东西毫无营养，根本就是垃圾。然而，这并不是最重要的问题。最重要的问题是，我们是不是上帝用来取乐的陀螺的一部分，而阳光就像是一条鞭子，抽着这个陀螺不停地转动。或者说，现在在空间里，有一个泥球在飞快地旋转，我们就依附于其上，可我们对它旋转的原因却不得而知，更不去关心，难道只是为了好玩才会这样旋转吗。有时候，这样的旋转会让我们觉得暖和，还会让我们因为玩了一把而获得小小的满足。

"我的唐恩·艾利戈，我告诉你，哥白尼把人类毁得十分彻底，不管做什么都挽回不了。自从他提出'日心说'，人们就知道原来人类非常渺小，在浩瀚的宇宙间根本就是可有可无的。虽然我们有这样的科学发明，那样的科学创造。但是，一场灾难可以在顷刻之间带走成千上万人的性命，就如同长堤溃于蚁穴，人的性命如此不值一提，我们又何必因为个人承受的艰辛而产生内心的波动呢？"

但是在唐恩·艾利戈看来，虽然我们极力想去毁灭大自然植根于我们内心的美好幻想，却总是难以做得彻底。好在，人们很容易就会把注意力转移到别的方面。

他的话很有道理。比如我发现，每个月总有那么几天，镇上的街灯是熄灭的。而这几天如果赶上乌云密布，我们就只能生活在一片漆黑里。直到现在我都相信，有些人认为月挂中天只有一个目的，就是给我们照明，就如同太阳的存在是为了让我们在白天拥有光明，而星星的存在就是为了让我们看到繁星密布的美丽景色。在人们吹捧和恭维对方的时候，就容易忘记自己在浩瀚的宇宙间其实只是可有可无的，不值一提的。我们经常会为了土地而争斗，为了钱财而吵闹不休，过分看重事物的好坏和自己的得失。要是我们可以知道我们自己在宇宙中扮演的角色，就会发现其实根本没有必要为了一些琐事而痛苦。

好了，说回正经事，我觉得唐恩·艾利戈说得很有道理，而且我也觉得自己的经历特殊，所以我觉得有必要把它写下来，以便和更多的人分享。当然，我会简明扼要，只说那些值得说的，开诚布公地说，虽然有的事情可能不那么光彩。

眼下，我的境地非常特殊，已经超然物外，甚至超出了生命之外。总之，我早已经死去了，所以就无须隐瞒什么，也没有任何顾虑。

好了，书归正传。

第三章　家里的鼹鼠

　　我曾经在本书的开头提到，我知道我的父亲曾经做过什么。实际上，我言之尚早。他离开这个世界的时候，我才只有四岁。当时，我的父亲以船长的身份乘坐着自己的一艘两桅船，去往了科西嘉岛，就再也没有回来。在路上，他得了恶性疟疾，不到三天就撒手人寰了。他去世的时候，只有三十八岁。不过，他给他的家人，也就是妻子和两个孩子——我和比我大几岁的哥哥罗贝尔托，留下了价值不菲的一笔遗产。

　　镇上的老人对我父亲的财产的来历众说纷纭，总之就是说它来路不明。但是，这些财产其实早就出手给了别人，所以我不知道他们这些风言风语是从哪里来的。

　　他们说，我父亲是在马赛和别人打牌的时候赢得的这笔钱。当时，他和一个英国蒸汽商船的船长打牌，这位船长在为一位利物浦商人从西西里运送硫黄，船上装满了硫黄。（看吧，他们对细节了如指掌，甚至知道是个利物浦商人。要是时间再充裕一点儿，只怕他们还能知道商人的姓名和详细住址。）可是，他把所有的现金输给了我父亲。他不甘心，又用硫黄作赌注，没想到又输了。他十分绝望，就跳进大海里淹死了。等到船航行到利物浦时，船上一点儿东西都没有了。（我想，幸亏有我的同乡们的闲话作为压舱物，要不然船根本无法靠岸！）

我们家有大量的房产和地产。我的父亲很有主见，又肯冒险，喜欢到各处去推销他的货物。他开着他的双桅船到处航行，买进不同的货物，再迅速出手。不过，这种投机生意总是充满了风险，他就拿出了很大的一笔钱在家乡附近购买了很多房产和地产，以便平衡风险。我想，他想在上了年纪之后，带着妻儿靠着他操劳半生赚来的钱安享晚年。

父亲买下了一片长满了橄榄树和桑树的溪地，名叫“双溪”。后来，他又买下了一个名为“鸡笼”的农场，这里非常富饶，不但有个池塘，还有一个磨坊。之后，父亲又买下了整个波尔斯山丘，这是我们当地首屈一指的葡萄园。除此之外，父亲还买下了圣·罗西诺庄园，还让人在庄园里修建了一座别墅。在镇上，父亲也购买了一座别墅，这是我们当时的家。除了我们住的这座别墅，他还买了两套别的房子，现在有一套已经被改造成了军工厂。

父亲的突然离世，让我们失去了支柱。母亲根本不知道该怎么做生意，只好把它们全盘托付给一个人。我的父亲曾经给了这个人很大的恩惠，甚至极大地提升了他的社会地位。不管是谁都会认为，出于对我父亲的感激和忠诚，他一定会尽心尽力地完成这件事。更何况，我的母亲给他的报酬也十分丰厚，哪怕是为了钱，他也应该尽职尽责。我的母亲是一个神圣的人，她性格柔弱，与世无争。她和孩子一样善良，毫无心机，根本不了解这个世界和生活在这个世界上的人们。自从父亲突然离世，母亲的身体也越来越差，可是，她把这些痛苦深深地埋藏在心底，从不向任何人吐露。也许她觉得，是她的悲伤导致了病痛，既然父亲已经去世了，她也距离离世不远了。所以，对于比父亲多活的那一年，母亲都认为是上帝的功劳。虽然她活得并不痛快，可是为了孩子，她只能坚持活下去。

母亲对我们无比温柔，细心呵护。这份母爱中既有温暖，又有担忧。她几乎不敢离开我们，唯恐会失去我们。有时候，母亲会被诸事缠身，但是只要她从这些事务中抬起头来，发现我们当中的任何一个离开她一会儿，她就会打发仆人找遍家里的每一个角落（当时我们住的别墅占地面积很大，它代表了父亲昔日的辉煌），什么时候仆人们把我们带回她身边，她的心什么时候才会落回肚子里。

我父亲在世的时候，母亲一直追随着他的脚步，自从父亲离世，她的整个世界就轰然崩塌了。我的母亲大部分时间都待在家里，只有星期天的上午才会离开家，带着两个老女佣前往附近的教堂做弥撒，她早就把这两个人当成了自己的亲人。虽然我们的别墅很大，但是母亲只住了其中的三间，至于其他的空房，就全都给仆人居住了。当然，不光仆人们可以在空房里随意糟蹋，我和哥哥也是乐此不疲。

房间里摆放着各种各样古朴的家具，气息逼人，直到现在我似乎都还能感受到。里面的窗帘也失去了往日的颜色，散发出一种只有在老房子里才会有的发霉的味道。这一切都让人觉得十分奇怪，似乎还处于那个古老的时代。有很多次，我都怀着一种古怪的沮丧心情环顾着四周，这些东西已经十分陈旧，却一直静静地待在这里，既派不上用场，也没有人在意。我的这种沮丧的心情，正是由此而生的。

我父亲有一个叫斯克拉斯提卡的姐姐，我称之为姑妈，她经常会来看望我的母亲。她是一个嫁不出去的老姑娘，脾气非常古怪，个头很高，皮肤黝黑，长着两只雪貂眼，看起来凶巴巴的。每次她刚来不久，就会突然发起脾气来，扭头就走，不跟任何人道别。我本来就很害怕她，要是她发起脾气来，我就更加害怕了。通常在这个时候，我都会安静地坐在自己的椅子上看着她。她气得跳脚，朝着我的母亲大喊："你真的没有听到吗？就在地板下面，有鼹鼠！鼹鼠！"

　　她口中的鼹鼠，就是接受我母亲的委托，帮助我家打理家产的巴提斯塔·马拉格纳。斯克拉斯提卡跟我们说，巴提斯塔正在悄悄地侵吞我们家的财产。那时候我还不知道，当时姑妈极力劝说我母亲改嫁，时隔多年之后，我才得知这件事。通常而言，大姑子是不会对自己的弟媳提出这样的建议的。但是，斯克拉斯提卡姑妈对所谓的公德有着莫名的反感，她有着自己独特的伦理观。不过，她之所以要做这一切，纯粹是因为看不惯巴提斯塔这种人侵占我家的财产，并非出于对我们的爱。因为我的母亲太过善良，所以斯克拉斯提卡姑妈认为，想要让她认识到巴提斯塔的坏处，唯一的办法就是让她再嫁。姑妈甚至还亲自介绍了一个名叫格洛拉莫·帕米诺的男人给母亲。

　　帕米诺的妻子去世了，他一个人拉扯着一个儿子（他的儿子也叫格洛拉莫，现在还在人世，我们两个是朋友，甚至可以说超出了朋友的关系。至于这其中的原因，我会在后文细说）。他们父子俩经常来我家，让我和哥哥都头疼不已。

　　格洛拉莫·帕米诺在年轻时，曾经追求过斯克拉斯提卡姑妈，然而姑妈却对他不理不睬。其实，姑妈并不是只冷落他一个人，她对所有追求者都不理不睬。至于其中的原因，用姑妈自己的话说，她不是不想爱人，只是因为害怕。她总是对男人放心不下，觉得他们早晚有一天会背叛自己。一旦遭遇男人的背叛，哪怕他们只是精神出轨，她都会感到无比痛苦。世界上有这么多男人，谁见过绝对不会背叛自己的妻子的？所有的男人都虚情假意，是负心汉，是混蛋。

"你说的男人里包括帕米诺吗？"

"当然不，他可不是这样的人。"

总算是找出了一个与众不同的，可是，姑妈意识到这一点的时候为时已晚。那些被姑妈拒绝的男人，后来都结了婚，而且或多或少都有一点儿出轨的迹象。姑妈得知这些之后，会为自己拒绝了他们而感到庆幸。可是，帕米诺却跟这些人截然不同，他对爱情十分忠贞。如果说他的婚姻是一场错误，那责任也在女方。

"斯克拉斯提卡，你为什么现在也不愿意嫁给他呢？就是因为他是鳏夫？"

"别忘了，他曾经结过婚，也许他早就把自己的心交给了妻子，心里再也没有别人的位置。这可让我受不了。再说了，现在他又沐爱河了，从里到外都能看出来，而且我们现在都知道他正在追求谁。唉，真可怜。"

按照她的意思，就好像我的母亲迫不及待地想要改嫁。而实际上，我的母亲根本没有改嫁的意思。此外，我的母亲认为斯克拉斯提卡姑妈说这件事只是在开玩笑，并不是认真的，所以每当姑妈当着她的面历数帕米诺的种种优点时，母亲只是一笑置之。姑妈在竭力劝说母亲的时候，帕米诺通常都坐在旁边的椅子上。他听着姑妈的话，似乎感到极不自然，嘴里喃喃自语，好像在念咒语。

"我的上帝啊！"

帕米诺的身材不高，衣着十分整洁。他的眼睛是蓝色的，透出温顺。我和罗贝尔托都觉得，他的脸颊之所以发红，是因为涂上了胭脂。我想，到了他这个年龄，还拥有这么好的头发，他一定会因此而高兴。不过我能看出一点，他真的是尽心竭力地在打理自己的头发。他会一边说话，一边伸出手梳理头发。

对于这件事，我并不知道后来是如何发展的，也不知道母亲有没有听从斯克拉斯提卡姑妈的建议，和帕米诺结婚。但是我可以肯定一点，就算母亲真的和帕米诺结婚了，也只是为了我和哥哥的将来，而不是为自己考虑。不管怎么说，让马拉格纳打理我们的家产是最坏的选择，他是一只名副其实的"鼹鼠"。

等到我们兄弟俩长大的时候，家里的财产已经不多了。要是我们两个勤俭节约，还是可以舒服地过完下半辈子的。可是，当时我们俩都很年轻，对未来也没有什么规划。因此，我们还是过着小时候那样的日子，根本不知道省着点儿花。

我和罗贝尔托没有去过学校，而是由母亲为我们请了一位私人教师，在家里学习。这位老师满脸都长着卷卷的胡须，所以有个外号叫"大钳子"。在介绍自己的时候，他打着手势，这样描述自己，所以我想他已经习惯了这个外号。"大钳子"个头高得过分，身材又瘦得过分，好在他的头和脖子前倾，稍稍压住了身体，才没有让他无限制地长个子。他还有另外一个特点，就是在吞咽东西的时候，喉结会上下抖动得过分。"大钳子"的冷笑也很特别，而且他还经常咬住嘴唇，像是要把这冷笑给吃掉，或者藏起来。不过，他的努力通常都会白费，因为就算他闭上了嘴唇，这种冷笑也会从他的眼睛里透出来。

在我的家里，"大钳子"看到了很多母亲和我们兄弟俩都看不到的东西。不过他并不承认，而是一口咬定自己什么都没有看到。

我想，这里面的原因可能是他觉得自己根本改变不了什么，当然，更确切的原因是，我和哥哥经常取笑他，所以他希望我们兄弟有朝一日会像他一样落魄，他就会因此得到内心的满足。通常他都会放任我们做自己想做的事情，但是如果我们触碰了他的底线，或者让他觉得良心有愧，他就会毫不犹豫地出卖我们。

我记得在一个复活节前夕，母亲安排他先带着我们去教堂忏悔，然后去慰问马拉格纳生病的妻子。我们两个年纪这么小，天气又这么好，却要去做这么无聊的事！我和哥哥在听母亲的安排的时候都是心不在焉，心早就飞到了外面，想着该怎么度过这一天。我们向"大钳子"提出，只要他不带我们去教堂忏悔，也不带我们去马拉格纳家，而是带我们去树林里抓鸟，我们就会请他吃大餐，还会"孝敬"给他美酒。他听到我们的话，十分高兴，眼睛都闪闪发亮。"大钳子"享用了大餐和美酒，就如约带着我们去了树林里，跟我们一起疯玩了三个小时。他不但帮着我们爬树，后来自己也爬上来了。

晚上回家之后，母亲就问起了白天去忏悔和看望马拉格纳夫人的事，我和哥哥刚要编谎话，"大钳子"就把所有的事情原原本本地告诉了母亲。

对于"大钳子"的这种行径，我们一定会想办法报复他，虽然我们的报复其实并没有什么用。一般来说，在吃晚饭之前的那段时间，"大钳子"都会躺在前厅的躺椅上闭目养神。所有，我们兄弟俩就选了一个晚上，早早地洗漱完毕，假装上床睡觉，在没有人注意的时候，又悄悄地溜了出来。我们去找了两根芦管，又跑到洗脸池旁边，用芦管蘸了些肥皂水，悄悄地来到"大钳子"身边，尽量不发出声响。突然，我们用芦管对准他的鼻孔，开始吹气。

"阿嚏！"他打了一个大大的喷嚏，然后突然从地上弹了起来，差点儿撞到天花板。

我们跟着这样一位老师学习，自然不难想象可以学到些什么，但是，责任也不都在他身上。其实"大钳子"的文学素养还不错，尤其是在古典诗歌方面。比起罗贝尔托，我更加好动，但是"大钳子"总有办法让我学得进去，还让我记住了很多字谜和巴洛克式诗歌。我的母亲发现，我居然可以流利地背诵很多诗歌，所以她觉得我们兄弟俩学得还不错。不过，斯克拉斯提卡姑妈可不是这么想的。她看直接撮合我母亲改嫁给帕米诺的计划没有什么进展，就开始纠缠我们兄弟俩了。

但是我们知道，母亲一定会保护我们，所以我们根本不在意姑妈。为此，她火冒三丈。我想，她要是能避开我们的母亲，一定会抓住我们，用鞭子狠狠地抽打我们。

有一次，她又和往常一样，愤怒地甩门而去，没想到走到一间废弃的房子的时候，她看到了我。我还记得，她伸出手狠狠地捏住我的下巴，把我疼得龇牙咧嘴，忍不住叫道："好啊你，好啊你！"然后她低下头，死死地盯着我，从牙缝里挤出一句：

"如果我是你的母亲，如果我是你的母亲……"

她为什么要对我说这番话呢？我实在是搞不清楚。我和罗贝尔托都是"大钳子"的学生，可是相比之下，我还算好一点儿。究其原因，可能是我本来就长得呆头呆脑的，而且，大人们为了矫正我的眼睛的斜视，还逼迫我戴上了一副相当大的圆框眼镜。

对我来说，这副眼镜造成了很大的拖累。所以，每次我发现长辈们不会看到我的时候，我就会把眼镜摘下来，随便我愿意看向哪里都可以。我觉得，矫正斜视并不会让我的外表有多大的提升，既然这样，就不必添这个麻烦了。我的身体很强壮，这不就足够了嘛。

　　等我长到十八岁的时候，我的脸上长出了浓密的红色胡子，还是卷曲的，这样，我原本就不大的鼻子就被埋在了中间，显得更小了。我的眉毛原本是乌黑浓密的，如今在红色胡子的映衬下，看起来就显眼了。哎，我是多么希望人们能够自由选择跟自己的脸型相符合的鼻子呀！要是我看到一个可怜的瘦子，长着一个很大的鼻子，也许我会对他说："朋友，你的鼻子很适合我，不如你跟我交换吧，这样咱们俩都合适。"其实，不光是鼻子，我还想跟别人交换其他的器官。可是我知道，我这只是一厢情愿，这样的事是根本不会发生的。所以，我只好慢慢接受了这具由上帝赐予的身体，不再异想天开了。

　　不过，罗贝尔托长得和我并不一样，他非常帅气，比我好看多了。但是，他过早地认识到了这一点，这一点实在是太不幸了。有时候，他会一连几个小时站在镜子前面打扮自己，折腾头发和脸蛋儿。在领带、香水和衣服上，他花费了大笔的钱财。有一次，他买了一件白色的天鹅绒马甲，只为了与他新买的一套西装搭配，参加晚会。我想故意惹他生气，就在他把马甲买回来的第二天，偷偷地把它穿在了身上，去打猎了。

　　与此同时，马拉格纳也没有辜负他"鼹鼠"的名号，不停地忙碌着。每到收获的季节，他就会来到我家，告诉我母亲今年收成欠佳，让母亲同意他借更多的钱。他总是有各种各样的借口，不是要维修房屋，就是要在地里架设排水管，再或者就说孩子们花的钱太多。于是，每次看到他来我们家，我们就知道灾难降临了。

　　有一年，马拉格纳想出了更多的借口："双溪"的橄榄树林遭遇了大雾，全都被摧毁了；虫子入侵了"山嘴"的葡萄林，因此我们只能换上来自美国的耐虫害葡萄。于是，我们的农场接连被卖掉了。我的母亲还在等着有那么一天他来告诉我们，"鸡笼"那口井干涸了，必须卖掉。虽然我们兄弟俩花钱是有点儿多，我也承认这一点，但是，巴提斯塔·马格拉纳应该是这世界上最卑鄙最无耻的盗贼，这个事实是永远改变不了的。后来，他娶了我们家族的一个人，跟我有了亲戚关系，所以，我对他的丑行也就不能再多说了。

但是，他会让我们衣食无忧，直到我的母亲离世的那一天。说实话，他并没有过多干涉我们兄弟俩的花销。不过，他让我们这样大手大脚，还对我们的任性听之任之，目的也只是想要麻痹我们，掩饰一个深渊。可是，等我的母亲离开这个世界之后，我就只能独自在这个深渊里挣扎了。因为我的哥哥比我更善于待人接物，长得又帅气，所以早就定下了一门好亲事。至于我的婚事，实在是……

"嘿，唐恩·艾利戈，我是不是得简单介绍一下我的婚事？"

我在说这番话的时候，唐恩·艾利戈已经又在梯子上爬上爬下了。听到我的话，他转过头来对我说："当然，这是你的婚事，不过，有些不太光彩的事情还是略过不提吧！"

"我哪有什么不光彩的事情，这一点你应该很清楚啊！"

听到我的话，唐恩·艾利戈开始哈哈大笑，整个教堂里都回响着他的笑声。笑了一会儿，他才说："马提亚·帕斯卡尔，如果我是你，我一定得有一种精神格调，为此，我会先读一点儿薄伽丘①或者班德洛②的作品。"

这个唐恩·艾利戈，总是跟我扯什么精神格调、节奏、味道、风格……他是不是以为我是邓农齐奥？然而我并不是啊，我想做的

---

①薄伽丘，著有《十日谈》。
②班德洛，作家，小说《罗密欧与朱丽叶》的首创者。

和我能做的，只是原原本本地复述这件事情。对于成为文学大师，我可从来没有奢望过。不过，既然我已经开了头，还是得把这个故事讲完。

第四章　马拉格纳其人其事

有一天我出去打猎，走到了一片旷野，惊喜地发现前面有一个稻草人。这个稻草人全身上下都由稻草扎成，个子很矮，头上的帽子是一口破锅。

我对它说："我见过你，我早就认识你了。"

我静静地看了它一会儿，又提高了嗓门：

"巴提斯塔·马拉格纳，我要让你尝尝这个滋味！"

我环顾四周，看到地上躺着一根生锈的铁棍，就把它捡起来，用力地插进了稻草人的肚子。可能是因为我比较激动，用力过大，差一点儿把稻草人头上的破锅给弄掉了。没错，这个稻草人就是马拉格纳。

午后，马拉格纳穿着一身长袍来到了旷野，累得脸上汗津津的。他的帽子也歪了，看着和这个稻草人更像了。现在，他身上所有的东西都向下耷拉着，圆圆的脸蛋上的眉毛和眼睛似乎也是这样，就连鼻子都快耷拉到那难看至极的小尖胡子里了。他的脖子耷拉进肩膀里，肚子也向下耷拉，看起来倒像是从胸部往下耷拉的。他的腿很短，却又有这么一个大肚子，裁缝给他做衣服的时候总是感觉十分为难。他的裤子从来都不合身，看起来都在腰上挂着。从远处看，马拉格纳难看极了，好像是穿了一条裙子，又好像是肚子耷拉到了地面。

我实在是想不通，巴提斯塔·马拉格纳是如何长出了小偷的外貌特征。在我的潜意识里，我认为小偷也应该有小偷的样子。但是，我在马拉格纳身上并没有发现这种特征。他走起路来趾高气扬，硕大的肚子晃晃悠悠，双手总是背在背后。他说话十分费力，就好像空气费了很大的力气才从他的肺部挤出来，发出尖细的声音。有一件事我倒是很想弄明白：他这样蚕食我们的财产，是怎么做到面不改色心不跳的？我想，他并不是因为钱才这么做的，因为他并不缺钱，这里面肯定还有别的原因。也许他做这一切，只是增添自己人生的乐趣，他真是个可怜虫！

不过我确信一点，马拉格纳的内心并不好过，这都是因为他的妻子。他的妻子这一辈子只做了一件事，就是钳制他，让他绝对不敢跨越雷池。马拉格纳居然娶了一个门不当户不对的妻子（他原本的社会地位很低），这是他犯下的一个大错。如果当初他的妻子瓜多尼娜女士嫁给了一个和自己门当户对的丈夫，她一定会对丈夫大有助力。只可惜，她选择了巴提斯塔·马拉格纳。由于瓜多尼娜来自上层社会，所以她一旦有机会就要提醒丈夫，她来自大户人家，她在娘家时，身边的人是如何待人接物的，并要求马拉格纳效仿他们。巴提斯塔·马拉格纳只有一个选择，就是按照她说的做，才能表明自己也是一个"绅士"。不过说实话，做"绅士"可不容易，需要付出极大的代价。不信你看，每到夏天，马拉格纳总是会汗流浃背。

　　还有一件事更加不幸，瓜多尼娜婚后不久，就染上了一种无法根除的胃病。为什么说无法根除呢？因为要想治好这种病，就需要禁食，不管是她珍爱的松露丸子还是各种甜点，都不能再吃，也不能再喝酒，这对于她来说实在是超乎想象的代价。事实上，瓜多尼娜本来就不是爱喝酒的人，因为她出身上流社会，自制力也很强，这一点我是非常肯定的。不过，想要治好这种病，却连一丁点儿酒都不能喝。

　　小时候，马拉格纳有时候会邀请我们兄弟俩去他家吃晚饭。刚在桌子旁坐定，他就会狼吞虎咽，同时嘴里还含混不清地跟他妻子说节食有很多好处（我想他是故意要报复他的妻子）。

　　他总是说："对我来说（这时候餐刀上一定会有东西），不觉得美味下肚能给我带来什么样的快乐（这时候把美食送进嘴里），有这点儿时间，我更愿意躺在床上休息。真是毫无乐趣可言，我敢肯定（拿起一块面包把餐盘擦干净），要是哪天我让胃控制了我，我就觉得我算不上真正意义上的男人了。哎，瓜多尼娜，再给我来一点儿沙司，一点儿就行，简直不要太美味！"

　　这时候，他的妻子生气地说："不行，我不会让你再吃的。你听听，你都说了些什么！要是上帝也让你胃痛，你就知道我现在的感觉了。也许只有那样，你才会知道怎么为自己的妻子考虑一下！"

　　"瓜多尼娜，你说什么呢，我怎么不为你考虑了？"

　　（马拉格纳一边说，一边又给自己倒了一杯酒。）

　　于是，他的妻子跳了起来，顺手夺走他手里的酒杯，走到窗户旁边，把酒倒了。

　　"为什么！为什么要倒掉我的酒？"

"你还问为什么？"瓜多尼娜生气地说，"难道你不知道，酒对我来说就是毒药吗？要是你看见我喝酒，也可以跟我刚才一样，夺过酒杯，把酒倒掉！"

　　马拉格纳有点儿不好意思，依次看了看我的哥哥、我、窗户和酒杯，才悻悻地说："哎呀，亲爱的，你可不能耍小孩子脾气，你要让我逼你学好吗？我的意思是，你需要自己克制一下。"

　　"你在这儿胡吃海喝，却跟我说让我克制！你大吃大喝，吃了美食又喝美酒，就是在折磨我！天啊，我是不是想自找罪受，才会选择嫁给你？"

　　马拉格纳非常无奈，只好戒酒，好让他的妻子知道，自己是能够克制自己的。我敢说，从那之后，他就变成了小偷，因为他想让自己知道，自己的存在是有意义的。

　　只可惜，马拉格纳很快就发现，妻子在背着自己酗酒，似乎早就忘记了自己的胃病是不能沾酒的。发现这一点之后，马拉格纳也开始喝酒了，不过是背着妻子，偷偷跑到酒馆里喝。我想，大家应该不难想象这样的一个男人会做出怎样的事情。

　　巴提斯塔·马拉格纳期望在将来的某一天，妻子可以为他生下一个儿子，所以他才甘愿忍受这些。如果真的是这样，他的偷盗也就有了一个说得过去的理由，毕竟，每个人都想让自己的孩子过上幸福的生活。可是，他的妻子的身体却越来越差，也许他都不敢提起生孩子这件大事了。因为她是个病人，他不能再给她施加压力。首先，她因为这个胃病而饱受折磨；其次，生孩子的风险很大，也许她会就此死去，这是他无法接受的。最终，马拉格纳就只能听从上天的安排了。我们每个人生活在这个世界上，都有一个十字架需要背负。

可是，马拉格纳是否真心实意地体贴妻子呢？从他妻子去世时他的表现来说，并不是这样的。说实话，瓜多尼娜去世的时候，他哭得非常伤心。所以，妻子刚去世的时候，他并不想马上另结新欢。但是后来，事情就发生了变化。要知道，他当时既有地位，又有钱财。所以，他很快就迎娶了一个新的妻子。这个妻子身体健康，漂亮又听话，是个农场主的女儿，完全可以做一个贤内助。无疑，他其实只想要一个能生孩子的，能陪孩子们长大的女人。本来这件事也是合情合理的，可是前任妻子刚去世不久，他就马上再娶了，这实在是惹人议论。不过，人们也可以理解他的做法，因为他的年纪已经不小了，没有太多的时间让他浪费了。

因为皮尔特·萨尔沃尼在我家的"鸡笼"干活儿，所以我在很小的时候，就结识了他的女儿奥利瓦·萨尔沃尼。正是由于奥利瓦，我才产生了很多期待。比如，我喜欢上了成家立业，还开始关注家里的财产，对干农活儿也产生了兴趣。可是，我的妈妈心思单纯，对我的变化毫无察觉。直到最后，我那个讨厌的斯克拉斯提卡姑妈看不下去了，才对她说：

"你有没有发觉，最近你的儿子往萨尔沃尼家跑得太频繁了？"

"是啊，不过这不是很好吗？他是去帮忙料理橄榄林的。"

"什么料理橄榄林！他的目的可不是橄榄林，而是奥利瓦（意思是橄榄），就是萨尔沃尼家的女儿！"

于是，母亲把我叫到身边，严厉地训斥了我一顿。她说："你不要勾引良家少女，你不会娶她的，就不要毁掉她！"反正她说的都是与此类似的话，你们应该知道。

我一言不发，恭敬地听着母亲的训话。其实，她根本就不必有这样的顾虑。我觉得，奥利瓦是一个非常独立、从容的姑娘，这是她一部分的魅力之所在。也正是因为如此，她才不会让人觉得无趣，反而十分谦逊，优雅迷人。她笑起来的时候，真的是太漂亮了，那优美的弧度是我这一生都不曾见到过的。她的牙齿洁白如玉，晶莹剔透。不过，我连她的嘴唇都没有吻过，只是有一次，我握着她的手腕，想要伸手抚摩她的头发，她就咬了我一口。除了这一次，我们并没有什么别的亲密举动。

可是，这个年轻又美丽的姑娘，如今却嫁给了马拉格纳。唉，哪个年轻的姑娘碰到嫁入有钱人家的机会，会毫不动心呢？可是，奥利瓦明明就知道马拉格纳的钱从何而来。她还曾经亲口对我说，马拉格纳的这种做法令人唾弃。可是结果呢，她却为了钱，成了他的妻子。可是他们结婚后，一连两年都过去了，还是没有生出儿子。

马拉格纳一直以为，在上一段婚姻中，瓜多尼娜之所以没有生育，都是因为她和她的胃病。可是现在，他不得不怀疑可能是自己有问题。他生气极了，并把一腔怒火全部撒到奥利瓦身上，经常大吼。

"还没有吗？"

"没有。"

婚后第三年的年底，马拉格纳已经开始公开表达自己的愤怒了。他开始虐待她，臭骂她，说她是个靠外表骗人的骗子。马拉格纳说，自己愿意娶奥利瓦，让她当上阔太太，只是想让她给自己生个儿子。否则，他是绝对不会对前任太太薄情寡义，在她刚离世的时候就迎娶新人的。

可怜的奥利瓦无话可说，也不知道该说什么。她跑到我的家里来，向我母亲诉苦，讲述了她的遭遇。我的母亲只好安慰她，让她不要放弃，以后还是有希望的，因为她现在的年纪并不大。

"你刚刚二十出头吧？"

“我今年二十二岁了，夫人。”

“你还年轻呢，千万不要放弃希望。生孩子这种事情，着急根本没有用。有的人结婚后，得过个十几二十年才生孩子呢！可是马拉格纳，他确实是上了年纪了……”

其实，奥利瓦早就开始怀疑这件事了，她说，问题可能出在马拉格纳身上，他无法生育。是的，她是这么说的，可是，根本没有办法来证明这件事的准确性啊！奥利瓦非常正直，当时她冲着马拉格纳的钱财跟他结婚的时候，就在心中立下了誓言，一定要专心对他。所以，就算是因为这种决定了后半生的幸福的事，她也不想违背誓言，背叛马拉格纳。

唐恩·艾利戈打断了我：“这件事你又是怎么知道的？”

“我当然知道，我不是说了？她跑到我的家里来，向我母亲诉苦呀。我已经说过了，我很小的时候就结识了奥利瓦，对她非常了解。可是，看着她现在这么痛苦，我却无能为力。这一切，都是那个又老又丑的小偷造成的！唐恩·艾利戈，我能不能把一切都说出来？”

“要是你真能说出来就好了！”

“唉，我要说的就是，我想要帮助她，却被她拒绝了。”

不过，对于她的拒绝，我并没有过多的介怀。当时我需要考虑很多事情，比较忙，至少我自己认为我比较忙。当然，我首先考虑的就是钱。有了钱，一些原本没有的想法就生出来了。我觉得，在花钱方面，小格洛拉莫·帕米诺对我有很大帮助。他非常节俭，似乎这是一种天性。

小帕米诺不是跟着我，就是跟着我的哥哥罗贝尔托，就像我们的跟屁虫。不过，他总是有应景的衣服穿，这一点让我吃惊不已。要是他跟着罗贝尔托，就会打扮成富家子弟的样子。而每当

26

这时候，他的父亲给他的钱也会稍微多一些。（要知道，"绅士们"都非常爱面子，老帕米诺也不例外。）但是，罗贝尔托对帕米诺其实并没有什么好感。他发现，帕米诺这个跟屁虫不但会模仿他的衣着打扮，就连他的走路姿势都开始模仿了。为此，他会十分恼火，口出恶言，把帕米诺给赶走。这时候，帕米诺就会转而来到我身边。

（每到这时候，他的父亲又会恢复吝啬的本性，一毛不拔。）

比起哥哥罗贝尔托，我的性格更加温顺。对于帕米诺的奉承，我倒是非常受用。可是过后不久，我又会稍微有些惭愧，因为觉得自己在他面前的炫耀有些迫不及待了。当然，我有时候也会做得比较出格，并为此付出代价。

有一天，我带着帕米诺出去打猎。在路上，我们聊起了八卦，我就说起了马拉格纳是怎么和他的妻子调情的。说着说着，我发现帕米诺总是偷偷地瞄一个女孩。我认识她，她称呼马拉格纳为表舅。面对着帕米诺，她完全可以放得开，倒是帕米诺有些拘束，连和她说话的勇气都没有。

我看到他的样子，就嘲笑他："我敢打赌，你绝对不敢跟她说话。"帕米诺的脸憋得通红，嗫嚅着跟我说，他并不是不敢。"我跟她说过话，还从她那里听说了一些事情，要是我把这些事情告诉你，你会觉得非常搞笑。她告诉我，最近马拉格纳非常频繁地出入她家，似乎在跟她的母亲，也就是马拉格纳的表姐谋划一些事情。马拉格纳的这个表姐家里很穷，可以说是一穷二白……"

"他在谋划什么坏事？"

"在马拉格纳的第一个妻子离世之后，这个寡妇，也就是佩斯卡特尔，想要让他娶自己的女儿。可是，这个老巫婆的如意算盘落空了，最后马拉格纳娶的是奥利瓦。

"于是，佩斯卡特尔把巴提斯塔·马拉格纳臭骂了一顿，用尽了各种恶毒的字眼，说他是强盗、小偷，背叛了家族。她的女儿还因为没有能够成功俘获马拉格纳的心，被她毒打了一顿。最近，马拉格纳又经常跑到佩斯卡特尔家里，向她诉苦，说自己没有生下一儿半女，家里的财产也无人可以继承。佩斯卡特尔对于马拉格纳没有娶自己的女儿的事情耿耿于怀，也不知道她现在在憋着什么坏主意。"

说实话，我刚听到帕米诺说这番话的时候，害怕极了。我用手堵住耳朵，朝着帕米诺大喊大叫，阻止他继续说。虽然我当时总是故作老成，但实际上我并没有太多的社会经验，还是个孩子。不过，根据我的猜测，马拉格纳和奥利瓦频繁地发生口角，肯定是有人在背后挑唆。所以，我想把这只幕后黑手揪出来，为奥利瓦尽绵薄之力。我问帕米诺，马拉格纳的那个表姐住在哪里。帕米诺毫不犹豫地就告诉了我，但是他同时又提出了一个请求，就是让我在见到那个女孩的时候多多替他美言几句。而且，他还提醒我，他十分心仪那个女孩，我不可以做任何伤害她的事情。

我试图安慰他："不要担心，我绝对不会从你手上把她撬走的！"

正好第二天早上，母亲告诉我，有人把一张借据送到了我家中，于是，我就有了合适的借口去佩斯卡特尔家找马拉格纳。当时我非常着急，所以是跑着去佩斯卡特尔家的，见到马拉格纳的时候，我上气不接下气地说："马拉格纳，借据……借据……"

听到我的话，马拉格纳吓得脸色苍白，哆嗦着站起来，嗫嚅着说："借据？"就算我以前不知道马拉格纳干下的坏事，现在看到他的反应，也知道他私下里做了不少勾当。

"就是我们欠别人的钱啊！这可让我的母亲十分忧心！"

听到我的话，巴提斯塔·马拉格纳只是"啊"了一声，然后坐回了椅子上，一副如释重负的样子。现在的他看起来正常多了，没有刚才那么害怕了。

"哦，原来是那个啊，我早就安排好了。看你刚才的样子，我还以为发生了什么大事。我会申请延期三个月，不过，我们需要为此多支付很大的一笔利息。那么，你就是为了这件事，才这么着急地跑来找我的吗？"

马拉格纳的心情似乎突然由阴转晴了，他放肆地大笑起来，硕大的肚子也随着他的大笑而抖动着。他指了指一张椅子，让我坐下，然后把我介绍给别人。"这位是马提亚·帕斯卡尔。这位是玛丽安娜·佩斯卡特尔，我的表姐。这位是我表姐的女儿，我的外甥女罗米尔达。"

马拉格纳坚称，我跑了这么远的路，满头大汗，实在是太辛苦了，所以我应该喝点儿酒解解渴。

"罗米尔达，你去帮我们拿一点儿酒过来好吗？"

我心里暗想："这个马拉格纳难道还把自己当成这个家的主人了？"

罗米尔达闻言站起身，飞快地扫了母亲一眼，就走出了屋子。很快，她就端着托盘回来了，上面放着一个酒杯和一瓶酒。她的母亲看到了，不耐烦地说："哎呀，那瓶酒可不行，还是我亲自去拿吧！"她一边说，一边接过了罗米尔达手上的托盘，飞快地走进了食品储藏室。不一会儿，她就出来了，重新换了一个托盘。这是一个红色的托盘，看起来非常新，装饰也很美丽。托盘上有一壶甘露酒和一个酒杯架，上面挂着几个小小的酒杯。随着她的脚步，酒杯互相碰撞，发出乒乒乓乓的响声。

我原本是想喝苦艾酒的，不过还是从她的手上接过了甘露酒。我和马拉格纳、佩斯卡特尔都喝了一点儿，不过罗米尔达没有喝。

由于这是我初次登门拜访，而且我还想为下次登门留个借口，所以我逗留了一会儿就走了。我告诉他们，现在我的母亲一定是被那张借据困扰着，所以我需要回去给她答复。等我哪天时间充足了，我再过来和他们畅聊一番。

佩斯卡特尔伸出她那像枯树枝一样的手跟我握手，我感觉她的手非常凉。我从她的姿态可以看出，她非常希望我以后再也不要来了。为了表示礼貌，她僵硬地点头示意了一下，一句话都没有说。但是，罗米尔达冲着我微笑了一下，我能看出里面的善意。她的眼神十分温柔，在看向我的时候，她的眼神里似乎又多了一些愁绪。于是，我再次沉沦在她的眼神里了。其实，打从我刚一进门，就已经注意到了这双与众不同的眼睛。它是墨绿色的，一种诡异的光芒透过眼睫毛散发出来，看起来倒像是猫眼。罗米尔达有一头乌黑亮丽的秀发，散落在额前和两鬓，如同波浪一般。有了这黑发的映衬，她看起来更白了。

屋子里装饰得平淡无奇，只摆放了一些老式家具，可是中间又夹杂着一些稀奇古怪的装饰，看起来格外扎眼，好像为了炫耀才这么摆的。比如，房间里有两盏陶瓷大台灯，一看就值不少钱，灯罩是毛玻璃做的，造型奇特，可是底座就非常普通，是用黄大理石做的。旁边还放了一面几乎无法照出人影的圆框镜子，镜框上有好几处油漆已经脱落了。在这样一个房间里，放上这样一面镜子，就好像一个人觉得十分疲惫，张嘴打哈欠。除了这两样东西，房间里还有一张破沙发以及放在它前面的小茶几。茶几的四条腿是镀金的，就像动物的爪子一样，表面却是色彩艳丽的瓷。在墙边上，还摆放着一个日本漆柜。反正我看到的都是这样的一些非常奇怪的东西，但是马拉格纳看着它们，神情却非常得意。刚才他的表姐把甘露酒端过来的时候，他看着她手里的托盘和酒瓶，也是这么得意的神情。

墙上还挂着各种风格迥异的画作，只是不会给人带来不好的感觉。马拉格纳指着其中的几幅，说是他的姐夫安东尼奥·佩斯卡特尔画的，硬是让我欣赏。他对我说，他的姐夫是一个雕刻家，天赋异禀。然后他压低声音，对我说："这个疯子死在了都灵。"

马拉格纳并不管我的反应，而是继续说："他还坐在镜子前面，给自己画了一幅自画像，喏，就是这幅。"

我一直在留心观察罗米尔达，通过对比她们母女俩，我得出了一个结论：她可能更像父亲。可是现在，我看到了她父亲的自画像，实在是无话可说。虽然我觉得，玛丽安娜·佩斯卡特尔是一个无所不用其极的女人，可是要是说她曾经背叛自己的丈夫，似乎又不太公平。可是，从那幅自画像看，安东尼奥·佩斯卡特尔是一个英俊的男人。像他这么英俊的人，却爱上了佩斯卡特尔这么丑陋的女人，看来他真的是疯子。

我把去佩斯卡特尔家初次拜访的印象向帕米诺和盘托出。在说到罗米尔达的时候，我还强调了一点，她是个善良的姑娘。帕米诺听到我的话，原本的倾慕之情迅速发展成为爱情。我居然能够认识到罗米尔达的魅力，并认为他的选择非常正确，简直让他欣喜若狂。

"那么，你下一步的打算是什么？"我问。我和帕米诺的看法一致，这个老寡妇佩斯卡特尔实在是很难对付。不过，为了她那个善良的女儿，我已经决定要尽力一试了。很明显，马拉格纳正在谋划一个阴谋，我们必须立刻采取行动，解救那个姑娘于水火之中。

"可是，我们该怎么做？"帕米诺静静地听着我说话。

"你这个问题问得很好。"我说，"我们首先要确定几件事情，搞清楚目前的形势，确保头脑清醒。现在我还没有最佳方案，但是我们可以静观其变。要是你愿意相信我，我一定会尽全力帮助你。现在，我对这件事很有兴趣，实在是太刺激了！"

帕米诺听出我的话里还有更深层的意思，有些担心。

"你，你的意思是我要娶她？"

"我没有这么说，不过，你是不敢吗？"

"并不是，可是你为什么要这么问呢？"

"你走得太快了，走慢一点儿，好好思考一下。如果罗米尔达真的是一个高尚正直、善良无瑕的姑娘——和我们想象中的一样，（我在这里就不说她的样貌了，你把她当成女王，深爱着她，对不对？）如果她那个心肠歹毒的母亲正在和那个坏蛋密谋，想要牺牲她的幸福，那她现在就面临着巨大的危险。那么，在这样的情形之下，你要是退缩的话，还算什么男人？难道你不想英雄救美，让她脱离苦海吗？"

"不，不会的！"帕米诺嗫嚅着说，"我不是个懦夫，可是，我该怎么说服我的父亲呢？"

"你觉得他会不同意？我可不这么觉得。你觉得，他会以什么理由反对呢？只是因为女方没有嫁妆吗？我觉得这根本说不过去。你看，罗米尔达的父亲是一个艺术家，虽然他不知何故死在了都灵，可是他是一个天赋异禀的雕塑家啊！而你呢，你的父亲很有钱，唯一的负担就是你，只要你满意，他就不必有任何顾虑了。就算我们按照最坏的情况打算，你无法说服你的父亲，那又怎么样呢？你完全可以和罗米尔达私奔啊，别担心，到时候我一定会为你们安排好一切。帕米诺，难道你会因为这么小的事情就打退堂鼓吗？"

听到我的话，帕米诺哈哈大笑。我跟他说，合作力量大，他是罗米尔达命中注定的丈夫，就和有些人是为了成为诗人而生的一样。我还给他描述了一个愿景，让他知道和漂亮的罗米尔达一起生活有多么甜蜜。如果他可以把罗米尔达救走，那罗米尔达一定会非常感激他，温柔地对待他。

最后，我总结道："你现在的首要任务，就是跟她搭话，或者给她写信，好让她注意到你。我想，她现在一定可怜极了，就像一头困兽。要是你可以给她送一封信去，对她来说就是黑暗中的曙光。我先去她家侦察一下，看看有哪些事情可以帮你做，再帮你放哨。时机成熟之后，我会第一时间通知你。怎么样，这个计划是不是天衣无缝？"

"完美！"帕米诺说。

那么，我到底是出于什么目的，才想要罗米尔达快一点儿嫁给帕米诺呢？我想不出理由。不过，我已经在前文说过，在帕米诺面前，我很喜欢显示我的智慧。我要让他明白一点，没有什么事情是我解决不了的。说到底，不管我做什么事都是一拍脑袋就去做，从来不会经过深思熟虑。也因此，虽然我有点儿斜视，可以说面貌丑陋，却还是赢得了很多姑娘的芳心。但是我这一次这么做，可不完全是要当着帕米诺显摆。我这样处心积虑地想要撮合帕米诺和罗米尔达，其实是想和老混蛋马拉格纳好好比试一番，好让他空欢喜一场，赔了夫人又折兵。此外还有一个原因，我很喜欢奥利瓦，我心疼她目前的处境，想为她做点儿什么。

现在，我要重点说明一点。如果帕米诺事到临头又退缩了，没有勇气和决心去执行我制订的计划，难道要归咎于我吗？如果罗米尔达没有看上帕米诺，反而看上了我，难道也要归咎于我吗？还有，如果佩斯卡特尔这个老巫婆工于心计，让我相信我已经取得了她的信任，而且在她看到我的笑话时，还会露出发自肺腑的微笑，难道也要归咎于我吗？我发现，她正在慢慢转变对我的态度，最后，她对于我的造访已经是十分欢迎了。于是我得出了这样的一个结论：一个富家子弟（当时我还有不少钱呢）经常去她家，看起来对她的女儿情有独钟，她当然乐意至极。就算她曾经怀疑过我，这种怀疑也会慢慢烟消云散。

　　事实上，还有两个也许会让你们觉得吃惊的事实。第一，从那之后，虽然我经常造访佩斯卡特尔家，但是再也没有看到过马拉格纳。第二，她只会在上午接待我。可是以我当时的状态来说，根本无法判断这两个事实有多么重要。她让我早点儿过去，这难道不是再正常不过了吗？就连我自己都说，在朝阳的照耀下，奔走在树林田野间，这种感觉舒服极了。另外，我发现了一个问题，虽然我一直在鼓励帕米诺去追求罗米尔达，可是，我自己居然爱上了她。这种爱来得很突然，很猛烈，也很鲁莽。她那长长的睫毛，以及睫毛下面墨绿色的眼睛，以及她的嘴唇、脸庞和一切，都让我深深地着迷。甚至，我连她后颈上的一颗痣，以及手上的那道淡到几乎看不见的疤痕，都喜欢得要命。我还以帕米诺的名义，反复地亲吻她柔嫩的小手。

　　我所做的这一切，在当时几乎没有造成任何后果。一天，我带着罗米尔达来到"鸡笼"庄园，想要在这里野餐。而她的母亲，就藏在一个距离我们不近不远的位置，偷窥我们。然后，我开了一个关于帕米诺的玩笑。罗米尔达听了，却忍不住哭了起来。她一把搂住我的脖子，向我请求道：

"马提亚，我求求你，带我走好吗？"她哭着说，"带我去一个看不到我的母亲，看不到马拉格纳，看不到这里任何一个人的地方，好吗？我再也不想留在这个家里了！就在今天好吗？今天下午带我走！"

带她走？我怎么可以带她走呢？再说我有什么理由带她走呢？

从那之后，我就深陷在对她的爱中无法自拔，我向来是有决心的，我已经决定，为她赴汤蹈火在所不辞。于是，我慢慢地向母亲提起，我快要结婚了，好让她有个心理准备。不过，这注定不会是一场风光的婚礼。就在我忙着做这一切的时候，我收到了罗米尔达的一封绝交信。她在信上写道，我不用再在她身上浪费时间，也不要再登她家的门，从此之后我们各走各路。

为什么会有这么一封信？我想，一定是有事情发生了。

之后，又发生了一件完全出乎我意料之外的事情。奥利瓦伤心欲绝地哭着来到了我家，要是让不知情的人看到了，还以为世界末日到了。她哭得十分悲痛，带动着整个房子都开始颤抖。她哭着说，她没有活路了。她丈夫已经证明，无法生孩子的那个是她而不是他。为此，他还得意地跑回家进行了炫耀。

奥利瓦是当着我的面哭诉的，我费了很大的力气，才克制住了开口的欲望。我想，母亲也在面前，我得顾及她的感受。可是，我听了奥利瓦的话，实在是很受煎熬。至于我是怎么离开房间的，我根本想不起来了。我回到书房，把自己锁在里面，肝肠寸断。我想，罗米尔达和我一起经历了那么多，为什么还要掺和到这件事中来呢？果然是有什么样的母亲，就有什么样的孩子！她们母女俩不但把老混蛋马拉格纳玩弄于股掌之上，虽然我要说，马拉格纳是个惹人厌的人，可是这种玩弄也不光彩。更重要的是，她们连我都给玩弄了。我说的她们，不但包括佩斯卡特尔，还包括罗米尔达。她们为了从盗窃我家钱财的小偷马拉格纳那里得到钱，无情地利用了我。而这时候，我可怜的奥利瓦却像坠入了地狱，再也没有任何快乐可言。

我在房间里待了一整天，实在是难以抑制自己的怒气，就在天黑的时候出了门。我带着罗米尔达写给我的信，冲向了奥利瓦家。

我刚进门，就看到可怜的奥利瓦正在收拾行李，准备回娘家。可是，她并没有向她父亲说起过马拉格纳虐待她的事情。

"我以后不能留在这里生活了，"她小声说，"不，事情就到此为止了。他有了新的姑娘，或许……"

"也就是说，你知道他新找的姑娘是谁。"

奥利瓦听到我的话，痛苦地捂住了脸，抽泣起来，肩膀一耸一耸的。突然，她把手举过头顶，声音颤动地说："那个女人太厉害了，她和她的母亲，一起谋划了这件事，你知不知道？"

"我知道这件事的来龙去脉，你说的我都知道。你看看这个。"我说。

说完，我就拿出了罗米尔达的信，递到了奥利瓦手上。她发了一会儿呆，才伸出手接过信，问我："信？这上面写的是什么？"

奥利瓦并不识字，因为她没有上过学。她看着我，似乎在让我帮助她。她现在处于水深火热之中，根本没有心思研究这封信。

我还是坚持说："你看看吧，看完就都明白了。"

奥利瓦没有办法，只好用手背擦干净眼泪，把信打开，一个音节一个音节地拼上面的单词，再念出来。刚念了一两行，她就把信翻过来，看看收信人是谁。然后，她瞪大眼睛看着我，我感觉她的眼睛都凸出来了。

"你？"她的声音很粗。

"这样，我从头念给你听吧！"我说。

可是，她把信压在了胸口，根本没有还给我的意思。

"不！"她尖叫一声，"这是我的！我必须要好好利用它才行。"

我无奈地笑了一下。

"你打算怎么利用它？把它交给马拉格纳。哎，我可怜的奥利瓦，这封信并没有写什么不光彩的内容。而且，你的丈夫现在已经被她迷住了，全身心地爱她，难道会因为你给他看这么一封信就怀疑她吗？她们早就准备好了鱼饵、鱼钩和钓线，而且你的丈夫已经上钩了。"

"你说得没错，没错！"奥利瓦大喊，"可是，你并不知道他多么过分。他对我说，要是我敢说他外甥女的坏话，哪怕只有一句，他也会给我点儿颜色看看。"

"天啊，你看，我说什么来着！"我说，"就算你把事情的真相告诉了他，对你也没有任何好处，这是最坏的一种办法。我觉得，你应该先安抚马拉格纳，好让他以为一切都在按照他的计划进行，你说呢？"

大概一个月之后，马拉格纳就把奥利瓦痛打了一顿，并火冒三丈地来到我家，质问我，像他外甥女罗米尔达这样一个纯洁无瑕的姑娘，我为什么要到处败坏她的名声，这么做到底有什么好处。他一边质问，一边还不停地骂着。他说，他是我父亲最好的朋友，而他的外甥女，只是一个失去了父亲和依靠的可怜的姑娘，我为什么要破坏她的名声。然后，马拉格纳稍微平复了一下心情，才告诉我，本来他是不想把事情闹大的。因为他这么大年纪了还没有孩子，实在不是什么光彩的事情。他想要的，只是那个孩子，等到有合适的机会，他就把孩子带回自己身边，亲自把他抚养长大。可是现在呢，上帝对他毫不留情面，让他明媒正娶的妻子也怀孕了。现在，一个是正室生的儿子，一个是长子，该怎么办呢？以后该让谁来继承遗产呢？

最后，马拉格纳怒吼道："这一切都是马提亚造成的，主意都是他出的。这样的话，他必须负责解决这件事，听见没有，我让他马上解决这件事。我就说这么多，就不跟你们废话了，要是不按照我说的做，那由此产生的后果都由你们承担！"

好了，讲到这里，我们应该暂停一下，把思路整理清楚。我这一路确实非常坎坷，有的读者会认为我是傻瓜，或者有这么个念头，只是不说出来而已。我在前面已经说过，我的生活并不属于我，所以，我现在对任何事情都不在意。我建议，我们暂停一下，分别想一想，把思路整理清楚。

我觉得，要让罗米尔达引诱表舅，是不太可能的。否则，为什么奥利瓦会因为说出了这件事而招致了马拉格纳的暴打？而马拉格纳又为什么会气冲冲地跑到我家，让我母亲给他一个说法，说我败坏他外甥女的名誉？其实，在我们去"鸡笼"庄园野餐后不久，罗米尔达就向她的母亲摊牌了，说我跟她都爱慕对方，想要在一起。但是那个老巫婆听到罗米尔达的话，火冒三丈。她说，她死也不会答应女儿嫁给一个即将穷困潦倒的人。佩斯卡特尔觉得，罗米尔达想要跟我在一起，就是自寻死路。像她这么精明的人，自然不会坐视不理，而是要想办法解决这个问题。

至于她想出的办法，我想大家已经知道了，就不用我赘述了。每次马拉格纳去她家，佩斯卡特尔都会找借口离开，给罗米尔达和马拉格纳创造独处的机会。有时候，罗米尔达也会跟这位表舅吐露心声，甚至会情难自己，痛哭流涕。罗米尔达把自己的境地和母亲的逼迫都告诉他，请他帮自己说几句好话，对她母亲说她早就是那个人的人了，并决定只爱这一个人。

听了罗米尔达的话，马拉格纳有些动容，但是他是一个绝对不会心软的人。他对罗米尔达说，以她目前的年纪，还是要听从母亲的安排，她的母亲甚至可以诉诸法律，向我提起控诉。而他认为，我是一个懒散的人，到处闲逛，是无论如何也无法成为一个好丈夫的。所以他给出的建议是，罗米尔达听从母亲的安排，跟我一刀两断。总有一天，她会觉得自己曾经做的这个决定非常明智。此外，他有一个好办法，可以帮到罗米尔达，如果这件事可以不声张，他完全可以把这个孩子带回家去抚养，把孩子视如己出，因为多年来他一直都想有个孩子，好继承自己的遗产，可是一直都没有实现这个愿望。

你们说，这世界上还有比他更大气、更正直的人吗？这个问题的关键在于，他想要留给孩子的财产，是从我的父亲（确切地说是我）手里窃取的。如果我打破了他的这个梦想，是否应该受到责怪？现在他有两个梦想，如果我只戳破一个还可以，如果两个都戳破，似乎就太过残忍了。

我想，马拉格纳也知道我哥哥罗贝尔托的亲事不错，不会计较他掠夺的我家的财富。

所以，一旦我落到这些正直善良的人手里，那所有的错误就都得归咎于我了，这一切看起来似乎是顺理成章的。

一开始，我的态度非常坚决，生气地拒绝了。可是，我的母亲早就预料到将来会有怎样的灾难降临。她觉得，罗米尔达是马拉格纳的亲戚，如果我可以和她结婚，也许能逃过一劫。我没有办法，不得不让步。

可是，我和我的年轻美丽的妻子，将来却只能生活在残忍狠毒的佩斯卡特尔的阴影之下。

第五章　成熟

这个老巫婆总是想尽各种办法折磨我们。

"你已经得到了什么？你还有什么想要的？"她总是对我说，"你擅自闯入我的屋子，像个贼一样，先是引诱我的女儿，然后装模作样地要维护她的名誉。我想，你的胃口还不仅限于此吧！"

"亲爱的妈妈，您这么说就不对了，"我总是对她说，"您当然希望我就此离开了，不过我可不愿意！"

"你听到没有，听到没有！"然后，她就转向罗米尔达，开始大吼大叫，"他说的话，你听到没有？他觉得自己很了不起，还以此为傲，动不动就拿出来吹嘘一番……"接下来，她就开始臭骂奥利瓦，内容实在是让人听不下去。最后，她会撸起袖子，把手叉在腰间，一副泼妇的架势，"你说，你毁掉自己的儿子，又能得到什么？好了，现在他一毛钱都拿不到了，就是这样！（然后她又转过身，面对着罗米尔达）当然，他才不会在意这些，因为他也是那个孩子的父亲！"

佩斯卡特尔这一招非常灵验，因为她知道，罗米尔达其实对这件事耿耿于怀。我知道，罗米尔达对奥利瓦肚子里的那个孩子充满了忌妒，我也可以理解，因为那个孩子刚一落地就会成为富家子弟，而她的孩子却出生在一个贫穷的家庭，将来还不知道会怎么样。每当罗米尔达想到这些，就会十分难过。而且，要是再听到一些关于奥利瓦的传言，她就更加火冒三丈了。没错，奥利瓦长相甜美，如同一个娇艳欲滴的花骨朵，美艳得不可方物。而她罗米尔达呢，却蜷成一团，窝在这张破沙发里，脸色苍白，没有任何安慰和快乐，就连说话或者睁眼的力气都快没有了。

这一切都是我造成的吗？好像是的。罗米尔达不但不愿意看我一眼，连听到我的声音都不愿意。但是，事情还在朝着更加糟糕的方向发展。我们最后一处抵押的房产，就是"鸡笼"和那个已经有些年头的磨坊，为了把它们保住，我们只好把帕斯卡尔庄园给出售了。母亲没有办法，只能搬过来和我们住在一起。

可是，卖掉庄园并没有扭转局面。马拉格纳看到孩子即将降生，做得更加过分了，想要铲除孩子成长道路上的所有障碍。他伙同放高利贷的人，以少得可怜的价钱买下了我们的房子。直到上了拍卖会我才知道，就算卖掉帕斯卡尔庄园，换回的钱也不够还清"鸡笼"庄园的借款。债主把这个庄园，连同那个老磨坊，一起送交了法院，就这样，我们破产了。

那现在我该怎么办呢？我没有办法，只能到处找工作。只要可以让我的家人吃上饭，让我做什么我都愿意。但是我一没有工作经验，二没有接受过什么高等教育，再加上我臭名昭著，所以到处碰钉子，一份工作都找不到。我真想安静下来，好好想想以后该何去何从，可是家里每天都是鸡飞狗跳的，让我根本无法静下心来。

佩斯卡特尔是一个非常难缠的人，每当我看到母亲为了应付她而身心俱疲的时候，心里就很难过。最后，我那生性善良的母亲才终于意识到，自己错得有多么离谱。她终于发现，原来这个世界有很多阴暗面。不过，这都是因为她太过善良的缘故，所以我并不会因此而责怪她。慢慢地，母亲变得沉默寡言起来。她独自坐在卧室的角落里发呆，一言不发，双手平摊在膝盖上，好像身上所有的力气都被抽干了一样。她低着头，似乎觉得自己没有留在这里的理由了，已经做好了随时离开的准备。我的母亲生性善良，不会与任何人发生矛盾，又怎么会惹人厌烦呢？母亲总是慈爱地看着罗米尔达，却不敢多说什么。刚搬来和我们一起住的时候，母亲还想着做点儿什么来帮助罗米尔达。可是，我那个心肠歹毒的岳母总是恶狠狠地对她说，让她离罗米尔达远一点儿："用不着你操心，这个孩子是我的，别以为我不知道你有什么坏主意！"

　　当时罗米尔达正身患重病，所以我看到岳母的所作所为，并没有说什么。不过从那时候开始，我总是留心观察，尽量不让母亲再受到这样的委屈。不过我很快就发现，我的这种监视让佩斯卡特尔十分窝火，罗米尔达也不太满意。见此情景，我就更加紧张了，在我离家外出的时候，我的母亲又会被她们怎么欺负呢？果真如此的话，母亲就更不想跟我说话了。所以，我在离开家的时候心里有多么忐忑，你应该可以想象。每次我刚一回到家，就会立刻来到母亲身边，仔细看看她的脸，看她有没有流泪。可是，每次母亲都会微笑着对我说。

　　"马提亚，为什么要这么看着我呀？"

　　"妈妈，你怎么样？"

　　这时候，母亲就会把手稍稍举起，"就像你现在看到的，我很好呀！好了，你快去陪罗米尔达吧，她现在又孤独又煎熬，真的很可怜。"

　　哥哥罗贝尔托自从结婚之后，就搬到了奥列格利亚。我没办法，只好给他写信，请他把母亲接到他家。我还向他解释，我这么做的目的不是想把包袱甩给他，而是想让母亲过上舒心一点儿的生活。可是在给我的回信中，哥哥说他现在无力做到这一点。因为我们家的破产，他已经愧对于他的岳父一家和妻子了。现在，他的生活来源就是妻子的嫁妆，所以根本不敢向妻子提起再让家里多一个人的请求。此外还有一个麻烦，就是如果母亲真的过去和他一起住了，也会遇到跟在我这里同样的问题。因为，虽然他的岳母没有那么蛮横，却也是跟他们夫妻俩住在一起的，要是母亲住过去，肯定也会有诸多不便。两亲家同住，却还能和平共处的，真的是闻所未闻。他还说，最好让母亲继续跟着我，因为她已经习惯了这里的生活，完全能在这里走完人生最后的路途。要是去了他那里，母亲将不得不再次适应新的人和新的生活方式。在信的结尾，罗贝尔托说他花每一分钱都要向妻子伸手，所以他根本无法接济我，他对此感到非常难受。

　　为了不让母亲看到这封信感到伤心，我悄悄地把它藏了起来。眼下这种处境让我觉得心烦意乱，看待问题时也无法保持客观，所以，我感觉到这封信尤为恶心。我是一个喜欢从好和坏两方面去看待问题的人。一般来说，我的思维方式是这样的：如果你剪掉了夜莺的尾羽，我会觉得，虽然这只鸟儿很可怜，但是它至少保留了唱歌的能力。但是，要是剪掉孔雀的尾羽，它该如何是好。我知道，罗贝尔托肯定是思考了很长的时间，才会写下这封信。他最看重的，还是要保住目前优渥的生活。就算他以妻子的嫁妆维持生活，他也想保住最后一丝体面。如果想要打破现在的平衡，那他势必要做出巨大的牺牲。罗贝尔托早已熟练掌握的，而且也是他能够给予妻子的唯一的东西，就是大方得体。坦白说，想要让他的妻子赡养我的母亲，那他就要对妻子付出更多的爱。上帝赐予了罗贝尔托很多东西，唯独没有一颗怜悯心。也许正是因为如此，罗贝尔托才会无可救药的。

于是，我们的境况越来越差，我只能眼睁睁地看着这一切，却根本无法做什么。靠着之前剩下的一点儿东西，我们又维持了一阵子。后来，母亲将父亲送给她的项链中的最后一条也变卖了。佩斯卡特尔知道之后，就觉得以后我们就得分享她那每个月四十里拉的收入了。于是，她对我们的讨厌和恨意逐渐加深。我知道，一场压抑已久的、异常猛烈的暴风雨正在酝酿之中。即便我的母亲向来与世无争，也不会幸免于难。每当佩斯卡特尔怒气冲冲地看着我，我都会提心吊胆。气氛太过紧张的时候，我就会赶紧离开家，好让暴风雨不要来得这么早。可是每次我离开不久，就担心起母亲来，又急急忙忙地赶回家。

有一天，我在外面停留的时间稍微长了一些。两个曾经在我家工作多年的老用人前来探望母亲。没想到，这居然直接引发了这场暴风雨。这两个用人中的一个积蓄不多，离开我家之后，又找了一份工作。而另外一个，也就是玛格丽塔，一人独居，还有一大笔积蓄。这两个用人陪伴着母亲度过了大半生，当着她们的面，母亲敞开了心扉。而且，对于我家母亲的窘境，玛格丽塔也看得一清二楚。于是，她主动对我母亲说：

"你不如搬到我家去，和我一起住，我家有两间大房子，阳光也很好，不但有露台，下面还有一个水池。窗外有很多美丽的花儿，开得正艳，从窗户那里就能看得一清二楚。"

是的，让她们两个相伴走过人生最后的时光也是可以的。她们多年来一直彼此陪伴，为对方奉献，心早就连在了一起。

但是，以母亲的性格来说，她当然拒绝了这次邀约。而母亲的拒绝，让佩斯卡特尔恼火不已。于是，我回到家里的时候，正好看到了这样的一幕：我的岳母正在挥手打向玛格丽塔的脸，而玛格丽塔出于本能，只好保护自己。我的母亲站在一旁小声地哭泣着，就像在暴风雨中瑟瑟发抖的一片树叶。她紧紧地握着另一个老用人的手，像是要让她保护自己。眼前的这一幕让我再也无法忍受，我冲向了我的岳母，用力抓住她的手腕，把她甩在了一边。她站立不稳，倒在了地上。但是，她很快就从地上跳了起来，像一头母老虎一样冲向了我，挥舞的指甲差点儿把我的脸抓出口子。

她气得大叫："你，迅速从我的屋子里滚出去，还有你的母亲，你们都给我滚，滚！"

此时我已经怒不可遏，但是我还是强压着怒火，于是我的声音里都有了一丝颤抖。"你听着，该走的不是我和我的母亲，而是你。如果我是你，我就会立刻离开这里，这是最好的计策。你敢再惹我一下试试，我告诉你，那边就是门，你应该知道该走哪条路吧！"

罗米尔达原本躺在沙发上，身体虚弱，连坐立都困难。可是现在，她却用尽全身的力气号叫，挣扎着爬起来，冲到了她母亲的怀抱。

"妈妈，你不要离开我，不要让我一个人留在这里面对这些人！"

"我说什么来着！你非要跟着他，现在知道后悔了吧！他就是个废物，一无是处！我可受不了跟他生活在一起了，简直连一秒钟都忍不下去了！"

当然，最后佩斯卡特尔还是留下来了。可是仅仅过了两天，又一场暴风雨来临了。玛格丽塔把我家里发生的事情告诉了姑妈斯克拉斯提卡，于是，姑妈坐不住了，迅速冲到了我家。我想，接下来发生的这场闹剧，简直称得上一场好戏。

那天早上，我的岳母正在厨房里，为做面包做准备。为了不弄脏衣服，她把袖子撸起来，裙子也提到腰间扎住了。她无意中一扭头，正好看到了门口的斯克拉斯提卡姑妈，但是她假装没有看见，继续筛面粉，然后把面粉揉成团。姑妈并没有在意她的冷淡，而是直接推门而入，对佩斯卡特尔不理不睬，走向了我母亲的房间，似乎整个屋子里除了我的母亲没有别人。

姑妈一看到我的母亲，就大声嚷道："我可找到你了，快点儿，把东西收拾好，跟我去我家住吧！你们家的吵闹声震耳欲聋，在几百米外都能听见。我今天到这里只有一个目的，就是把你接走。快点儿收拾东西，我们现在就走。"

姑妈一口气说完这一大串话，根本没有停顿。此时，她的脸色黧黑，十分严肃，映衬得那个鹰勾鼻子更加显眼了。很明显，她在极力控制情绪。我发现，她的雪貂眼里，有一丝不易察觉的寒光。

厨房里没有传来任何回应。佩斯卡特尔并没有停止手中的动作，我能听到，她用力地在案板上揉搓面团，好像是在用这样的方式回应我的姑妈。斯克拉斯提卡姑妈听到这个节奏，感觉不太对劲儿，又开始噼里啪啦地说起来。砰——没错，会这样的！砰——对，这正是我说的。砰——没错。砰——你怎么不早一点儿和我说？最后，我的岳母拿起平底锅，狠狠地放在面板上，于是又传来"砰"的一声。她似乎是在用这种方式说："瞧吧，还不是一样被我摆平了！"

这下可算是捅了马蜂窝了。斯克拉斯提卡姑妈一下子从地上跳起来，一把抓住肩头的披肩，用力抓下来，扔给我母亲。

"你，把这个披上。让那些老鼠随便叫吧，不必理会。好了，现在你先出去！"

然后，姑妈就径直朝着佩斯卡特尔走去。佩斯卡特尔看到姑妈气势汹汹，忍不住往后退了一步，顺手抓起了平底锅。斯克拉斯提卡一扭头，看到了面板上的大面团，就伸出双手把它抓起来，用力地朝着佩斯卡特尔的头上砸过去。我的岳母向来横行霸道，现在可算是碰到钉子上了。斯克拉斯提卡姑妈步步紧逼，一直把佩斯卡特尔逼到了屋角。然后，她拿起面团，恶作剧似的抹在寡妇的眼睛、鼻子、嘴巴和头发上，可以这么说，只要露在外面的地方都没有幸免。然后，姑妈就握住母亲的手，把她拖向门口。

接下来就轮到我了。佩斯卡特尔急急忙忙地拿下脸上的面团，狠狠地扔向我。而此时，我正坐在屋角哈哈大笑。然后，她就扑向了我，狠狠地揪我的胡子，挠我的脸，踢我的胯骨，还开始打我。就在这一切发生的时候，罗米尔达正在另外一个房间里，呕吐不止。

我倒在地上，缩成一团，大声喊道："妈妈，你让我觉得太丢人了，你的大腿都露出来了，丢死人了！"

从那之后，我就学会了一项新的本领，不管面对怎样的不幸，我都会一笑而过。当时，我觉得我眼前正上演着一出最具戏剧性的悲剧，而我深受其害：我的母亲正在跟我的姑妈厮打在一起；在隔壁的房间里，我的妻子呕吐不止；在我面前，我的岳母佩斯卡特尔正在满地打滚……而我则无力地瘫倒在屋角，胡子和衣服都因为面粉而变成了白色，脸上是被抓出的抓痕和被打的淤青，脸上还有很多液体，我已经无法分辨出到底是流出的血还是笑出的泪。

我想找到这个问题的答案，就来到了镜子前面。原来是眼泪，是从我那只有目共睹的斜眼里流出的眼泪。现在看起来，这只斜眼似乎比以往更斜了。我对自己说："相比之下你还算不错，毕竟你不受任何人的管束。"说完，我就拿起帽子，从房间里冲了出去。我暗自发誓，除非我可以想出能够养活我们夫妻俩和即将呱呱坠地的孩子的方法，否则我绝对不会再踏进这个门。

　　回想起自己以前花钱如流水，我实在是有些看不起自己。我知道，别人根本不会同情我，只会嘲笑我。当然，这一切都是我咎由自取。在这个世界上，唯一有理由同情我的，就是那个把我的家产夺走的人。可是，巴提斯塔·马拉格纳这么贪婪狡诈，又怎么可能帮我呢，况且我们积怨很深。

　　不过，确实有人帮助了我。在一个最出乎我的意料的时刻，我遇到了我的救星。

　　整整一天，我都在街上瞎逛。到了黄昏，我竟然和小帕米诺不期而遇。他先看到我，就想脚底抹油，于是迅速转过头，走向另一个方向。

　　我见他走了，急忙在他身后大叫："帕米诺，帕米诺！"

　　他快快不乐地问我："你要做什么？"我走到他面前的时候，他连眼皮都不愿意抬一下。

　　我说："嘿，帕米诺，兄弟。"说着，我伸出手拍了拍他的后背。再次看到他这张长脸，我感到由衷的高兴，"说实话，你是不是不生我的气了？"

　　哦，人可真薄情寡义。其实，帕米诺现在还在气头上，气愤至极。他说，他因为罗米尔达的事情，对我恨之入骨。我没有办法立刻就让他相信，我并非成心想要欺骗他，要说最大的受害者，也该是我才对。这么说，他还应该感激我，因为原本应该由他受的罪，现在由我替他受了。

当我在镜子中看到自己的脸时，我产生了一种远超过痛苦的快意。

我对帕米诺说："你有没有看到这些抓痕？你觉得是不是她造成的？"

"你说什么，你说是你的妻子罗米尔达抓的？"

"是她妈妈！"然后，我把整件事情都向他和盘托出了。听完我的话，帕米诺露出了一个微笑，但是我能看出，这个笑容里没有快意。我想，他此时的内心活动是：换成是他，一定不会受到老寡妇佩斯卡特尔的这种对待，因为他至少在经济上比我强很多，而且他的性格也比我好。我几乎忍不住想要问这么一个问题：要是他这么在乎罗米尔达，那我当时鼓动他去追求她的时候，为什么他会犹豫不决。正是因为他的犹豫，我才在和罗米尔达长期的接触中，对她产生了感情，从此陷入万丈深渊。归根结底，这一切事情发生的根源，就是因为帕米诺太笨，太懦弱。但是，我并没有对他说这番话，只是问他："你最近在做什么？"

他叹了一口气，说："我什么都没做。我身边没有一个可以玩到一起的人，实在是太无聊了。"

我能听出，帕米诺的语气中有一丝愤怒，我突然明白了其中的原因。当然，帕米诺对于罗米尔达的事情耿耿于怀，这是一方面，再就是，他一下失去了我和罗贝尔托两个人的陪伴，这一点让他更加难受。罗贝尔托搬去了别的地方，罗米尔达又嫁给了我，我和罗贝尔托都从他的生活里消失了，那帕米诺这个可怜虫还能去哪里找乐子呢？

"没有一个可以玩到一起的人？那你可以结婚啊，我的好兄弟，那简直是太刺激了，不信你可以看看我的遭遇！"

唉，可悲又可笑。帕米诺一边摇头，一边闭上眼睛，高高举起右手，大声说："不，我不要结婚！"

"帕米诺，你是个聪明人，希望你可以保持下去。你在找玩伴，对不对？只要你开口，我随时听命于你。"

然后，我就把我要离开家的雄心壮志告诉了帕米诺，还简单地说了说我当前面临的经济问题。

"我的兄弟……"帕米诺嗫嚅着说，然后，他说要给我他所有的东西。

不过，我并没有要他的东西。我不需要施舍。就算给我几里拉，等我花光之后，我又成了穷光蛋。我现在迫切地需要一份工作，最好是能够长期干下去的。

"等一下！"帕米诺不知道想起了什么，突然大叫起来，"我知道了，还真有一个机会。你应该知道我的父亲吧，现在他正在为政府服务。"

"我不太清楚这个，但是据我猜测，他现在应该混得风生水起。"

"没错，他现在供职于教育部，是区巡查员。"

"哇，这可真是出乎我的预料。"

"我想想，昨天晚上，我参加了一个宴会。对了，有一个叫罗米泰利的老人，你认不认识？"

"我不认识他。"

"不可能，你肯定认识他。他在博卡蒙扎图书馆，是个年纪很大的聋子，眼睛也不太好了。现在，他的身体情况非常糟糕，所以政府想让他退休，并按月给他支付养老金。我父亲说，现在那个图书馆乱糟糟的，要是不赶紧采取措施，那些书就都完蛋了。我觉得，你应该很适合这份差事。"

"让我做图书管理员？"我大声说，"这不是受过教育的人才能做的事吗？"

"你怎么就不行呢？"帕米诺说，"不管怎么说，你也应该比罗米泰利懂得多吧！"

这话倒是很有道理，我动心了。帕米诺说，我最好跟我的姑妈说一说，再由她去知会他的父亲，"他们俩总是处于同一阵线。"

当天晚上，我就和帕米诺在一起。第二天一早，我就急急忙忙地去了斯克拉斯提卡姑妈家。她还是老样子，对我爱搭不理的。最后，我只好把这件事告诉了母亲。

四天后，我就如愿地当上了隶属于教育部的博卡蒙扎图书馆的管理员，每个月的工资是六十里拉。天啊，六十里拉！这样一来，我的收入就超过了寡妇佩斯卡特尔了，这简直让我无比兴奋。

刚入职的几个月，我在图书馆里的生活十分舒适，这主要是因为罗米泰利对我的帮助。对此，我倒是有些不解。现在，镇里每个月都会给他一笔养老金，他也根本没有留在图书馆继续工作的义务。他会在每天早上的9点钟，挂着双拐出现在图书馆的门口。进门之后，他会从自己的上衣口袋里掏出一块怀表，这块怀表样式比较古朴，是黄铜壳的。随后，他会把怀表挂在墙上，那里有一枚钉子。然后，他会坐在"办公室"的位置上，拿起两根拐杖，用双腿夹住，再把手伸进内口袋，拿出一个鼻烟盒，再摸一摸鼻子。等这些基本的准备工作全部完成之后，他会将办公桌的抽屉拉开，把放在里面的一本上了年头的文集拿出来。这本文集出版于威尼斯，是在1758年出版的。它是一本音乐大典，古今中外所有艺术家和鉴赏家的相关作品都收录其中。

一般在这时候，我都会大喊一声："罗米泰利！"可是，他正全神贯注地按照每日的习惯翻阅文集，根本就不知道旁边还有一个我。我只好提高声音："辛格乐·罗米泰利！"

可是，老罗米泰利是个聋子，就算在他的耳边放炮，他也不会有什么反应。所以，我每次的叫喊都以我走到他面前拉住他的手臂告终。他会转过头来，一脸茫然地斜眼看着我。然后，我就看到他露出了一排焦黄的牙齿，我想他这是在试着对我微笑。然后，他又慢慢地低下头，沉浸在古书之中。有很多人看一会儿书就想睡觉，但是老罗米泰利显然不属于此列。他不但会仔细地逐字阅读，还会用那听起来十分尖锐的嗓音把它念出来："乔瓦尼·阿布拉姆·伯恩鲍姆……乔瓦尼·阿布拉姆·伯恩鲍姆于1738年……1738年在莱比锡……在莱比锡第八次再版……再版了一本小册子……米特兹勒重印了这本书……1739年……1739年将它收录于音乐图书馆的第一卷……"

为什么每个句子和日期他要重复读上三四遍呢？也许是为了加深记忆？可是既然他已经聋了，为什么要用这么大的声音读呢？于是，我的大部分时间都用在好奇地观察他上面了。这个可怜的老人，早就黄土埋半截了（实际上，我刚入职四个月，他就去世了）！乔瓦尼·阿布拉姆·伯恩鲍姆，或者别的什么人，于1738年在莱比锡出版的小册子，和他又有什么关系呢？他为什么要花费这么多的时间和精力去深入探讨呢？就算他真的有所收获，也只能留待下辈子再用了。在我看来，他把这个问题视为原则问题。既然是图书馆，那用处就是看书。既然没有人愿意来看书，那就由他来做好了。也许，他是在偶然之中才选中了这本书，重要的不是阅读的内容，而是阅读这件事。

日复一日，年复一年，如今，老教堂"阅读室"的大桌子上已经积累了很多灰尘，足足有一寸那么厚。有一天我突发奇想，想要代替镇上的居民，感谢捐赠这座教堂的人，就伸出手指，在灰尘上写了几个大字：

> 献给博卡蒙扎主教
> 慷慨捐赠，书香传世
> 他的恩典，永记心间
>
> 镇上全体居民敬上

图书馆里有一些比较高的书架，隔三岔五就会从上面掉下几本书，随后，几只老鼠也会跟着滚落下来。这些老鼠的个头很大，足足有一只猫那么大。我第一次看到的时候，非常兴奋，忍不住大喊大叫。在我看来，这些掉落的书籍的意义，不亚于苹果之于牛顿的意义。我兴奋地大喊："我终于找到事情做了！我要抓光这些老鼠，让罗米泰利全心全意地读伯恩鲍姆！"

虽然我对管理员这份工作所知不多，但是出于本能，我也知道我身处这种环境中的责任。于是，我拿起笔，给格洛拉莫·帕米诺大人写了一封信。在信中，我措辞恭敬地提出，希望他可以派人给圣·玛利亚自由教堂的博卡蒙扎图书馆送猫过来，至少两只。而且，我说我要的猫绝对不会增加预算，因为它们在这里能自己找到食物，吃得饱饱的。此外，我还向组委会申请，希望他们批准我去买一个加大的带诱饵的陷阱网。（在我看来，"奶酪"这个词档次太低，跟新上任的教育部巡查员根本不匹配。）

不久，格洛拉莫·帕米诺大人就派人送了两只小猫过来。但是，这两只猫实在是太虚弱了。一看到和自己个头相仿的老鼠，就吓得瑟瑟发抖。抓不到老鼠，它们只能饿着肚子，于是，它们就打起了捕鼠陷阱中的奶酪的注意。结果就是，我每天早上都能在铁笼子里发现可怜的它们。此时，它们连一声都叫不出来了。于是，我马上将这种情况汇报给了上级。他们决定，重新给我送两只勇敢的大猫过来。从这以后，捕鼠陷阱里就再也没有抓住过猫，捕鼠陷阱终于派上了用场。于是，我就抓到了很多老鼠。

　　有一天傍晚，我突然觉得有些累了，因为虽然我在尽心尽力地抓老鼠，可是罗米泰利似乎并不关注我取得的成果。（虽然在这个图书馆里，他的任务是看书，而老鼠们的任务是吃书。）所以，我打算把新抓住的两只老鼠带到他面前，让他过目一下。我抓着这两个"战利品"，放进了罗米泰利保存他的艺术大典的那个抽屉里。

　　我忍不住小声嘀咕："我一定会改变你对我的看法！"

　　然而，我想错了。罗米泰利一拉开抽屉，那两只老鼠就顺着他的胳膊肘大叫着逃窜了。他回过头来看着我，问："刚才是什么东西？"

　　"罗米泰利，那是老鼠，两只老鼠！"

　　"原来是老鼠啊！"他的语气非常轻松。他早就把这些老鼠和他自己，都看成了图书馆的一部分。罗米泰利就像什么都没有发生过一样，把书翻开，大声阅读起来。

　　乔万·维托里·索德里尼写了一本《论树》，里面有一段内容是这么写的："果实之所以能够成熟，冷和热各占一半功劳。热量给成熟提供了力量，是成熟的根本原因。"依我看，这位作者根本就不知道，水果商们早就找到了除了热量之外的其他促进水果成熟的方法。他们把尚未熟透的苹果、梨、香蕉放在一起，用力碰撞或者挤压，水果的外皮在外力的作用下会变软，给人们一种水果已经成熟了的假象。

我只用了很短的时间，就变成了一个完全不同于以往的自己的人。自从罗米泰利去世，我就一个人待在图书馆里。虽然我觉得非常无聊，也会有孤独感，但是我并不渴望有人来陪我。

事实上，我每天需要在图书馆工作的时间只有短短的几个小时。可是我觉得，家就像是一座牢房，要是在大街上闲逛，难免会想起前尘往事，心生不快。所以，虽然这座废弃的教堂里到处都是老鼠和灰尘，我却告诉自己，这里就是我的避难所。可是，为了打发这难挨的时间，我该做点儿什么呢？对了，捉老鼠就很不错！可是，捉老鼠又能持续多久呢？

在我第一次拿起一本书时（当时我只是站在书架前，随手拿下了一本），突然没有来由地害怕起来。我将来是不是会和罗米泰利落得同样的下场，在这座无人问津的教堂里沉迷于看书，最后孤独终老？一想到这，我就生气极了，扔掉了手中的书。可是片刻之后，我就走向了被我扔掉的那本书，把它捡了起来。我翻开书，开始用我的一只眼睛阅读里面的内容。因为我的另一只眼睛是斜眼，无法完成这样高难度的动作。

于是，我开始看书了。我阅读的面很广，但是主要以哲学书为主。我要强调一点，虽然哲学比较沉重，但是当你真的从哲学中有了一些感悟，你会觉得自己的心就像一片羽毛，不断地越飞越高，都能够到天上的云朵了。以前，我总是觉得我不是个正常人，头脑很奇怪，可是通过阅读，我觉得自己变得成熟了许多。当我在阅读的过程中遇到难题，或者觉得十分迷茫的时候，我就会把图书馆的门关上，走上一条小路，它的尽头就是大海。面对着眼前辽阔壮观的大海，一种敬畏感油然而生。而且，这种感觉会越来越强烈，其他的所有情绪都被它压制住了。我在沙滩上坐下，伸出手指，拨弄着细沙。与此同时，我还会低下头，不再看任何东西。可是我的耳朵还能听，我能听到波浪击打海岸的声音和波涛的声音。

我喃喃着说："也就是说，我今生剩下的时光都会这么度过。"

这时候，我会突然有一种冲动，产生了奇怪的念头，就像疯了一样。我会突然从沙滩上跳起来，用力挣扎，似乎我身边有什么东西束缚了我，而我竭力想要挣脱。可是，我眼前的大海并没有发生任何改变，不是风平浪静，就是波涛汹涌。我愤怒不已，紧握双手，面对着辽阔的大海，绝望地大叫：

"为什么非要这样不可呢？为什么？"

又一个海浪冲了过来，浪花打湿了我的脚。

大海似乎在对我说："你明白了吧？因为你开始追求隐藏在事物背后的原因了。你的脚被浪花打湿了。好孩子，快点儿回图书馆去吧！你的鞋子会被海水泡坏，但是你并没有多余的钱买一双新的。快点儿回图书馆去吧，以后不要再看哲学书了，最好看一些其他方面的书籍。你也可以读一读乔瓦尼·阿布拉姆·伯恩鲍姆于1738年在莱比锡再版的那本小册子，至少里面的内容对你无害。"

不知不觉中，日子就像流水一样滑过了。突然有一天，有人急匆匆地来到了图书馆，对我说我妻子生了非常严重的病，我必须立刻回家。我还记得，我当时用尽全力飞奔回家。其实，我并不是想快一点儿回家，只是想放空大脑，尽量不去想我的儿子就要出生了。

我的岳母站在门口，一看到我就把我拦住了。她把手放在我的肩膀上，用力地抓住我，大喊着："快，快去叫医生，罗米尔达挺不住了！"

我听到她的话，差点儿一头栽倒在地。这件事发生得太突然了，毫无征兆。天啊！"快，快去叫医生！"

我迷迷糊糊地转身又往回跑，也不知道自己到底该往哪里跑。我结结巴巴地大喊："医生！医生！"人们听到了我的叫喊，有人想要把我拦住，问我为什么要找医生；有人伸出手，想要抓住我的袖子；还有人吓得面无血色。可是，我奋力挣脱开了他们，只是像无头苍蝇一样到处乱跑，不停地喊："医生！医生！"

可是医生现在在哪儿呢？就在我家里呢！等我像发了疯一样到处找医生，却怎么也找不到之后，我只好回了家。没想到刚一到家，我就看到了我的第一个女儿。不一会儿，我就迎来了第二个女儿，不过相比之下，她好像并不着急来到人世。

就这样，我有了一对双胞胎女儿。

这件事距离现在已经很多年了，可是到现在我还能清楚地回忆起当时的情景。她们两个并排躺在摇篮里，似乎受到某种神秘力量的驱使，好看的小手在空中不断地挥舞着，让人不忍心挪开视线。这两个小家伙实在是太可怜了，简直连我在捕鼠夹上找到的小猫咪都比不上。因为她们两个非常虚弱，连哭喊都没有力气，只能胡乱挥舞着自己的小手。

我想要分开她们，可是我的手刚一摸到她们那细嫩柔软的皮肤，我的心就像融化了一样——她们是我的女儿！

可惜，双胞胎中的一个很快就夭折了，另外一个活的时间长一点儿，至少活到了让我的父性开始萌发。从此，我在这个世界上活着的目的只有一个，就是照顾孩子。我的女儿长到一岁的时候，已经出落得十分漂亮了。我喜欢用手指拨弄着她那金黄色的头发，把它缠绕起来，不停地亲吻，似乎永远没有厌烦的时候。她学会了说话，叫我"爸爸"，我就会叫她"小宝贝"，她再叫我"爸爸"。我们父女俩就像两只小鸟，从一个树梢飞到另一个树梢，发出悦耳的叫声。

可是，我可爱的女儿很快就离开了我，而且几乎是和我的母亲同时离开的。我已经无法分辨出，到底是女儿的死让我更痛苦，还是母亲的死让我更难过。女儿快要咽气的时候，我飞奔到了母亲身边。弥留之际，母亲依然只顾着别人。她的嘴唇颤抖着，呼唤着自己的孙女。因为自己就要死了，无法见孙女最后一面，也无法最后亲吻她一下，她觉得非常遗憾。

直到九天之后，这种痛苦的折磨才宣告结束。我不能闭上眼睛，连短短的一秒钟都不行。接下来发生了什么，我还要说出来吗？我敢说，由于人性，大部分人都是不会说的。但是，我还是决定要说出来，因为我的心已经麻木了，根本不知道悲伤为何物。

我觉得自己头昏脑涨的，好像被雷劈了。所以，我就上床睡觉了，没错，我睡觉了。我不得不睡觉。等我从睡梦中醒来，对于失去了母亲和女儿的痛苦才有了更加深刻的感受，那种痛苦痛彻心扉，十分残忍，让人达到了疯狂的边缘。一整个晚上，我都浑浑噩噩的，就像一个孤魂野鬼一样，在大街上和田野里游荡。

我依稀记得，我走着走着，就来到了"鸡笼"庄园的磨坊附近。

当时天刚蒙蒙亮。我看到在水槽边站着一个人，原来是磨工菲利普，他曾经给我家打工。看到我之后，他就招呼我，我们一起坐到了一棵树下，他给我讲起了我的父母以前过得多么风光。他告诉我，我的母亲的离世，唯一的目的就是追随我的女儿去往另一个世界，好好照顾她。到了天堂之后，她们就会相聚。祖母亲昵地把小孙女搂在怀里，给她陪伴与呵护，给她讲我的故事。

过了三天，我收到了哥哥罗贝尔托寄给我的五百里拉。据我猜测，他想以此对我遭受的长达九天的折磨进行补偿。

　　不过，这笔钱有一个名义上的用处，就是给我的母亲准备一个风光的葬礼。不过，这一切早就由斯克拉斯提卡姑妈办妥了。于是，我就拿着那张五百里拉的汇票来到了图书馆，夹在了一本旧书里。再后来，我取出了里面的钱花掉了。

　　接下来我要讲述的故事是，因为这五百里拉，才有了我的第一次死亡。

第六章　飞快转动的象牙球

　　沙龙聚会上，灯红酒绿，纸醉金迷。在熙熙攘攘的人群中间，有一个象牙球，正在优雅地转动着，好看极了。此刻，天地之间的一切似乎都消失了，唯一存在的就是这个象牙球，发出咔咔嗒嗒的声音。

　　天地之间唯一存在的就是象牙球！不管是站着的还是坐着的人们，他们的目光都牢牢地聚集在象牙球上，现场的气氛无比紧张，无比热烈。很多只握着黄金的手，正在一张黄色方桌的下面挥舞。旁边还有很多人，正在紧张地拨弄着即将用于下一场投注的黄金。象牙球飞快地转动着，动作十分优雅，所有人的目光都聚集在它上面，似乎在说："亲爱的象牙球，你想停在哪里？残忍的象牙球，你愿意停在哪里？在我们眼里，你就是上帝！"

　　机缘巧合之下，或者说是在和岳母以及妻子爆发了一场冲突之后，我就来到了蒙特卡洛。当时，由于经历了各种争吵，我实在是身心俱疲。于是，受到冲动的驱使，我找出了罗贝尔托寄给我的五百里拉，全部塞进口袋，然后戴好帽子，穿好衣服，从家里出发了。

为了尽快远离这个地狱一样的家，我步行着上路了。我木然地走向前方，朝着附近的一个有铁路穿过的村庄走去。我的脑袋里只有一个大概的计划。我要先去马赛，再坐上蒸汽船到美国去。现在我的口袋里有钱，买一张船票应该是足够的。我对自己说，一定要相信运气。难道还有比我现在的生活更差的东西吗？也许在海岸线的那一边，有一个新的未来正在等着向我张开怀抱。就算在那里等待我的镣铐比我刚刚挣脱的更加沉重，我也毫不在意。不管怎么说，我觉得多出去开开眼界都是没有坏处的。也许我还能从心里的窒息中挣脱出来，恢复昔日的野心，创下一份事业呢！好吧，朝着马赛出发吧！

　　可是，我的勇气只支撑着我走到了尼斯。哎，我年轻时曾经那么果断，那么坚强，如今我这是怎么了？哎，我的勇气也许已经被沮丧给吞噬了。啊，我实在受不了了，我要疯了，几乎动不了了。我只有五百里拉，这可怜的五百里拉，我要靠它去闯荡世界吗？我已经做好去面对陌生的环境带给我的挑战的准备了吗？

　　我乘坐的船在尼斯停泊了一阵子。船靠岸之后，虽然我还是不想回家，但我也想在这里停止了。我在尼斯随意地游荡，穿越那里的街道和巷子。有一天，我在一块金字招牌前面停下了脚步，看着上面写着的四个字：轮盘赌场，我才知道这个店铺是一家赌场。我站在外面，看到窗户里有各种轮盘，还有无数的装饰配件和赌场指南。在赌场指南的封面上，还画着一些轮盘赌的装饰图。

　　众所周知，遭遇不幸的人很容易迷信，还会对别人的轻信嗤之以鼻。有时候，迷信会给他们带来看似真实却遥不可及的希望。我至今还记得那些赌场指南的封面，其中一个上写的是"轮盘赌必赢手册"。我带着不屑的微笑，走过了赌场的窗户。可是我也不知道是为什么，刚走了几步，我就挪不动步了。我带着一抹对别人的愚蠢的轻蔑的笑容，回到了轮盘赌场，还掏钱买了一份手册。

这其中的原因，我自己也不清楚。实际上我连轮盘赌是什么都不知道，更不知道轮盘的构造。不过，我还是打开手册，开始阅读。

"我觉得，我主要的问题就是不懂法语。"我最后得出了这样一个结论。我根本没有学过法语。我曾经在图书馆里看过一本法语语法书，还学过几个句子。但是，对于法语是如何发音的，我并没有留意，所以我也不想开口说法语，以免被人笑话。为此，我犹豫不决，不知道到底要不要进赌室。可我转念一想："我身上的钱少得可怜，不管是西班牙语还是英语我都不会，还想着独自去美国打拼。既然我这么有勇气，怎么就不敢进赌场呢？再说了，我不但会一点儿法语，还有一本赌场指南。"

"蒙特卡洛和尼斯相距不远，"我暗想，"而且罗贝尔托寄给我这五百里拉的事情，我的妻子和岳母并不知情。要是我把这些钱输得一干二净，也就断了出去打拼的念头。也许剩下的钱还够我买一张票回家，不过，就算我……"

我听说赌场里有一个园子，里面长满了参天大树，美丽极了。我想，情况再坏也坏不过我解下皮带，找一棵树吊死。我这样的死法不但不花钱，还不失体面，不是很好吗？等到人们发现我的尸体，就会说："这个可怜的家伙，也不知道输了多少钱。"

说实话，进入赌场后看到的场景并没有给我什么惊喜。也许，只有大门那里才派头十足。看到门口那八根大理石柱子，会有一种进入了上帝的神庙的错觉。走过这八根柱子，就能看到一扇大门，有左右两个通道。左边侧门上写的是"TIREZ"，我知道这是法语里的"拉"，这样的话，右边侧门上写的"POUSSEZ"应该就是"推"。

于是，我推开了右边侧门，走进了房间。

我刚一进门，就闻到了一股刺鼻的味道。我暗自思忖：这里需要一番整治！四面八方的人们带着大笔钱财来到蒙特卡洛，如果命中注定他们要死，也不应该死在这么一个糟糕的地方。如今，不管是在欧洲的哪一个城镇，那些曾经屠宰过未受教育的动物的屠宰场都被掩盖了。事实上，我觉得这种客气完全是多此一举，当然这是我个人的看法。不过我不得不承认一个事实，那些赶到蒙特卡洛玩的人，很少会关注大厅的装潢，同理，那些整天窝在沙发上的人也不会关注沙发垫发出的怪味。

在我决定碰碰运气之前（虽然我感觉希望渺茫），我还是决定先看看别人是怎么玩的，借此熟悉一下赌局的规则。我站在一旁观战了几分钟，就对轮盘赌的规则了然于胸了。于是，我走进了第一个房间，来到了左手边第一张桌子旁边。

我掏出几个法郎，押在了25这个数字上。站在我旁边的人都非常紧张，盯着那个旋转的球，眼睛都不敢眨一下。我也非常激动，仿佛下一秒心就会从嗓子眼里蹦出来，但是我还是装出十分淡定的样子。

象牙球转动的速度越来越慢，终于停在了台面上。

主持者大叫："Ving-cing，rpuge，impair，etpasse！"

我赢了。我伸出手，想要把钱揽到自己面前，可是突然，我身后的一个高个子男人推开我的手，把钱揽到了他面前。我用我蹩脚的法语结结巴巴地跟他说，他搞错了，当然，我以为他并不是故意要把我的钱占为己有，只是搞错了。可是，这个高个子是德国人，法语比我的还烂。但是，他有勇气说出来，这足以弥补他语法上的欠缺。他愤怒地冲我吼道，明明是我搞错了，那些钱是他的。我没有办法，只好看了看桌旁的人，想向他们求助，然而并没有人愿意替我出头。有个人亲眼看到我把钱押到了25号，还小声嘀咕了一会儿，可是他也一言不发。我只好满怀祈求地看着坐庄的人，可是他们就像雕像一样，根本没有任何动作。"好吧，我明白了。"我告诉自己。说完，我把手伸进口袋，拿出了几个法郎。现在，我已经知道怎么在轮盘赌中逢赌必赢了，可是，赌场指南里竟然没写这一条，实在是太遗憾了。我想，在轮盘赌中逢赌必赢只有一个秘诀，就是耍赖。

我换到了另一张桌上，这里鏖战正酣。我环顾四周，这里有很多人，大部分都是西装革履的先生，还有几个略带一些风尘味儿的女子。我马上就没了兴致，尤其是在我看到一个头发花白的男人时。他个头不高，大大的眼睛是蓝色的，里面有很多血丝。他的睫毛长长的，似乎也有些发白了。对他的这种长相，我并不是很喜欢。他衣着讲究，不过我觉得这身打扮并不符合他的身份。我觉得，他值得我深入观察。他选了一个号码，下了很多注，却输掉了。他下了更多的注，却又输了。从他的表情上，我看不出有什么变化。我想："我觉得，这个人应该不属于占别人的便宜。"突然，一种愧疚感油然而生，虽然就在片刻之前，我还在另外一张赌桌上受人欺凌。这里的人出手阔绰，一掷千金，花钱不眨眼。而我呢，口袋里只有少得可怜的几个法郎，却还为这点儿钱担心，实在是丢人。这个矮个子男人旁边有一张空椅子，椅子的旁边是一个脸色苍白的年轻人，他的左眼戴着一个单片眼镜。他手里握着几个绿色筹码，但是他下注的时候却做出一副毫不在意的样子，似乎觉得这种活动十分无聊，惹人厌烦。而且，他也不在意象牙球的转动。实际上，他有半边身子并没有对着赌桌，还用一只手不停地抚摩着自己的胡子。等到象牙球停止旋转，他就会问邻桌的人结果如何，但是他每次都以输钱收场。

天啊，这里真是钱的海洋！于是，我也沉迷在这个游戏中。我在这两个男人之间的空椅子上坐下，开始下注，第一注以失败收场。但是，我突然有了一种奇怪的感觉，这种感觉让我十分亢奋，超脱自然，好像把我的心从我的身体里剥离出来了，有一种无意识的本能在引导我所有的活动。为什么我会选择这一个而不是另一个数字呢？"最末的那个，最右边的那个数，就是它！"我知道，买那个数字就会赢，而且我真的赢了。刚开始，我只是下一点点注，但是很快我就开始下重注了。玩得时间越长，那种奇怪的力量就越强，也越清晰，当然，有时候我也会输，不过只是一两把而已，也不会影响我的信心。我想，幸运之神一定是开始眷顾我了，有很多次，我都告诉自己："没错，我这次会输，不得不输。"我已经极度亢奋了，想要拿出所有的东西，包括赢到的所有钱，都用来下注。这一次，我又赢了！实在是太不可思议了！我感觉自己的耳朵在嗡嗡作响，全身大汗淋漓。赌场里的一个庄家也看出好运一直在光顾我，挑衅地看着我。不过，我并不在意。再试一次好了！所以，我拿出了手上所有的筹码，准备下注。我的手来到35号上方的时候，我停住了，我已经靠这个号码赢过一次，我觉得这次再靠它赢的可能性并不大。于是，我决定换一个别的号码，可是这时候，我的心里传来了一个声音："不要换，就买35号！"我闭上了眼睛。我知道，现在我的脸色一定是煞白的。现在，赌桌上鸦雀无声，所有人的紧张程度都不亚于我。象牙球开始旋转了，它不停地旋转着，好像永远不会停下来。慢慢地，它的速度放慢了，每转一圈，对我的折磨就会加深一些。咚！象牙球终于停住了，我依然闭着眼，但是庄家接下来会说什么话，我已经预料到了（我感觉他的声音虚无缥缈，仿佛来自一个遥远的世界）：

"Trente—cing，noir， impair，etpasse！"

我把钱和筹码揽到自己面前，装在怀里，起身就走。现在，我不得不走了，我已经超负荷了，不能再玩了。我就像一个醉汉一样，摇摇晃晃的。最后，我来到了一条长沙发椅上，一下子瘫倒在上面，把头靠在椅背上。现在，我迫切地需要睡觉，哪怕只打一个瞌睡呢！突然，我的心里又有一种奇怪的感觉，那种沉重感又出现了，我几乎要被它击垮。今天我一共赢了多少钱？我抬起头，可是我感觉自己的眼皮十分沉重，只好又闭上眼睛。在我看来，赌场的大厅正在不停地旋转，天气实在太热了，我觉得有些喘不过气。现在，我迫切需要新鲜空气，对，空气！怎么，现在已经是晚上了？街上灯火通明，我在赌场里待了多长时间？

我用尽全力才从沙发椅上站起来，跟跄着朝着赌场的大门走去。

路过赌场中厅的时候，我才发现现在只是黄昏。在这里，我呼吸到了新鲜的空气，马上就清醒了一些。我看到周围有很多人，都在做不同的事情。有的人独自坐着，在思考什么。有的三五成群，正在一边聊天，一边抽烟。我觉得，这些人都十分有趣。现在，我对赌场并不熟悉，也知道在别人眼里，我并不是赌场的常客。我表面上装出一副从容的样子，私下里却在观察别人。我看到，有个正在说话的人突然闭了嘴，脸色煞白。别人都在嘲笑他，他就摇摇晃晃地跑向赌场的房间。虽然我不知道他们开了一个什么样的玩笑，但是我也跟着笑那个逃跑的人。

"A toi，mom chi！"突然，我身后传来了一个粗哑的女声。我回头一看，原来是之前坐在我身旁的一个女人。她把手上的两枝刚从外厅买来的玫瑰花递给我一枝，自己留了一枝。没来由的，我觉得十分愤怒，难道我给人的印象就是这么好糊弄吗？

我拒绝了她递给我的玫瑰花，也没有道谢，转身就走。然后，我听到身后传来了那个女人的大笑声，她还一把揪住了我的手臂，小声和我说话。我刚才的好运，她都看在眼里，所以想跟着我玩。她说，由我来选号，她来下注，赢到的钱对半分。我很生气，用力挣开她的手，大步走开，只把她留在原地。

我又回了赌厅，还看到了这个女人。当时她正在和一个皮肤黝黑的男人说话，这个人个子很矮，胡子拉碴，据我猜测，他来自西班牙，总之，他长得不是我喜欢的类型。女人递给他一枝玫瑰花，就是刚才递给我的那一枝。看到我走近，他们迅速交换了一下眼神，我就知道，刚才他们一定是在谈论我。于是，我决定要警觉一些。然后，我走向了另外一个赌厅，来到了第一张桌子旁，却不太想玩。那个西班牙人也跟着我走了进来，并坐到了我的旁边。不过，他竭力假装没有看到我。我转过头看着他，让他知道我已经发现了他，我不挑明只是为了少惹麻烦而已。不过细想一下，也许我想多了，他并不是骗子。西班牙男人一连三把都下了重注，却一把都没有赢。每输一次，他都会气呼呼地把眼睛眯起来，让别人无法发现他内心有多么失望。连输三把之后，他抬起头，对我挤出了一个微笑。我并没有理他，而是起身回到了我刚才赢了很多次的那个赌厅。

现在已经换了一个人坐庄。送给我玫瑰花的那个女人也在，就在她原来坐的位置。为了不让她看到我，我故意站在距离赌桌有一段距离的地方。这个女人只下小注，有时候还不下注。我往前走了几步，离赌桌近了一些。当时她正想放筹码，一看见我，就又收回了筹码。

我知道，她是想跟着我下注。但是，我并没有下注。一会儿，坐庄的人大叫着"Le jeu est fait! Rien ne va plus"，我转过头，看到她对我摇了摇手指，嘴角还带着一抹笑容，里面充满了责备。我旁观了一会儿，但是，赌桌上的气氛太过热烈，太具感染力，我很快就有了下注的冲动。此外，我又感觉到了那种神奇的力量。于是，我挑了一张空椅子坐下，暂时不去想那个女人，开始专心下注了。

每一次不管我选什么数字，都会开出那个数字。为什么？这种神秘的力量来自何处？真的单纯是因为我运气好吗？还是说背后真的有一种神秘的力量，攫住了我的意识？我不知道这种事情是怎么发生的，我甚至产生了这样的一个念头：把我的一切，包括我的生命，都交给筹码。对此，我觉得很好笑。也许，这只是财富之神想要跟我开玩笑吧。不管你们对此有什么看法，我对我内心的感觉是心知肚明的：我的内心有一种神秘的力量，我每一次下注，它都会让我的财富之神给我指引。我真实地感觉到了这种力量，而且，别人也感觉到了。我周围的人很快就意识到，不管每次我下什么注，都能买中。所以接下来，不管我买怎样的数字，就算是看起来非常冒险的数字，他们都会跟着我下注。为什么我买的全都是红色数字？为什么每次中的都是红色数字？为什么我每一轮都能中？后来，那个戴单片眼镜的男人也对这场赌博兴致勃勃了。他的旁边还站着一个胖男人，这个胖子神情激动，气喘吁吁。所有围绕着这张赌桌的人都兴奋极了，颤抖，深呼吸，等待。最后，坐庄的人也有点儿坐不住了。

我把像一座小山似的筹码推到赌桌中间，突然觉得自己好像失去了全身的力气。我感觉，我身边弥漫着一种责任感。这一整天，我滴水未进，晚上经历的赌局也是这么紧张，更让我觉得浑身无力。我感觉头晕目眩，不能继续赌了。虽然我赢了，但是我赌到一半就退出了。

这时候，我感觉自己的双手被什么用力地拉住了。我仔细一看，原来是那个个子很矮、胡子拉碴的西班牙人。他不想让我退出，就竭力劝说："你看，11和15，现在已经玩到了最后三轮，千万不要放弃，对你来说，打破纪录也是轻而易举的。"

他说这番话的时候，用的是意大利语，因为他知道我是意大利人。但是我能听出，他的话里有浓重的西班牙口音，所以我忍俊不禁。我用尽全身的力气，果断地拒绝了他："不，我不能再玩了，我玩够了。先生，请让我离开这里。"

西班牙男人松开了手，但是一直跟在我身后，就像尾巴一样，甩都甩不掉。他还跟着我上了火车，一路回到尼斯。他死皮赖脸地要跟我共进晚餐，还把我带回他住的酒店，为我开了一间房。然后，他极力拍我的马屁，把我当成神一样的存在，让我觉得非常反感。但是，渐渐地，每个人都有的那点儿虚荣心居然让我觉得他的话非常受用。只要香炉美观，人们就会甘愿大口地吸几下，才不会在意里面焚烧的香有多么难闻呢！其实我之所以能够赢，根本没有判断或者策略的成分在里面，完全是因为我运气好，撞了大运。慢慢地，这个想法在我的脑海里清晰起来，同时，我经过一段时间的恢复，也有了一些体力，所以我开始讨厌这个西班牙男人在我身边转来转去了。

在尼斯火车站的时候，我就已经跟他道别了，可他非要跟着我不可。他坚持要跟我一起吃晚饭，还说在赌场大厅的时候，是他派那个女人去给我送玫瑰花的。那个女人经常出没在赌场里，而他经常会拿出一百法郎给她，以免她一时想不开，寻了短见。那天晚上，她一直跟着我下注，估计是赢到了钱，因为从那之后，她就不在大厅里等着这个西班牙人了。

他叹着气说："唉，我又能怎么样呢？也许她找了个比我年轻帅气的人。上帝啊，我这么快就失去了她，感谢！"

这个纠缠着我的人一个多星期前就来到了尼斯，而且每天早早地就去了赌场。可是在遇到我的那天晚上之前，他从来没赢过。他对我说，他只是想知道我是怎么做到一直赢的。以他的猜测，我不是对赌术进行了细致的研究，就是独创了一套规则。我听到他的话，忍不住哈哈大笑起来。我反复强调，我以前从来没有接触过轮盘赌，至于我的运气居然这么好，我自己也感到吃惊。可是，他并不相信我的话。我觉得，他之所以对我穷追不舍，想尽办法用他的半生不熟的西班牙语夹杂着意大利语来套我的话，是因为他觉得我是个高手。最后，他跟我说，本来那天晚上他派那个女人到我身边，就是想收买我的。

面对他的坚持，我既觉得生气，又忍不住想笑，"先生，我可没有什么规则，像赌博这类东西，哪有什么规则可言，我只不过是恰好走运。我今天赢了，也许明天就会输个一干二净。当然，我也可能赚个盆满钵盈，我当然是希望赚的。"

"那么，为什么你今天不provech（充分利用）这份好运？"

"provech？"

"就是赚钱的意思，我不知道在意大利语里，这个词是怎么表达的。"

"哦，我赚得已经够多了，我刚到这里时，口袋里只有区区几个法郎。"

"很好，这样吧，我跟你合作，我出钱，你出运气，你看怎么样？"

"不过，我有可能让你输得一干二净！要是你觉得我明天能赢，就按照今天的做法，跟着我买我选中的号码。这样如果我输了的话，你也不能怪我，不过，如果我赢了……"

我的话还没有说完，就被西班牙男人打断了。

"不，semnore，我今天是这么做的，可是我明天不会那么做。你在conmigo下注？那我就跟你，要不我就不玩。Muchas gracias！"

我盯着他，想猜出他的这番话到底是什么意思。不过我可以确定一点，他并不信任我，认为我在耍花招。我的脸憋得红红的，想让他给我解释解释。他将嘴角原本的那一抹算计笑容收了起来，虽然我依然可以看到他的表情中的算计。

"我不那么玩！不！No digo altro！"

我伸出拳头，狠狠地砸在了面前的一张桌子上。

我气呼呼地大喊："你还没有弄明白，你的话和你的笑都是什么意思？我不觉得哪里可笑！"

我的声音提高了一些，西班牙男人面色煞白，看起来似乎对我心生畏惧。我知道，接下来他肯定会跟我说抱歉。可是我耸耸肩，站起身来。

"随便你吧，不管你是什么意思，我都不在意。我告诉你，我可不想跟你有任何瓜葛。"

然后我埋了单，就离开了饭店。

我曾经认识过一个聪明绝顶的人，可以说，他担得起所有的赞美。不过，从来没有人称赞过他。究其原因，是因为他总是喜欢穿着一条带有格子的裤子（要是我的记忆没有出错，应该是一条紧身格子裤，上面有黑色和白色的格子）。有时候，我们的衣着的剪裁或者颜色都会让别人觉得奇怪。

　　要说我嘛，当然，我现在并没有出席晚宴的正式服装。不过，为了显得体面，我会穿一身黑西装。来到赌场之后，我穿的还是同一套衣服，可是那个德国佬和这个西班牙人对我的态度截然不同。前者觉得我试图偷盗他的钱财，是个蠢货；后者却将我奉为神明，还对我心生畏惧。走在路上，我对自己说："可能是我的胡子和发式引起的。我的头发很短，胡子却这么乱！"现在，我真想迅速冲回酒店的房间，数数口袋里的钱，看看我到底赢了多少。当时是凌晨2点，街上空荡荡的。我等了很久，才有一辆出租车经过，我赶紧拦住它坐了上去。

　　现在，我身上的每一个口袋，上衣的，马甲的，裤子的，都装满了各种各样的钱币，有金币，有银币，也有纸币。我想，这笔钱的数额应该很大。进入房间之后，我做的第一件事就是把每个口袋里的钱都倒在床上。数完之后，我惊讶地发现，居然有十一万里拉。我上次见到这么大数额的钱，还是很久以前的事了。而且，这笔钱好像是天上掉下来砸中我的。突然，往日的情景又浮现在我眼前，让我心里有一种难言的苦涩。是的，过去的两年，我一直都在图书馆里，过着捉襟见肘的生活，对于现在的我来说，十一万里拉无疑是一笔巨款。

　　现在，往昔的沮丧又萦绕在我身边。

　　"你这个软骨头！"我看着铺满床的钱币，得意地说，"你可以带着这些钱回家，给老寡妇佩斯卡特尔看一看。不过，她会绞尽脑汁偷走这些钱，那还不把她给得意死！或者你也可以按照原计划行动，坐船前往美国。勇往直前吧，现在，你已经得到了上帝给你的回报。你看，你是个拥有十一万里拉的有钱人了！"

我把钱堆成一堆，打开梳妆台，一股脑儿塞进去，然后脱掉衣服，准备睡觉，可是我根本就睡不着。下一步我该怎么办呢？再回到蒙特卡洛，直到把这些钱全部输光？还是应该就此收手，先把钱找个地方存起来，等时机合适了再取出来，享受生活？现在，我在这样的家庭里苦苦挣扎，这个想法对我来说简直是诱惑力十足。

　　也许，我可以给罗米尔达买几件漂亮衣服。对于我是不是还爱她这个问题，她似乎已经不怎么在意了。而且，为了让我更加痛苦，她还会故意作践自己。她每天蓬头垢面，衣衫褴褛的，穿着一双难看的拖鞋，在屋子里到处游荡。她原本非常苗条，如今却臃肿不堪。女孩子为了取悦自己的心上人，总是热衷于梳妆打扮。而她呢，可能是觉得我不值得她为我打扮吧！长期卧病，让她的脾气越来越暴躁，包括我在内的任何人都得承受她的暴躁。一直以来，她都生活在失望中，而且，她从来都没有得到过我真正的爱，所以她顺理成章地会变得邋遢。对于我们硕果仅存的一个女儿，她也提不起兴致。因为奥利瓦生的是儿子，而她生的是女儿，自然落了下风。而且，为了生孩子，她还承受了那么多痛苦。这些琐事和贫困加在一起，让我们的生活没有丝毫快乐可言。对她和对我来说，婚姻生活就像是一场梦魇。我手上的十一万里拉就可以让一切重新来过吗？我们的爱早就被佩斯卡特尔摧毁了，难道有了这十一万里拉又可以让它复活吗？可是，我为什么非要去美国不可呢？尼斯的赌桌正在呼唤我，大笔的钱财像潮水一样向我涌来。我在这里就可以获得财富，又为什么非要去那么遥远的地方？既然我拥有这样的运气，我为什么不好好珍惜？那么，我还是继续回到赌桌上吧，不成功就成仁。大不了一切归零，重新来过，只不过是十一万里拉而已，没什么大不了。

就这样，第二天我又踏上了去往蒙特卡洛的道路。其实，一连十二天，我都会去那里报到。在那十二天里，我完全沉迷于轮盘赌，如痴如醉，根本没有时间去想赢回来的那些钱。从那之后，我再也没有到处闲逛过，因为我担心好运会偷偷离我而去。连续赌了九天后，我获得了让人瞠目结舌的财富。可是到了第十天，我就开始输钱了，这个过程也非常神奇。我的直觉失灵了，似乎我的身体里已经没有能够支撑它的足够的力量。而且，我在精明方面有所欠缺，说得更准确一点儿，就是我没有足够的聪明，不知道及时收手。其实，我并不是出于内心的渴望才会继续赌博的，用别人的话来说，我在蒙特卡洛是想找到救赎。

　　到了第十二天早晨，我和之前一样走进赌场。一个先生惊恐地冲到我面前，我仔细一看，才认出原来我在赌桌旁见到过他。他连说带比画，告诉我外面的园子里有一个人自杀了。我突然冒出了一个奇怪的念头，觉得死者一定是那个西班牙人，顿时觉得后悔不已。自从我那天晚上跟他谈过之后，他就不想跟着我下注了，一连输了一大笔钱。后来，他看到我的运气真的不错，又开始跟我下注了。可是这一次，我的好运用完了。为了避开他，我开始不停地流转于各个赌场，而他慢慢地也对我没什么兴趣了。

　　我惊慌失措，随着人流慢慢地靠近那具尸体，在我的脑海里，我无数次地设想了他躺在地上的样子。不过我发现，死者并不是我想象的那个西班牙男人，而是戴着单片眼镜的那个年轻人。他输得一塌糊涂，却总是装得毫不在意，每次都要背着轮盘下注。他的姿势看起来比较自然，似乎是经过了演练之后才开枪的。他的一只手自然地平行在身侧，另一只手往一边倾侧，两只手都紧紧地握着，只有用来扣动扳机的食指是微微弯着的。在距离他几英寸远的地方，躺着那把他用来自杀的手枪，再远几步的地方，就是他的帽子。地上有一摊血迹，他的脸就浸在里面。有一些血已经凝结成块了，挡住了一只眼睛的眼窝。不过，从他中枪的右太阳穴里，有很多鲜血汨汨地流出来。受到血腥味的吸引，有很多马蜂聚拢了来，有一只胆子大的还落在了他的脸上。周围有很多人围观，却没有一个人向前，看来是不想惹事上身。最后，我走向前，拿出一块手帕，展开之后盖住了年轻人的脸。看到我的动作，人群里传来了骚动，我想他们是因为我破坏了这么精彩的表演而责怪我。

我把手帕放下之后，就飞奔到了火车站，跳上了开往尼斯的第一辆火车。然后，我把所有的行李收拾好，准备回家去了。

现在，我数了数手里的钱，一共是八万两千里拉。

在此之前，我从来没有想过，有一天我也会遭遇同样的事情。

第七章　马提亚·帕斯卡尔自杀了

　　"首先，我要赎回'鸡笼'庄园，搬到里面去住，还要让磨坊恢复生产。人就应该靠近土地，当然，最好的是到土地下面。

　　"不管是什么样的交易，只要想着它，就可以发现它的好处，和掘墓人交易也不例外。磨工听到石头滚动发出的声音，看到白色面粉在空中飞扬，又落到身上，会觉得快乐极了。

　　"虽然那个磨坊荒废已久，但是等它回到我手里……

　　"马提亚，轮转的皮带松了。马提亚，拿一个新筛子过来拴上。马提亚，这个螺丝需要拧紧。一切都是当初的模样，那时候，妈妈还在人世，我们的财产由马拉格纳负责打理。

　　"我处理磨坊的事情，还要找个忠诚的人负责农场。或者我亲自看着农场，让磨工打理磨坊。他们忙碌地奔波于磨坊和田地之间，我就悠闲地坐在他们中间看着。

　　"对了，我想起来了，老寡妇佩斯卡特尔有很多老箱子，里面装满了衣服，如同遗迹。我要在里面放上樟脑丸，然后拿出一件衣服，让她穿上，当我的磨工，或者管理别人。这样，我就能回到博卡蒙扎图书馆继续上班。至于罗米尔达，还是让她在乡下生活吧！"

我坐在奔驰的火车里，脑海里浮想联翩。我一闭上眼睛，眼前就会浮现出那个躺在蒙特卡洛大道上的年轻人的尸体。他在一棵树下，姿势轻松自然，明媚的阳光照在他身上。这个场景一直在我的脑海中挥之不去。这个画面太恐怖了，每当我努力把它忘掉，我的脑海中又会出现一个没有那么恐怖的画面——我的岳母和妻子在等着我回家。

从我离开家到现在，过去快两个星期了。面对我的突然归来，她们会怎么迎接我呢？我感到了一丝期待。

看到我走进屋子，她们两个几乎没什么反应，只是冷漠地看了看我。我从她们的眼神里看出了"你回来了？居然没有被人拧断脖子，真倒霉！"的意味。

然后，房间里陷入了死一般的寂静。她们不开口，我也不吭声。

然后，佩斯卡特尔寡妇掏出烟管点上，说："你的工作如何了？"

原来，我是揣着图书馆的钥匙离开的。我迟迟不见踪影，警察只好撬开了图书馆的门。他们找遍了每个地方，也没有发现我的影踪，就向长官报告，说我失踪了，可是我还是一点儿消息都没有。六天之后，他们就找了一个跟我一样无所事事的人，代替我去图书馆上班了。

所以，"我还在那里干什么呢？是要在这里吃晚餐吗？不，一个星期之前我就不见了。她们两个女人如此可怜，根本没有养活一个好吃懒做的男人的义务！"

我还是不吭声。

见我不说话，老女人更生气了。

而我呢，还是跟个哑巴一样，一言不发。

她按捺不住，发起疯来。于是，我把手伸向内衣口袋，拿出一个小包袱，往桌子上倒出了里面的东西。每一堆是一万里拉，四万，五万，六万……（此时，这对母女瞪大了眼睛，嘴巴张得大大的，心想："发生了什么事？"）

"七万，七万五，八万，一共是八万一千七百二十五里拉，分毫不差！"

然后，我又收好所有的钱，装进钱包，放回了内衣口袋。

"你们是不是想把我赶走？这可比我预期的好多了，再见了，亲爱的女士们，祝你们好运！"

想到这里，我笑出了声。车厢里的人听到了我的笑声，都看着我。我抬起头，看到他们强忍着才没有笑出来。

为了不显得那么尴尬，我又想起了我的债主们，他们会把我的这些钱分掉。就算我想把这些钱藏起来，也没有合适的地方。再说，不用来花的钱，根本没有用。我多想自己留着这些钱花掉啊，可是，那些坏蛋绝对不容许我这么做。所以，我得先恢复磨坊的生产，农场还会有一笔收入，不过，日常开支和修理也是一笔很大的费用，到处都要用钱。要是等着用磨坊和农场的收入来还债，那就要等到猴年马月了。要是我把手上所有的钱拿出来，也许可以马上还清所有的债务。于是，我开始算账。

"欠讨厌的雷吉奥尼一万里拉，菲利普·布里西格一万五千里拉，这笔钱要是他的丧葬费就好了！老混蛋卢拉罗七千里拉，要是他死了，都灵的空气都会清新一点儿，还有老女人里帕尼，应该就这么多了。不，还有戴丽雅·皮安娜、博思、马格提尼……天啊，这笔钱简直连渣都剩不下了。所以，我在蒙特卡洛那么疯狂地赌博就是为了这些人？该死的魔鬼，在我赢到最多的钱的时候，为什么不劝阻我。加上最后两天输的钱，我不但可以还清债务，还可以剩下一笔。"

想到这些，我仰天长叹，这一次，同车厢的乘客没有压抑自己，哄然大笑。我坐在座位上，如坐针毡。天黑了，空气非常干燥，很多灰尘在空中飞舞。这辆破火车，简直太烦人了，我找点儿什么事情来打发时间比较好呢？

对了，看书是个好主意，也许我能在不知不觉中进入梦乡……所以，我在火车穿过意大利边境的时候，买了一份报纸。现在，街道上已经亮起了灯，我翻开了报纸，开始阅读。

报纸上有一条非常有意思的新闻。德卡斯特拉内公爵开价两百三十万法郎，拍下了瓦伦西古堡。再加上古堡周围的地皮，这堪称法国面积最大的私人领地。

"我的'鸡笼'庄园应该也是被人用这种方式拍走的！"

报纸上还写着，当天1点30分，摩洛哥使团受到了西班牙国王的隆重接待，还收到了西班牙国王对王后的问候。

我想："一顿盛宴是少不了的了。"

想着想着，我就睡着了。

后来，车子发出的撞击声把我从睡梦中惊醒了。车子突然停住了，我们需要去别的车站换车。我拿出手表一看，此时已经是8点15分。在9点15分的时候，我就能抵达目的地了。

我买的那份报纸还在我的膝盖上摊放着。我简单地看了看新闻，就翻到了另一页。突然，我的视线被四个加黑加粗的字吸引了——自杀事件。

也许这则新闻讲述的就是今天早上发生在蒙特卡洛的那个悲剧，所以，我开始全神贯注地阅读起来。我费了很大的力气才看清楚了第一行的小字，看清之后，我大吃一惊。

"来自米拉格诺的特大消息！"

米拉格诺？这不是我居住的小镇吗？怎么会有人自杀呢？

我接着读下去——昨天，也就是28日，有人在一条位于磨坊的水渠里发现了一具尸体，尸体已经有了腐烂的迹象。这条水渠位于一个庄园里，该庄园的名字为……

突然，我的视线一片模糊。因为我有一种预感，我会在这张报纸上看到一个我熟悉的名字。火车车厢里本来就黑漆漆的，我又只有一只眼睛可用，所以读起来更加困难。我从座位上站起来，拿着报纸来到灯光下。

"在距离镇上两公里的地方，有一个叫'鸡笼'的庄园，有人在这个庄园里发现了一具腐烂的尸体。经当地司法当局的调查，尸体是从水里漂起来的，目前现场已经按照法律要求进行了封锁。经辨认，死者为……"

我的心快要跳出来了！我十分惊慌，急忙看了看四周的人。好在，他们都已经进入了香甜的梦乡。

"经辨认，死者为……"

"我？是我？"

"法医已经确认，尸体是在图书馆里当管理员的马提亚·帕斯卡尔，几天之前，他就已经消失了。调查发现，造成此次悲剧的原因可能是经济上的窘境。"

"我失踪了？确认是马提亚·帕斯卡尔？"

我的脸色铁青，心怦怦地直跳。同时，我开始反复读这份报纸，把那几行字读了无数遍。不知不觉中，我积聚起了所有的力量，似乎要进行一种反抗，告诉自己这一切都是假的。可是，不管什么人看到这条新闻，都会认为它是真的。打从昨天开始，别人就认为我是一个不堪生活重负的人，十分可怜，根本无力改变这种境况。我抬起头，看着这个车厢里的其他乘客，他们是否会有同样的想法呢？现在，他们正在睡梦中，鼾声四起，姿势各种各样。我突然有了一种冲动，把他们全都摇醒，然后大声对他们说这都是假的。

"我想我是在梦里。"

我又一次拿起报纸，把那几行字又读了一遍。

我感觉自己快疯了。我是不是应该让列车紧急刹车，让列车停止前进？这样显然是不行的。可是，我难道就让它一直往前开？似乎有无数只蚂蚁在我的心里爬来爬去，让我坐立不安。我像痉挛了一样，把手紧紧地握住，然后又松开，指甲掐进了肉里。我伸开双臂，把报纸全部打开，然后，我又把有关自杀的报道翻到里面，把报纸折起来，可是，那上面的每一个字都刻在了我的心里。

"他们是怎么确认身份的？尸体已经腐烂了，他们又怎么能确定是我呢？"

我的眼前出现了一幅画面，我自己躺在水渠里——

身体发黑，浑身肿胀，让人想吐，这幅画面让我惊恐不已。我急忙把双手交叉放在胸前，想要保护自己。"是我吗？当然不！那会是谁？应该是和我有些类似之处的人，比如胡子或者身材跟我类似，才会被人们当成我。

"几天之前就失踪了，没错，我确实是这样。可是，我得弄明白一件事——到底是谁急急忙忙地确认那具尸体就是我？那个可怜的死者，真的就那么像我吗？就连衣着打扮都像我？我明白了，都是那个老巫婆玛丽安娜·佩斯卡特尔。她希望那就是我，希望我快点儿死。她连看都没看，就一口咬定那是我。她还会故作悲伤地说：'我可怜的女婿马提亚，没错，就是他！现在他扔下了我的女儿，让她怎么活！'然后，她也许会假惺惺地挤出几滴眼泪，当着我的'尸体'的面，演一出白发人送黑发人的惨剧！我想，那具尸体恨不得从地上蹦起来赶走她：'别号了，我根本不知道你是谁！'"

我的情绪十分激动。火车进站之后，慢慢地停了下来。我用力拉开车门，飞快地跳了下去。我的心里只有一个念头：我得快点儿回家，想办法改变现状。可是在我落地的那一刹那，我似乎一下子清醒过来。我的脑海里突然出现了一个新的想法，击碎了之前那些愚蠢的念头。

"我自由了！我早就应该想到这一点了，太好了，我自由了。我将拥有一个新的开始，从此之后，我会过上全新的生活！"

现在，我怀揣着八万两千里拉，而且我所背负的债务也都不用还了。我死了！既然我已经死了，什么债务，妻子，烦人的岳母，都去见鬼去吧！这简直是太棒了，我自由了！

据我猜测，当时别人看到我奇怪的样子，都会以为我是一个疯子。我从火车上跳下来的时候，并没有关闭车门。我突然意识到，车上的工作人员好像在叫我。从车里跳下一个人，气呼呼地扯住我的手臂，大喊："伙计，火车马上就要出发了，你快点儿上车！"

我说："让它走好了，我要去换另一辆车！"

不过这时候，我又想到了新的问题。如果有人否决了那份验尸报告呢？如果有人发现，米拉格诺这件事其实是闹了一个乌龙。比如那个死者的家属发现，尸体是他们的亲人的……我必须先把这件事情调查明白才行，可是我该怎么做呢？

我想再读一读报纸上的内容，却突然意识到，我下车的时候，把报纸落下了，这可太糟糕了。我下意识地看了看远处的铁轨，在车站路灯的照耀下，铁轨正散发着凛冽的寒光。我突然觉得自己是孤家寡人，甚至觉得自己早已晕厥过去。这真是个噩梦。可是，要是这一切都发生在我的梦境里呢？应该不会，我在报纸上看得很清楚：28日，来自米拉格诺的特大消息。

"你甚至可以一字不落地把那段报道背诵出来，所以，你不是在做梦。不过，你还得找到更多的证据才行。"

我现在是在什么地方？我找了找，发现正前方的一块站牌上写着三个字：阿伦加。

这个地方不大，再加上这一天是星期日，所以再买到一份报纸的可能性微乎其微。不过我知道，这里离米拉格诺不远。我知道，要是去米拉格诺，一定可以买到邻近地区发行的唯一一份报纸——《小报》。不行，我必须再买一份才行。我想，《小报》应该会很详细地报道这件事。可是，我现在身处阿伦加，又怎么去弄一份《小报》呢？对呀，我可以想一个假名字，发一份电报过去，发给《小报》那个名叫罗米·科尔兹的编辑。说到这个罗米·科尔兹，在我们那里可是无人不知无人不晓。他曾经发表过一组诗歌《云雀》，所以我们就给他起了个"云雀"的绰号。不过，要是我这么向他索要一份报纸，也许会让他怀疑吧？《小报》每周才发行一次，我确信，我的这起自杀事件一定会占据当周的头条新闻。

现在，我从阿伦加发电报给云雀，想要一份《小报》，这样做是不是风险太大？

我转念一想，"管这么多做什么！现在，科尔兹肯定觉得我早已不在人世。而且，他现在忙着呢！这时，他对当局的供水和供电问题强烈不满，正在猛烈抨击。他收到来自阿伦加的电报，一定会以为那里的人订阅他编辑的报纸的目的是对他表示支持。"

我走进了车站。

我的运气不错，因为我看到门口就停着一辆马车，车夫站在不远处，在跟一位铁路职工聊天。阿伦加城区在距离这个火车站四英里的地方，而且一路过去全都是上坡。

这驾马车并不大，我迅速爬了上去。车上黑漆漆的，没有车灯，在这样的黑暗中，我们出发了。

我思绪万千，在这漫长孤独的黑夜里，我时不时会有一种情绪在波动，就好像我刚在火车上看到那篇报道的时候那样。我体会到了一种前所未有的孤独，就好像我看到在路灯的照耀下散发着凛冽的寒光的铁轨时一样。此外，我还感觉到了害怕和不安。我觉得自己是一个孤魂野鬼，居无定所，四处漂泊。我不知道自己是怎么死的，但是我确实已经死了。

我用力地摇头，好像想把这些念头从我的脑袋里甩出去。然后，我开始和车夫聊天。

"阿伦加有没有通讯社？"

"没有呢，先生。"

"那我去哪里可以买到报纸呢？"

"报纸吗？格洛特·塔内里那里就有，他还有一家药店。"

"镇上有没有旅馆？"

"有，叫作帕尔曼提诺。"

正说着，我们就驶到了一个陡坡前面。为了减轻马车的重量，车夫就下到了地上。现在，四周漆黑一片，我根本看不清他的身影。直到他点燃了烟斗，我看得才稍微清楚些。突然，我打了一个激灵："万一他把我认出来的话，我该怎么办？"

然后，我又拿这个问题问了自己一遍："现在坐在车上的这个人是谁？我不知道，是不是我呢？不管怎么样，我都要先给自己取一个名字。我需要在发电报的时候签名，在入住旅馆的时候也要说明我的名字，要不然场面会十分尴尬。没错，我必须要先给自己取一个名字。到底取什么名字合适呢？我得好好想一想。"

我以前从来都不知道，原来取名这件事这么有难度，特别是姓。我的思绪翻腾，不停地在脑海里拼凑和搜索音节。最后，我得出的都是一些非常奇怪的名字，什么斯特扎尼、帕拜塔、巴图斯之类。

这可真是一件棘手的事。我想出了这么多名字，但是都没什么具体的意义："太搞笑了，名字哪儿还需要具体的意义，放轻松，名字嘛，随便取一个就好了。不如叫马托尼，查尔斯·马托尼。"可是很快，我又觉得这个名字也不太好。我耸耸肩，在心里默默地说："用查尔斯·马特尔似乎更好一点儿。"一路上，我都在头疼这件事情。

马车到达目的地时，我还是没有想好用哪个名字。好在，药店老板并没有问我叫什么。他身兼数职，不但是药店的老板，还是发报员、邮递员、医生、文具商、送报人。

我一口气买下了好几份报纸，我看到有《加利尔报》，米兰的《塞克洛报》，《卡法罗报》。另外还有几份，是热那亚的地方小报。

"米拉格诺有一份《小报》，您这儿有吗？"

药店老板格洛特·塔内里的眼睛是圆形的，看起来就像老鹰的眼睛，更像玻璃球，眼睑很厚。在他眨眼睛时，眼睑也跟着上下活动。

"我没听说过米拉格诺的这份报纸。"

"那是每周发行一次的地方小报，我想要一份今天出版的！"

　　"我没有听说过米拉格诺的《小报》。"他重复了几遍。

　　"不要紧，我知道这份报纸的知名度很低。现在，我想买一二十份，你帮帮我好吗？我现在就把电报费和服务费付给你。"

　　格洛特·塔内里没有回答我的话，只是面无表情地重复之前说的话："我没有听说过米拉格诺的《小报》。"不过后来，他答应替我发电报，并把他的药店作为接收电报的地方。

　　在帕尔曼提诺旅馆里，我度过了难熬的一夜，我内心忐忑，根本无法入眠。好在，我在第二天下午就收到了一份装有十五份《小报》的邮件。

　　在此之前，我已经看过了热那亚当天发行的报纸，但是，上面根本没有报道米拉格诺发生的自杀事件。我接过邮件，开始拆外包装，手一直在哆嗦。

　　我先翻开首页，并没有看到与此相关的报道，我急忙翻到了内页。

　　天啊，就是这里，我看到在第三版专栏里有一行黑体字。题目下面，我看到了几个大写字母：MATTIA PASCAL。这是我的名字。

　　"死者马提亚·帕斯卡尔事前已经失踪多日，直至有人发现了他的尸体。马提亚·帕斯卡尔先生的离世，给家人带来了极大的悲伤，也让镇上那些关心他的人们悲痛不已。大家说，帕斯卡尔先生在世时为人热心，谦虚正直，虽然命途坎坷，却从不抱怨。帕斯卡尔先生小时候家境富裕，后来家里遭遇了变故，他也不怨恨什么。这让人们对他赞赏有加，十分崇敬。

　　"帕斯卡尔生前任职于图书馆，兢兢业业，还用了大量时间来阅读名著，不断提升自己。帕斯卡尔失踪后的第二天，担心不已的家人就来到他的工作地点，也就是博卡蒙扎图书馆寻找。但是图书馆锁着门，这加剧了家人的担心。当时人们对此议论纷纷，希望他只是因为私事出城几天，办完事情就会回来。然而现在，我们必须接受血淋淋的现实。这位可怜的先生的母亲和唯一的女儿同时离世，而且为了操办葬礼，他还背负了沉重的债务。这对之前已经债务累累的帕斯卡尔先生来说，无疑是雪上加霜。于是，他最终走上了自杀的道路。

"大概三个月之前，马提亚·帕斯卡尔先生就有过自杀倾向。当时他选择的地方，就是如今他陈尸的'鸡笼'庄园水渠旁。这个庄园曾经属于帕斯卡尔先生家，后因债务原因，进行了拍卖。这些事情，是由菲利普·布里纳先生告诉我们的，他曾经在帕斯卡尔先生家的磨坊里当磨工。在漆黑的夜里，菲利普先生和两位警察一起，打着灯笼守护着尸体。这位老工人忠心耿耿，看着旧主人的尸体老泪纵横。他哭着给《小报》记者讲述了旧主人第一次想要自杀时，他是如何拦住他的。可是，帕斯卡尔第二次寻死的时候，他并没有拦住。最终，帕斯卡尔先生跳进水渠里自杀了。尸体泡在冰冷的水渠里，两天后才有人发现。

"我们还要提到一个令人肝肠寸断的场景，经人带领，帕斯卡尔的岳母来到了水渠边，她辨认出，这具面目全非的尸体，就是她的女婿帕斯卡尔。现在，帕斯卡尔离开了这个世界，去寻找他的母亲和女儿，剩下他可怜的妻子和岳母，实在令人唏嘘。

"对于佩斯卡特尔寡妇的遭遇，镇上的人都十分同情，还主动送别帕斯卡尔。教育部巡查员格洛拉莫·帕米诺还亲自致悼词，感人至深。

"对于帕斯卡尔先生的不幸遭遇，《小报》记者向其家人致以深切的哀悼，并向死者的哥哥致以深切的问候。

"M.C."

在这段报道中，几乎没有任何对我有用的信息，而且我要说，我看到报纸上用黑体字印刷的我的名字，并没有想象中那么快乐。恰恰相反，我很郁闷。报道中竭力渲染了"失去亲人""吃惊""痛苦"，以及镇上的人们对我的"崇敬"和我工作的"兢兢业业"，但是我并没有觉得可笑。说真的，我印象最深刻的地方，就是对我的母亲和女儿离世后，我经过"鸡笼"庄园的这段描写。这可以证明，我的自杀是对命运强有力的反讽。而我对此只感觉愧疚，悔恨不已。

不，我可不能让大家这样误解我。虽然我那天晚上确实有过跟随亲人而去的想法，但是我不会真的为此自杀。而且我可以肯定，虽然在绝望之中，我曾经有过自杀的念头，但是我最终把它给打败了。现在，命运之神引导着我在赌桌上赚得盆满钵盈，我带着这笔钱踏上了归途。

我希望，我还能继续接受命运之神的庇佑。现在，一个与我毫不相干的人跳进水渠自杀了，还被别人误认为是我。可以说，他的家人对他的悼念，被我偷来了。而因为我，他的灵魂需要接受我的妻子和岳母假惺惺的悼念，还有格洛拉莫·帕米诺的悼词。

没错，我读完米拉格诺《小报》后，脑海中马上闪现了这样一个念头。当然，他的死并不是我造成的，就算我向人们说明这个误会，他也不会死而复生。我可以借助他的死脱身，而且，我这种做法不但不会对他的家人造成伤害，反而会带来好处。

他们都认为，那具尸体就是我，也就是马提亚·帕斯卡尔。这样，死者的家人还会保留一丝期待，以为他只是失踪了，总有一天还会再见。

而在我"自杀"这件事上，我还需要考虑我的妻子和岳母的感受吗？她们表现出来的"悲伤"和"哀悼"，到底有几分是真的呢？

这些词是不是《云雀》为了达到报道的效果而胡编乱造的呢？

其实，有一个很简单的方法可以验证死者是不是我——翻起尸体左眼的眼睑。

而且，即便当时那具尸体已经面目全非，一个女人也不可能无法辨认出自己的丈夫。

为什么她们这么着急地说那具尸体就是我？

很明显，佩斯卡特尔寡妇希望马拉格纳会对我的死心生愧疚，然后继续照顾他的外甥女。

如果她是这么打算的，我就不必去扰人清梦了。

"我想要的，不就是离开这个世界，被埋入地下吗？好了，就让墓地上的十字架做我的替身吧，女士们，我们再见啦！"

想到这里，我就从桌子旁边站了起来，舒展了一下手脚，如释重负地呼出一口气。

第八章　阿德里亚诺·梅伊斯

　　我打算把现有的身份隐藏起来，给自己改头换面。我这么做的目的，并不是想骗过别人，众所周知，人们总是善于自欺欺人。当然，我也知道这个做法不太妥当，但是我的实际情况也是明摆着的，所以也不能怪我。我要尽情享用这笔财富，它属于我一个人。

　　对于那个倒霉的死者，我也想不出任何理由来赞颂他。不管他的真实死因是什么，反正别人已经认定他是跳进水里淹死的了。不过，根据马提亚·帕斯卡尔"生前"的生活情况，他跳水自杀也是合情合理的。所以，我要把他留在我身上的，外在和内在的每一丝印记，全部清除。

　　现在，我在这个世界上孑然一身，感觉到一种前所未有的孤单。我把以前的感情联系全部切断，彻底成了一个焕然一新的人。我主宰着自己，不受过去的束缚，在我面前只有一个全新的未来。要是我有一双翅膀该有多好啊！我觉得自己的身体变得无比轻盈，张开手就能到天空中翱翔。

原有的世界观已经不合适了，我要把它抛弃，面对全新的生活，我需要一种全新的态度。马提亚·帕斯卡尔的生活里充满了各种不愉快，我要把它们全部忘掉。而这一切的选择权，都掌握在我手上，我完全可以创造一个精彩的人生。

"不过，我必须要注意一件事。"我告诉自己，"最重要的就是自由，我一定要留住它。我需要找到一条全新的通往未来的道路，大踏步地向前迈进，确保我的自由不受到任何损害。迄今为止的生活不能让人满意，所以我要找到其他的道路，坚定地朝前走。我要把注意力放在人们所谓的'无生命'的物体上，找一个风景秀丽的地方，过上快乐的生活。我还要学习很多新的知识和内容，好好工作，不断提升自己。最后，我不仅可以骄傲地说我曾经活过两次，还可以说我过的是两种截然不同的生活。"

于是，我来到了现在所在的地方。几个小时前，我从阿伦加离开，路过一家理发馆的时候，进去修理了一下胡须。我原本的打算是，把所有的胡子都剃掉。但是我转念一想，这个小镇这么小，我这个显眼的举动极易引发怀疑。

理发师还有另一个身份，就是裁缝。他长期趴在织布机上，保持同一个姿势，日久年深，他的腰已经无法直起来了。这个老裁缝还戴着一副眼镜。我觉得，这两个身份相比较，他像裁缝的成分更多一些。他拿着一把刀刃非常大的，大到他双手同时用力才能剪下去的剪刀。他接受上帝的指派，来做刽子手，剪掉帕斯卡尔的胡子和一切。我面对这样的情景，吓得闭上眼睛，丝毫不敢动弹。直到我觉得有人扯我的袖子，我才慢慢睁开眼睛，看到老裁缝站在我面前，手里举着一面镜子，似乎等着我对他的手艺赞不绝口。

可是，我实在说不出一句赞扬的话，只好换个别的话题。

"谢谢你，不过我担心，一旦大地晃动，它就会变成碎片。"

"您说的是什么东西？"

"镜子！这面镜子真漂亮，我猜它是古董，对不对？"

老人手中拿着的这把圆镜个头很小，手柄上有象牙雕刻，谁也说不好它来自哪个贵妇的闺房。至于它最后怎么会落到这个理发师兼裁缝的手里，就不得而知了。为了避免老人的感情受到伤害，我接过他手里的镜子，仔细照了照自己。

这一看可把我吓坏了，现在我的脸颊、上下颌和下巴就像刚刚经历过战争，胡子乱糟糟的，好像里面藏着一只名叫马提亚·帕斯卡尔的野兽，做好了随时跳出来咬我的准备。还有另外一点让我深恶痛绝。本来我的脸上有一丛胡子，现在胡子被剪掉了，我才发现我有一个如此短小而突出的下巴。这可恶的胡子，这么久以来都在骗我！这无异于对我的背叛。现在，我暴露在外面的除了那个短小而突出的下巴，还有小小的鼻子和一只斜眼。

"这只斜眼会终身伴随着我，"我想，"它是马提亚·帕斯卡尔的，却永远留在我的脸上。也许我可以戴一副有色眼镜，这会大大增加我的吸引力，而这也是我能做的最大限度的事了。我要留一头长发，和我突出的美貌、剃光了胡须的下巴还有眼镜搭配在一起，也许会有点儿德国哲学家的意味。为了更像哲学家，我还可以穿上一件长风衣，戴上一顶宽檐软帽。"

长成这副模样，我也无力改变，只好乔装成哲学家。"无论如何我都要拼尽全力，我要想出一些哲理，要是积极向上一点儿就更好了，那就更像了。"

我在阿伦加踏上了前往都灵的火车，火车出发后几个小时，我就把那个让我头疼不已的名字问题解决了。

在我乘坐的车厢里，有两位先生正在热火朝天地讨论，我听到的内容是关于天主教的。以我这种无知的人的角度来看，这两个人真是满腹经纶。年轻的那个好像是在遵循一种古老的传统，苍白的脸蛋上留着黑色的卷胡子。他得意地说，朱斯蒂诺·马尔迪雷①和斯图里亚诺②（他还提到了别人的名字，但我才疏学浅，对这些人闻所未闻）。他最后得出的结论是，基督耶稣丑陋不堪。与他纤瘦的身体相比，他那粗犷的声音实在显得有些不协调。

"没错，先生，就是丑陋不堪，奇里罗·达莱桑德里亚③也是这么说的。他甚至说，世界上没有比基督更丑的人了，我确定他真的这么说了。"

这场辩论的另一个主角是一个相貌平平的老学者，他的口气十分淡然，不过嘴角挂着一抹微笑，里面流露出讽刺。老学者挺直腰板，伸长脖子，他根本不信那些陈词滥调。

"当时的教会看重的是基督的训诫和精神力量，"他说，"说人们毫不在意基督的长相，都不为过。"

说着说着，话题又莫名其妙地转到了圣·维罗妮卡④和帕内亚德城里的两尊塑像。在人们看来，耶稣和维罗妮卡就是这两尊塑像的原型。

"完全是胡说八道！"年轻人大叫，"对于这件事，我知道得一清

----

①朱斯蒂诺·马尔迪雷，生活在公元100—165年左右，希腊天主教作家，有几本以反对迫害天主教徒为主要内容的著作。
②斯图里亚诺，生活在公元160—220年左右，希腊天主教作家，有几本以为天主教辩护为主要内容的著作。
③奇里罗·达莱桑德里亚，希腊大主教。
④圣·维罗妮卡，在基督教传说中，她用纱巾擦掉了耶稣身上的血迹，维护了基督的形象。

二楚。那两尊塑像是阿德里亚诺国王[1]，以及对他俯首称臣的城市。"

辩论双方各持己见，毫不让步。突然，年轻人看着我，大声说。

"是阿德里亚诺国王！"

"是希伯来语中的拜罗尼克，后来才翻译成维罗妮卡。"

"是阿德里亚诺国王！"（他还是看着我）

"明明就是维罗妮卡，明眼人都能看出来，维拉·伊卡恩是错误的译法。"

"是阿德里亚诺国王！"（这一次他还是冲着我大叫）

"在《彼拉多[2]记事》中，拜罗尼克是……"

"是阿德里亚诺国王！"

这个年轻人反复叫着阿德里亚诺，目光始终都在盯着我，似乎想让我支持他。

到了一个火车站，火车停住了。他们两个一起下了车，但还是一边走，一边争论不休。我把头探出窗外，看着他们。他们刚走出几步，老人勃然大怒，迅速走向了另一个方向。

"是谁说的？"年轻人站在他身后大声问，语气中充满了挑衅。老人回过头大声回答：

"卡米罗·德·梅伊斯！"

我有一种感觉，老人这句话是对我说的。可能是因为年轻人在我身边说了太多次，所以我也不由自主地说起了"阿德里亚诺"。我去掉中间的"德"，只剩下"梅伊斯"。

————————

①阿德里亚诺国王，生活在公元76—138年，从117年开始担任罗马皇帝，创建了罗马的很多古迹，是著名的军事家、建筑学家和诗人。

②彼拉多，犹太总督，耶稣被出卖之后，落到了他手里。他用水把手洗干净，然后说，我不会承担流这个人的血的罪过，还是由你们承担吧，然后他就把耶稣交给了士兵，士兵们又把耶稣钉上了十字架。

"太好了，就是阿德里亚诺·梅伊斯，这个名字听起来很特别，就是阿德里亚诺·梅伊斯。"

而且，我觉得这个名字搭配上我光滑的脸，有色眼镜和即将穿上的长风衣，戴上的宽檐软帽，简直太协调了。

"很好，就叫阿德里亚诺·梅伊斯，这两个基督教徒一路上吵闹不休，居然送给我这么好的一个名字。"

我埋葬了过去所有的回忆，想要全身心地投入新生活中。我如同一个呱呱坠地的婴儿一样，散发着新生的光辉。我似乎又重拾了儿时的欢乐，我的意识纯洁透明，我必须时刻关注周围的一切，才能创造出一个新的我。同时，由于这种新的自由，我的灵魂展翅翱翔，世界都为之改观。天地豁然开朗，昔日的阴霾全部散去，每个人都变得和蔼可亲起来。从今之后，我与他们之间的感情联系将会非常自由，不受任何约束，因为我的快乐不需要靠他们得来。灵魂变得轻飘飘的，这种感觉实在是太奇妙了。我心如止水，毫无波澜。这笔从天而降的钱财斩断了束缚我的所有东西，让我脱离了琐碎的生活，让我成为生活的一个旁观者，看着那些仍然在生活中挣扎的人。

"等一等！"我的耳边似乎传来了这样一个声音，"等你脱离了生活，成为旁观者，你会发现人生充满了趣味。比如那个人，自己吃得饱饱的，却攒走那个饿着肚子的老人，他这样做只证明了，我们仁义正直的上帝其实是最丑陋不堪的。"

对此，我只以傻笑回应。然后，不管我看到什么东西，我都报以傻笑。比如我看到，车窗外的树正迅速离我远去；乡村里散落着星星点点的农舍，我想象着农民痛骂那可能在夜间到来，对橄榄树造成伤害的寒雾；或者农民因为太长时间没有下雨而对着天空挥拳；比如在火车轰鸣着靠近时，逃向四面八方的鸟儿；又比如车窗外那若隐若现的电线杆，上面贴着最新消息（类似于报道我自杀的消息的米拉格诺《小报》）；还有，站在火车道的十字路口上的女人们，她们是信号旗手的妻子，戴着丈夫的帽子，挥舞着红色的警示牌。

最后，我突然瞥见了我左手的中指，上面戴着一个样式普通的金戒指。

我大吃一惊，简直难以相信自己的眼睛，急忙闭上眼。为了不引起我自己的注意，我用右手轻轻地把左手中指上的那枚戒指取了下来，这倒是有点儿自欺欺人了。终于，我取下了这枚戒指。我想起来了，戒指上不但有我和罗米尔达的名字，还有刻字日期。

接下来，该怎么处理它呢？

我睁开眼睛，长时间看着手掌心里的这枚戒指，眉头紧皱。

我感觉周围的东西对我的吸引力在一刹那间都丧失了。我和过去唯一的联系，就是它了。

这块金属小到不起眼，又把我拉回了过去。它如此轻，又如此重，沉重到让我无法呼吸。

我有一种冲动，想要把它扔到窗户外面，但是我转念一想，"迄今为止，似乎我一直拥有上天赐予我的好运。上天的这份好心，我可不能轻易摧毁。"我开始相信，万事皆有可能，当然也包括这件事——我把它扔出窗外，然后有一个人，比如一个铁道工人，会捡到它，几经辗转之后，人们根据里面刻着的两个名字，发现了事情的真相，也就是，在米拉格诺发现的那具跳水自杀的尸体，其实并不是图书管理员马提亚·帕斯卡尔。

"不行，我不能这么做，"我对自己说，"我必须找一个更安全的地方把它处理掉，到底哪里比较合适呢？"

火车又停靠在一个站里，我看到站台上站着一个手提工具箱的工人，就向他购买了一把锉刀。火车继续上路之后，我就拿出锉刀，把戒指锉成很多小段，扔出了窗外。

　　我放任自己胡思乱想，当然，想得最多的还是我即将面临的新生活。突然，我想到了阿德里亚诺·梅伊斯。关于他的出身，他的父亲和他的出生地，我应该好好编造一下。然后，我还得思考很多与这些问题相关的细节，当然要尽可能地生动详细。

　　我觉得，我说自己是个独生子应该更合情理。

　　"我觉得，我非常像一个独生子，没有人比我更像了，可是想到独生子，就得想想像我这样的人，在这个世界上有多少，而像我哥哥罗贝尔托那样的人又有多少。你的帽子和外套，以及一封信，出现在了大桥栏杆下的深水里，而你自己却坐上了一艘开往美国或者别的地方的蒸汽船。一周后，人们发现了一具早已面目全非的尸体，根本无法辨别身份。毫无疑问，这个人自己跳进水里淹死了，顺着水流到了下游，可是，谁又肯动脑筋想这个问题呢？有一点可以肯定，这些都不是我刻意安排的。信、外套、帽子、桥，什么都没有。不过，这跟我的情况很类似，而且，有件事确实对我大有裨益。以后，我可以尽情地享受自由，不会有后悔，也不会有遗憾。所有的一切，都是他们强加给我的……

　　"所以，我完全可以说自己是个独生子，可是，我的出生地应该在哪里呢？这个问题可是无法回避的，一个人不可能从天而降。比如，月亮可无法承担接生婆的重任。不过，我在图书馆看书的时候，有一本书上说，古人确实是这么做的。怀孕的女人向月亮露西娜①祈祷……

――――――――――
①露西娜，罗马神话中司生育的女神。

"可是，我的出生地又不是天上，我应该怎么编才会比较合理呢？

　　"傻瓜，当然要说自己是在海边出生的，出生在船上！那我的父母为什么会在船上呢？因为他们环游世界，可是已经怀孕了还环游世界，又不太合情理。那么，是移民，想从美国回到家乡，所以才去了海上。这样说得通，每个人都想去美国。就算是那个可怜的马提亚·帕斯卡尔，虽然他已经死了，可是他在世的时候，也想去美国。也就是说，这八万里拉，是我的父亲在美国赚到的。简直是胡说八道，如果他真的手握这么大一笔钱，他的妻子一定会住在医院里，安心等待孩子降生，等迎接我到了这个世界上之后，他们才会踏上回乡的路。还有，现在在美国赚钱也绝非易事。对了，我父亲叫什么来着？对，帕奥诺，帕奥诺·梅伊斯，他和大多数人一样，在美国过得非常艰难。他在美国待了四年，但是有三年都不走运，处处受人歧视。有一天，他收到了我祖父写来的信。

　　"我认定，我一定要有一个祖父。我几岁的时候，他才去世。他就像我在火车上遇到的那个信奉天主教的老学者，和蔼可亲。我想……"

　　人的头脑实在是太奇怪了，为什么就要想当然地认为我父亲是个废物呢？当然，我别无选择。他不听祖父的话，让他痛苦，还偷偷去了美国。

　　"我想，他也会觉得耶稣是个丑陋不堪的人！在美国，他受尽了苦楚，在山穷水尽之际，收到了我祖父寄过去的钱，用这笔钱买了船票，准备带着妻子回家。

　　"可是，我一定要说自己生于海上吗？说我出生在南美洲不行吗？比如阿根廷。我刚刚几个月大，父亲就准备回到意大利去。这

99

个说法似乎更好一点儿。因为祖父得知我出生了，非常高兴，也因此原谅了父亲。所以，我年纪轻轻就已经横穿了大西洋。当时，我可能乘坐了三等舱。在归家途中，我不幸感染喉疾，险些丧命。当然，这些都是我长大后从祖父那里听说的。

"也许现在会有人说，我当时怎么就不死掉呢！因为当时我还没有开始认识这个世界。不过，我可不是这么想的。到最后，我这一生到底经历了怎样的磨难和坎坷？说实话，唯一的一件事就是我祖父的过世，从小，我就是跟着祖父一起长大的。我的父亲帕奥诺·梅伊斯做任何事情都没有常性，喜欢到处漂泊。回家待了几个月之后，他就抛妻弃子，一个人回了南美。最后，他因为黄热病，在南美丧了命。我刚刚长到三岁大的时候，我的母亲也去世了，所以实话实说，我对他们并没有什么深刻的了解。我所知道的有关他们的事，还是长大之后听别人说起的。然而还有比这更糟糕的，我甚至不知道自己的出生地是哪儿。没错，是阿根廷，可是阿根廷幅员辽阔，到底是哪个城市呢？我的祖父也不知道。至于到底是父亲忘记告诉他了，还是他忘记问父亲这件事了，祖父已经想不起来了。而我当时年纪还小，自然不会记得这种事。简而言之，就是：

"（1）我的父亲是帕奥诺·梅伊斯，我是他唯一的儿子；（2）我出生于南美洲的阿根廷，但是不知道具体是哪个城市；（3）我刚刚几个月大的时候，就跟着父母回到了意大利（还在路上得了格鲁布性喉疾）；（4）我对父母的印象不深，也没有太多的了解；（5）我是由祖父抚养长大的。"

我现在身处何处？我曾经去过哪些地方？我先去了尼斯，但是对这里并没有什么深刻的印象；然后是马塞纳广场，安格莱斯人行道，拉格尔大街，都灵。

现在我正要前往都灵，我需要在那里处理很多事情。我需要一所房子，在十岁之前的时光，我是和祖父在那里度过的。这样，我编造出的背景才会更可信。也就是说，在都灵的一条街上的一座房子里，阿德里亚诺·梅伊斯度过了自己的童年。

我要想象一种跟我以往的经历完全不同的生活，并将许多生活细节增添进去，变成我自己的经历。一开始，我觉得这个过程十分有趣，当然，我有时候也会突然觉得悲伤，然后这种乐趣就会中断。不过，我已经把它当成了我每日必做的功课。我不仅生活在现在，也生活在过去，生活在我凭空杜撰出来的阿德里亚诺·梅伊斯的世界。

不过，我并没有完全舍弃我自己的东西。我认为，想象就来源于真实的生活经验。只要是植根于真实的生活，不管多么不可思议的事情，都会变成现实。就算是梦见一些疯狂的东西，也能在你的心底找到与之对应的东西，即便现实和梦境天差地别。想象力难以理解的那些事情，又有多少体现了我们的渴望？也许它们看起来虚无缥缈，匪夷所思。有无数条线组成了我们的生活，我们需要把这些线拆开之后重新编织，才能得到每个人不一样的生活。

现在，我难道只是自己想象出来的一个人吗？虽然我是编造出来的人，却要变成事实。每天我都需要细致地观察别人的生活，才能发现这人世间千丝万缕的联系。我看到，其中有很多断线，我能否把它们重新连接？最后它们会把我带去哪里？我不得而知。也许到最后，一切都不过是幻象。但是不管怎么说，我要细心呵护我的想象，让我这想象出来的人生尽量丰富起来。

在操场和草地上，我追逐着那些五岁到十岁的孩子，用心地观察他们，看看他们会有怎样的动作，会说什么话，会玩什么样的游戏，以便把我对阿德里亚诺·梅伊斯的想象丰富起来。后来，我已经为他设想出了一个非常具体的童年。至于母亲，我觉得我不需要重新编造，因为我的母亲是我心底最美丽的回忆。不过，我需要按照自己的想法，重新编造一个祖父。

我在回想了无数个老人之后，才编造出了一个真正的祖父形象。我想起了曾经在都灵、威尼斯、米兰遇到的那些老人。第一个老人会给我象牙鼻烟盒和一块红黑格的手帕；第二个老人会擦拭自己的手杖；第三个老人有两撮尖胡子，还戴着一副老花镜；第四个老人走路的姿势非常奇怪，打喷嚏和吸鼻子的声音就像打雷；第五个老人有个大嗓门儿，总喜欢哈哈大笑。最后，我编造出来了一个这样的祖父形象：他精明睿智，热爱艺术，鄙视现代文明。他不让我去学校读书，却喜欢亲自带着我在各个城市奔波，去参观那里的博物馆和画廊，自己亲自教导我。祖父带着我去过米兰、帕多瓦、威尼斯、拉文那、佛罗伦萨和佩鲁贾，每到一个地方，他就像一个向导一样，给我讲述当地的风土人情和艺术作品。

不过，我对现实的生活也充满着渴望。我知道此时自己所受的限制，因此时时会生出对自由的渴望。每当想到这些，我就难掩喜悦。每当这时候，我就会深吸一口气，体验肺部带动灵魂跳跃的感觉。现在，我是自己的主人，我独自一人，不必向任何人负责。我想去哪儿都可以，去威尼斯还是佛罗伦萨？想去哪儿就去哪儿！那就去佛罗伦萨好了，我感觉心里的喜悦之情都快溢出来了。

在都灵度过的一个夜晚，给我留下了深刻的印象。我记得，那是我开启新生活后的第一个星期。当时，太阳已经落山了，我在街上站着，注意到了一只鼹鼠，它钻进鱼堆里不见了。空气清新透亮，落日的余晖照耀着每一样东西，似乎给每一件东西都镶上了金边。一种突如其来的自由感袭击了我，我觉得自己好像已经疯了。为了不让自己因为这种感觉而变得发狂，我只好强行把自己拉了出来。

那之后，我花费了很大的力气来改变自己的外貌。我把胡子剃光了，戴上了一副淡蓝色的眼镜，再把头发留长，让自己散发出一种艺术家的气息。这些力气没有白费，让我看起来完全变了一个人。有时候，我会站在镜子面前，和镜子里的自己说话，还会哈哈大笑。

"阿德里亚诺·梅伊斯，不得不说，你的运气不错。可是，你被迫戴上这样的一副面具，实在是有点儿可惜。不过，不要在意，所有的一切都会过去。要是没有那只斜眼，你会更加好看。其实，你长得挺漂亮的，大家都说你的长相很独特。也许现在妇女们看到你的样子会发笑，可是错不在你啊！要是他原来不留短发，你也不用被迫把头发留长了。不管怎么说，都要打起精神，要是有女人嘲笑你，你也可以跟着笑，很快就能熬过这一切的。"

从今往后，我都要为我一个人而活。有时候，我也会和客栈老板、侍者、清洁工和同桌吃饭的人交谈几句，但是这并不是因为我想要和别人聊天。现在，我对亲密的关系非常厌恶，而且对于撒谎和欺骗也是深恶痛绝。不过，其他人也没有想要认识我的欲望。我想，他们从我的长相看出，我是外地人，所以并不想跟我建立亲密的关系。记得有一次在威尼斯，有个船夫坚持说我是德国人，其实呢，我是一个出生在阿根廷的正宗的意大利人。其实，我知道我被当成异类的根本原因，因为我不是我自己。户口和身份证明之类的东西，我全都没有，随身携带的只有一份米拉格诺的报纸，上面写着，马提亚·帕斯卡尔已经过世，入土为安。

对于这些事情，我其实并不是很在意，可是居然会有人把我当成澳大利亚人，这实在让我难以接受。以前我需要操心很多事情，所以并不是很关注"国籍"。可是现在，我有大把的空闲时间，就可以去想一些以前没有想过的问题。而且我也发现，我经常会不自觉地想到这些。但是我觉得，我总得找些事情做，才能让时间过得快一点儿。每当我因为那些事情而心烦意乱的时候，我就会找一些别的事情做。有时候我会拿出很多纸，练习各种各样的签名，好找到一种新的字体。但是写完之后，我又会把写好的名字全都撕碎，把笔扔掉。我最好假装自己是文盲，那我就不用给任何人写信了。在这个世界上，我不用给别人写信，也不会有人给我写信。

　　这个想法跟别的想法一样，迅速把我拉回了过去。我的眼前如同在上演一幕电影，家、图书馆、米拉格诺的街头、海边，都在我眼前闪过。

　　"我想，现在罗米尔达一定还在为我守丧，要不她还能做些什么呢？"想到这些的时候，我感觉她就在我面前。还有那个佩斯卡特尔寡妇，我知道，她每次想起我都会咬牙切齿。

　　"这两个女人肯定从来没有去过那个可怜人的坟前，唉，他真是太可怜了。她们会把我葬在哪里？我想，斯克拉斯提卡姑妈和罗贝尔托都不愿意出钱为我举办葬礼。我觉得，罗贝尔托会说：'我可不欠马提亚什么，他不是可以从图书馆的那份工作获得每天两个里拉的工资吗？过日子绰绰有余了。'我想，他们就像埋藏一条狗一样，把我埋进了地里。还有，我的帽子现在一定是被卖掉了。唉，我还在意这些做什么呢？我只是觉得，那个人真是太可怜了。不管怎么说，这个世界上还会有几个人记挂他，不愿意看到他落到这样的下场。可是，他现在根本不需要别人的关心，以后他再也不会遇到麻烦了。"

我继续踏上了旅途，我去过意大利，沿着莱茵河去了德国科隆。后来，我又乘船而下，去了曼海姆、沃尔姆斯、美因茨、宾根和科布伦茨。本来，我打算也去斯堪的那维亚转一转，可是后来转念一想，我不能再这样漫无目的地漂泊下去了。我下半辈子的生活都离不开钱，所以我得好好规划一下手里的钱。我至少还能再活三十年，这样说起来，八万两千里拉也算不上什么大数目。按照法律，我没有办法证明我曾经活过，也没有身份证明，所以几乎不可能找到工作。为了不让以后过得太艰难，我必须从现在开始就控制自己的花钱。算来算去，我每个月的花费不能超过两百里拉。我知道，这笔钱肯定不能让我过上奢侈的生活，可是以前我每个月的工资只有六十里拉，一家人不是也活得好好的吗？所以，我一定可以用这两百里拉过上很好的生活。

　　其实，我已经厌倦了这种孤身一人到处奔波的生活。那是11月的一天，我刚从德国回到米兰不久。在一个黄昏，我突然产生了这样的感觉，并从内心里讨厌起自己。

　　那一天天气很冷，天空中布满了乌云，看起来一场大雨很快就要到来了。在一根灯柱旁，我看到了一个老人，他蜷缩成一团，胸前挂着一个箱子，里面装满了火柴。天气太冷了，他对着手哈气，我才发现他的一只手上拴着一根绳子，绳子的另一端在他的双腿间。我又朝着他走了几步，才看清楚原来绳子的另一端拴着一只小狗。这只小狗看起来刚刚出生不过三四天，身上有很多斑点。现在，它正躺在老人的破鞋里，冻得直哆嗦，发出一阵阵哀叫。

　　"你可以把这只小狗卖给我吗？"我问。

　　"可以。虽然这只小狗价值不菲，但是我愿意低价卖给你。这条小狗很不错，以后一定会非常有用的。你给我二十五里拉，就把它带走吧。"

小狗还在哀叫，它不知道刚才老人夸奖了它，因为它根本就不值二十五里拉。我知道，老人心里很明白这一点。这时候，我开始琢磨：如果我买下了它，它就会变成跟我形影不离的好朋友，不会对我撒谎，也不会问我问题吗？它不会追着我问，我是什么人，来自哪里，有没有把报纸摆放整齐，而且，它还可以让我不再觉得孤单。可是，如果我买下它，就需要为它办证和缴税，可是一个死人怎么能做，或者说怎么应该做这些事呢？我突然觉得，自己的自由受到了损害。

"二十五里拉？我可不是傻瓜。"我说。

说完，我就拉下帽檐挡住眼睛，竖起衣领，大步离开了。天空飘起了雨，整个世界都变得雾蒙蒙的。

我一边走，一边自言自语："虽然我觉得我的自由很可贵，但是如果为了这种自由，而剥夺了我救下一只小狗的自由，就不太好了。"

第九章　阴云笼罩

　　旅行的乐趣让我浑然忘我，新得的自由让我喜不自胜，所以我早已经忘记了第一个冬天是怎么度过的。可是，说实话，第二个冬天我过得非常艰难。我想，由于我需要不停地奔走在各个地方，还要节衣缩食，我可能是有些疲惫了。所以，在天气变得阴冷潮湿时，尽管我尽了最大的努力，想让自己的情绪免受天气的影响，可我还是受到了影响，看着阴沉的天气，我的心情也有些阴沉。

　　"一定会有雨过天晴的时候，浮云终究会消散，"我不断地鼓励自己，"幸运之神与你同在，既然她让你获得了自由，自然也会保佑你的这种自由不会被过分打扰。"

　　其实，对于那种为所欲为的懒散，我已经见识得够多了。阿德里亚诺·梅伊斯年轻的时候，也曾经放荡不羁，但是，如今他应该长大，成为一个顶天立地的男子汉，拿出自己成熟的一面来面对生活了。其实，现在的我拥有绝对的自由，而且无须承担任何责任，因此这对我来说并非难事。

总之，我个人的想法就是如此。我觉得，我不可能这样漂泊一生，所以，我得选一个地方安家，对于这个问题，我也经过了一番思考。天下如此之大，到底何处才是我安身立命的地方呢？我该选择喧嚣的都市，还是幽静的小镇？

　　对此，我实在是难以下定决心。于是，我闭上眼睛，昔日去过的那些城市又浮现在我的脑海里。我的思绪不停地跳跃着，在不同的广场和街道之间来回跳跃，往日的情景历历在目，如同昨天刚刚发生。这些回忆让我感到快乐。每一次我都会说："没错，我曾经去过那里。生活如此美好，可惜我错过了太多。有无数次我都在内心告诉自己：'是的，这里非常适合我度过余生。'那些地方那么美丽，住在那里的人早已适应了那里的生活和工作。而那些像我一样四处漂泊的旅人，有的却只是漂泊感。"

　　我觉得，这种不安和漂泊感让我痛苦不堪，我身边有一种说不上来的东西，在阻碍我随性而为。我甚至觉得，就连我躺在上面的这张床，都不一定真正属于我。在我看来，物品的价值是通过它们唤醒我们心中埋藏的事或人的熟悉感来体现的。当然我也不否认，像充满艺术感的线条之类的东西，本身就可以让我们觉得快乐。但是，我们的快乐有一个更大的来源，就是外在赋予的情感。一件原本普通的东西，加上我们的想象，就会熠熠生辉，代表着某种甜蜜的回忆。由此，它就不再普通，经由我们习惯性地投射在其身上的形象或事件，它就获得了生命。我们可以从这件东西上找到的一部分自己，才是我们真正的爱。有了这种爱，我们和这件东西才有了默契，这件东西才会获得灵魂，因为灵魂的根源就来自我们自身的记忆。

　　当然，我虽然曾经在很多旅馆度过了漫长的夜晚，可是我无法将那些房间当成我的家。但是，我能不能有一个家，一个真正属于我自己的地方呢？

我并没有多少钱，只够我买下一座有两三个房间的小房子，但是，我完全可以把它布置得十分温馨。等一下，这一切发展得是不是有点儿快？我还要先考虑清楚几件事。自由如同一阵风。没错，另一种情况就是，你在四处漂泊，所以你想立刻安定下来，并迫不及待地要去买一座房子。可是，房契、登记、税务，这些事情你考虑过吗？你看看，姓名地址录和投票名单上有你的名字吗？有？那是哪个名字？假名字？然后呢？"那个人是什么人？""他来自何处？"接下来等待你的，就是警察的秘密调查。总之，这么做只会给你带来无穷无尽的麻烦。所以，我现在根本无法获得一座属于我自己的房子。好吧，我先租一个新装修过的房间好了。这种小事，就不必这么激动了吧！

冬天的严寒和即将到来的圣诞节，让我总是忍不住幻想，如果我此时能和家人依偎在炉火旁边，亲密地烤火，该有多么幸福啊！

但是，我的家早就离我而去了。只有我父母给我的那个家，才会让我在回忆起的时候感到遗憾。只可惜，那个家早就毁于一旦了。我之后所遭遇的一切，我都没有觉得是真正的遗憾。我宽慰自己，如果我现在回到米拉格诺，跟妻子和丈母娘共度圣诞，也未必会比现在快乐多少。

但是，我还是让自己的思绪信马由缰，想象如果我真的回到了她们身边，会是怎样的。我腋下夹着很多坚果面包，用力敲门：咚！咚！咚！

"请问帕斯卡尔的遗孀，也就是罗米尔达·佩斯卡特尔，还有他的丈母娘佩斯卡特尔寡妇，是不是住在这里？"

"没错，你是哪位？"

"我啊，我是帕斯卡尔夫人的亡夫。我就是被人们从水渠里捞出来的那个人。现在，我生活在另一个世界，可是我得到了上帝的批准，来到这里。我想请问：我能不能留下来和你们一起过圣诞节？我不会待很久的。"

"你说，要是那个老女人看到我以那副模样出现，会不会吓得魂飞魄散？那样的话我就高兴死了！哼，这个可恶的寡妇，让她多活几天好了！"

在我的这次冒险之旅中，确实有值得我感恩的事，就是我的妻子、岳母、债务和所有的屈辱，全都被我永远地摆脱了。所以，我现在别无所求。我现在唯一需要思考的，就是前方有一个完整的人生正在等着我。我敢肯定，像我这样孤独的人大有人在。

"是这样的，可是他们，"由于天气不好，我的心情也不太好，"虽然这些人流落异乡，却总是有家的。就算他们暂时没有家，但是只要他们想，也可以马上有一个。（还可以去朋友家做客。）而我呢，我跟他们的区别就是，我会永远保持这个状态，不管去什么地方，我都会是一个陌生人。无论何时，阿德里亚诺·梅伊斯都是一个游离于生活之外的陌生人。"

想到这些，我不由得怒气冲天：

"不必难过！不必为了这种小事劳神。你有朋友，或者说你可以有朋友。"

朋友？那段时间，为了填饱肚子，我经常会去一家餐馆。邻桌有一个男人，看起来已经过了不惑之年，头发黑黑的，戴着一副金框眼镜。也许是眼镜上的链子太重，所以眼镜时不时就会掉下来。我发现，他似乎想结识我。在我看来，这个小个子太有意思了。你可以设想一下，他戴着一顶帽子站在那里，你会觉得就像是一个十七八岁的少年硬要扮成老头的模样。之所以会有这样的想法，是因为他的腿实在太短，他坐下的时候，脚根本够不到地面。我觉得，他把椅子当成了箱子，因为我好像从来没有看到他离开椅子。为了克服这个缺点，他尝试着穿过高跟皮鞋。可是穿上高跟皮鞋之后，他只能小步地往前挪，姿势十分怪异，活脱脱就像一只奔跑的鹧鸪。

我觉得他非常实在，有点儿本事。至于性格，有一点儿暴躁，我觉得他不适合倾听，只适合演说。对于任何事情，他都有独到的见解。此外，他有一枚奖章。

有一天，他拿出一张名片递给了我，上面写着：卡瓦利尔·提图·莱恩兹。

我得承认，我对他主动递给我名片这件事感到十分吃惊。因为我总是觉得，自己现在的形象很差，给别人的感觉就是，就算给我名片，我也无法回递一张。没错，我当时并没有名片，至于原因，可能是我对于把自己的新名字印在卡片上这件事还有些难以接受。不过，这些都是小事，我不必放在心上。不过是一张名片而已，有什么大不了，直接说出自己的名字不就可以了吗？

所以，我把自己的名字告诉了他，我想你们应该知道我说的是哪个名字。

卡瓦利尔·提图·莱恩兹说起话来滔滔不绝，他不但会说拉丁语，对于彼拉多等人的话也是信手拈来。

"内心是人的快乐的源泉？先生，这么想可就太简单了，用内心来做人生的向导是不够的。如果我们的精神世界只属于我们个人，而不属于大众，如果我们的'自我'无法被别人看到或感觉到，那我们可以把'自我'当成独立于别的事物的东西。从精神层面来说，内心之中存在的一种本质性的联系，是在思考的我和我想的其他人之间的关系。也就是说，一个自我的内心世界根本就不够，我说得够清楚吗？我把这些人当成我自己的一部分，当然，你也是其中的一部分，只要别人的感情和倾向不会影响我们，那我们就不会觉得满足和快乐。因此，我们都要努力，才能让自己的感觉和想法在别人的心目中反映出来。如果这种努力失败了呢，就可以说，现在还不是合适的时机，种子还没有到萌发的季节。当然，我说的是你在别人的心中种下的种子，你不能说自己已经在内心获得了满足，因为这是不可能的，你知道这意味着什么吗？没错，你可以孤身一人活在这个世界上，慢慢地被黑暗吞噬，可是这就够了吗？先生，我对那些长篇大论非常头疼。我觉得，那都是谎言，它们会让人们无法独立思考。比如：'我可以通过真实地面对自己来找到满足。'彼拉多也曾经说过，'我的良心更像人们的言辞。'虽然我不得不承认，彼拉多很了不起，但是他的话也有些言过其实。我觉得，上帝让我们面对的这些，难度远远超过了学习小提琴。"

这个小老头总是说出一些迷人的话，很讨人喜欢，有时候我会有拥抱他的冲动，不过，他的话并不是总这么富有智慧。他经常会从这些话说到自己的事，所以，每当我想要跟他建立友谊，并为此欢喜不已时，听到他的唠叨，我又打消了这种念头，还会刻意疏远他。所以，要是他谈一些人生的大道理，我们就会交谈甚欢。可是每次说到最后，卡瓦利尔总是扯到我的隐私上去。

"我想，你并不是来自米兰。"

"没错。"

"你曾经去过米兰吧？"

"没错。"

"米兰真是一个充满乐趣的地方。"

"没错。"

我觉得，我跟他的对话就像鹦鹉学舌。他的问题越来越多，我的回答越来越简单。我告诉他，我很快就会离开这里，前往美洲。当卡瓦利尔听说我是在阿根廷出生时，竟然激动得从椅子上跳了起来，来到我身边握住我的手：

"先生，我要发自内心地祝贺你，阿根廷……我真是太羡慕你了。我也去过美洲！"

"好了，我该走了。"我紧张地说，然后我又大声说：

"你也去过美洲？那看起来我应该祝贺你。因为虽然我是在阿根廷出生的，对于具体的地方却不得而知。我刚几个月的时候，父母就带着我回国了。因此，说我的双脚从未踏上美洲的土地也不为过。"

"太可惜了！"卡瓦利尔·提图·莱恩兹大叫，我听得出来，他的口气很是同情，"不过我觉得，那里应该还有你的亲戚吧？"

"以我知道的情况，没有。"

"那我知道了，你的家人带你回意大利之后，就留在了那里。那你们现在住在哪儿呢？"

我耸了耸肩膀，说："我们去过很多地方，经常搬家，每次在一个地方住不了多久就会搬到一个新的地方。现在，我孑然一身。可以说，我去过很多地方，见识过很多人。"

"你的运气真不错，你行走各处，却不是为了寻觅一个人。"

"不是！"

"你真幸运，让人羡慕！"

"我猜，你早就娶妻生子了吧？"我打算改变话题，打探一下他的情况。

"唉，我没那么好运，至今还是孤家寡人。"他叹着气说，眉毛都拧在了一起。

"那咱们两个的境遇差不多，都是孤家寡人。"

"先生，我实在厌烦透了这样的生活！"他大叫，"这种生活太无聊了，我觉得了无生趣。唉，总之就是我已经厌倦了这样的生活。虽然我朋友众多，可是等你到了一定的年纪才会明白，家里没有人等你是多么讨厌的感觉。人生是一场游戏，有的人弄明白了，有的人没弄明白，后者过得就会不如前者。它会消耗掉你的能量和激情。你头脑清醒的时候，你会说：'我不能这么做！'或者'我不能那样做，否则会让自己受到牵绊。'可是，终有一天你会发现，牵绊才是人生的意义。像你我这样没有牵挂的人，都是行尸走肉。"

我想安慰他，就说："可是你还有大把的时间啊！"

"有时间犯错吗？先生，我已经犯了很多错了。"说到这里，他调皮地笑了笑，"其实，我跟你一样，到处旅行。其中有艰险，也有乐趣，比如有一天晚上，我在维也纳……"

我简直难以相信自己听到了些什么！像他这样的小老头，居然还有艳遇？还有一个、两个、三个、四个、五个？有奥地利的、法国的，甚至还有俄罗斯的？在讲述的时候，他充满了激情，看起来热血沸腾。看着他那搞笑的表情，我就知道这些都是他胡编乱造的。一开始，我对此的反应是羞耻，不过显然，他并没有意识到我的这种反应。可是突然，我又愤怒起来，这个小老头本来是不需要向我这样吹嘘的，却滔滔不绝地吹嘘起来；而我呢，我自称讨厌虚假，却撒了一个弥天大谎！每一次我被迫去欺骗别人的时候，我的灵魂都会备受煎熬。

但是后来，我理解了。这个小老头之所以要虚拟这些艳遇，是想从中获得一些快乐，这一切都是因为他没有撒谎的理由，他可以随意地按照自己喜欢的方式来让自己高兴。可是在我看来，这是一种讽刺，一种耻辱。我从这件事中得出的唯一结论就是，我的余生都会生活在谎言里，所以，我注定不会拥有真正的朋友，因为友谊必须以坦诚为前提，而我根本无法将我这第二个人生的秘密告诉任何人。我的这第二个人生，只不过是死去的马提亚·帕斯卡尔在人间留下的木偶，毫无过去可言。我只能随便跟某个人建立一种浅显的关系，说一些可有可无的话，这已经是我能期待的最好结局。

然而，这又如何呢？有失必有得。我对生活的信心，怎么会因为这些事而丧失呢？不可以，我一定要像过去一样，好好地生活，为我一个人而活。虽然未来可能不会顺心如意，也许我只能孤独地走完人生，可是我还是要让生活变得丰富多彩。

有时候，我摸着自己光滑的脸蛋，长长的头发，或者有时候我用手抬起鼻子上的蓝色眼镜架，我会有一种错觉，觉得我触碰的不是我，我已经不是过去的我，我是为了别人而进行伪装的。那么，我戴上这副面具的目的是什么呢？我为什么要虚构关于阿德里亚诺·梅伊斯的一切呢？是为了别人吗？是为了我自己吗？我之所以相信这些，是想让别人也相信这些。那么，要是阿德里亚诺·梅伊斯不敢撒谎，不敢见人，每天独自躲在酒店的房间里（在冬天天气寒冷的时候，寂寞压垮了他）陪伴着死去的那个马提亚·帕斯卡尔。不难想象，情况只会朝着更糟糕的情况发展，甚至连我的好运都会……

不过，我觉得这才是实际情况：我不受任何约束，自然不会固定于某种生活。每次遇到需要我做决定的时候，我就会觉得尴尬，觉得受到了束缚。于是，我就来到大街上，观察所有的人和事，深入思考所有事情的细节。等我觉得累了，我就会找一家咖啡馆，坐在里面看报纸，看看往来于咖啡馆的人，当然，我最后也会离开咖啡馆。显然，我这种观察生活的角度，只会看到生活没有意义的、没有节奏的一面。我看着人们从我身边经过，感觉自己已经迷失了。城市太过喧嚣，我根本静不下心来。

"为什么？"我疯狂地问自己，"人们为什么要让生活日益复杂？为什么有这么多轰鸣的机器？要是机器可以取代一切，人类又该何去何从？最终人们能否意识到，这种进步与幸福并无关联呢？我们相信这些科学发明会让我们的生活日益丰富（其实，由于我们会为此付出高昂的代价，所以我们会越来越穷），可是又能获得多少满足感呢？虽然我们确实对这些发明赞赏有加。"

前几天，我在电车上偶遇了一个人，他和很多人一样，想要把自己的想法告知身边所有的人。

他告诉我："电车真是太棒了，我只需要花两分钱，就可以在里面坐很长时间，横穿米兰。"

以穷人的眼界，他只能看到这两分钱可以让他坐在电车里走很远的路。很明显，在那个由于电车和电灯之类的发明才变得喧嚣的世界里，他们无法过上体面的生活。

不过，科技似乎真的为我们的生活提供了便利。我不否认这个事实，但是我还是要问："还有什么比把一种了无生趣的生活机械化更糟糕的吗？"

我回到了旅馆。

走廊旁边的一个窗子前面挂着一个鸟笼，里面装着一只金丝雀。既然我找不到人说话，也无事可做，不如就跟它说话吧！我看着这只金丝雀，学了几声鸟叫，它立刻来了兴致，似乎知道是有人在和它说话。我�‍着嘴，跟它说了很多，鸟巢、绿叶、自由。其实，我也不知道我的叫声是什么意思。金丝雀在鸟笼里蹦来蹦去，时不时地叫几声，抬起头，抬起一只脚。我不知道它的叫声是在回答我的问题，还是在向我提问。最后，它安静下来了。这只可怜的小鸟，它明白我的心思，虽然我也不知道我到底和它说了些什么。

其实，这跟人又何其相似！有时候，我们也会想象大自然在和我们对话，也自以为懂得大自然的神秘话语。我们有很多问题和渴望，把大自然发出的声音当成对我们的回应。可结果呢？其实大自然苍茫辽阔，根本都不知道有我们的存在。

看吧，一个人孤独寂寞到了极点，就会胡思乱想。难道我真的要成为一名哲学家？我真恨不得狠狠地扇自己一巴掌。现在的生活糟糕透了，我受不了了！我不能再这样沉默下去，我要不惜一切代价来做一个决定。归根结底，我最大的问题就是——生活！

第十章　圣水钵和烟灰缸

几天之后，我来到了罗马，并想留在这里。

为什么我没有选择别的城市，却偏偏选择了罗马呢？这其中确实有原因，只是我还不方便透露。因为要是现在说这个原因，我就会想起很多别的事情，那我现在对整个故事的回忆就全乱了。目前，我之所以会选择罗马，是因为在我了解的所有城市中，罗马最得我的欢心。还有一个原因就是，罗马总会有很多游客穿梭，这样一来像我这样的陌生人就不会遭到太多的盘问，这里非常适合我生活。

我需要在一条安静的街道上找一座适合我的房子，而且还要找一个可靠的房东，这实在是很有难度的一件事。最后，我在里佩塔大街上找到了这样的一座房子，它位于一条小河边。说实话，我一开始并不喜欢房东这一家人，所以回到旅馆之后，我还在犹豫。

这座房子位于五楼，门口左右两边的牌子上分别写着帕莱亚里和帕皮亚诺。在右边的牌子上面，有一张用两个图钉钉住的名片，写着"塞尔维亚·卡博拉尔"几个字。

我敲了敲门，很快就有一个年过花甲的老人来开门（不是帕莱亚里就是帕皮亚诺）。他赤裸的上身滑溜溜的，一根胸毛都没有。他的下身穿着一条短布裤，脚上穿着一双破破烂烂的拖鞋。他的手湿淋淋的，全都是肥皂泡，头上包着一块头巾。

　　他看到是我，满怀歉意地说："不好意思，我还以为敲门的是服务生……失礼了，请原谅。阿德里亚娜，快点儿过来，有位先生来了！先生，您稍等。您要进来吗？有什么需要我为您效劳的吗？"

　　"您想要出租一间装修得很不错的房子，我没弄错吧？"

　　"没错，请稍等，我女儿马上过来。阿德里亚娜，快来快来，有人来看房子了！"

　　这时候，一个女孩儿急匆匆地跑了过来，她的脸蛋红扑扑的，看起来有些尴尬。她的个头不高，有着淡黄色的头发和白皙的皮肤，水汪汪的大眼睛是蓝色的，透出一丝温柔，然而更多的是悲伤。

　　我盘算着："她叫阿德里亚娜，名字跟我差不多，实在是太巧了。"

　　头上满是泡沫的老人问："你姐夫帕皮亚诺呢？"

　　"爸爸，您不是知道吗，怎么还问我呢？昨天他不就已经去那不勒斯了吗？爸爸，我建议您先去别的屋子，现在的您实在是……"

　　就算是在责备，她的语气里也透着温柔，看来，她是一个温柔的女孩。

　　"对对对，我想起来了。"老人说着，就走开了，拖鞋发出啪嗒啪嗒的声音。他一边走，一边不时揉搓着自己的秃头和白胡子。

　　为了不让小姑娘觉得更尴尬，我努力克制自己，却还是笑了出来。为了不让我看出她的烦恼，她把头扭到了一边。我原本以为她是个小女孩，不过我细细打量一番才发现，她已经成年了。可是，她穿的衣服实在是大得离谱，也许她目前正在服丧吧！

女人说话的声音很小，眼神还躲躲闪闪的，不敢看我（也不知道她对我有怎样的印象）。她率先走进了一条漆黑的过道，我跟在她的身后，来到了他们要出租给我的房间。刚一打开门，我就有一种豁然开朗的感觉。这个房间里有两扇窗户，是朝向河边的，清新的空气和明媚的阳光就从这里倾泻进来。没错，这座房子本来就是依河而建的。视线放远一些，就能看到马里奥山、玛尔盖里塔桥，以及普拉迪一带的新居民区。再远处，就矗立着天使古堡。在这座房子的下面，就是老里佩塔桥和新里佩塔桥，不过后者正在建设之中。在这座房子的左边，河流弯道的另一边的位置，就是翁罗贝尔托桥和托蒂诺纳一带的老房子。在这座房子的右边，是绿树掩映的贾尼科洛山，还能看到蒙托里奥山上的大喷泉，以及加里波第将军的骑马铜像。

窗外的景色美不胜收，对我有着极大的诱惑力，我立刻就定下了房间。除了窗外的景色，我对室内的装潢也很满意。屋里挂着的蓝白色的门帘，看起来十分干净。

这时候，女人开口了："隔壁的露台也属于我们，至少现在是这样的。他们说这是违法建筑，非要拆除不可。"

"什么？"

"违法建筑！他们说，露台伸到了外侧，城市的建筑空间都受到了影响。可是，我真不知道他们何年何月才能把滨江大道建成。"

我看着眼前这个裹在大裙子里的小姑娘，她居然可以说出这么一本正经的话，实在让我忍俊不禁："是吗？"

她看到我在取笑她，觉得有些尴尬，就咬着嘴唇低下了头。为了缓和屋里的气氛，我假装正经地问：

"我猜，这个屋子里是不是没有小孩？"

她摇了摇头，一言不发。虽然我并没有讽刺她的意思，但是她可能误解了。我只好说：

"是只有这一间房出租吗？还有别的吗？"

她的眼睛依然盯着地板，对我说："这间是我们这里最好的了，如果您没看上……"

"我不是这个意思，我只想问……"

"没错，我们还有别的房间出租，"她插话道，抬起头，故意装出一副淡然的样子，"在房子的另一面，正对着大街。现在是一个教钢琴的姑娘住着，不过她不在家里教，两年前她就住进来了。"

说着，她挤出了一个笑容，但是我能看出里面的悲伤。

"我们家里只有我们父女，还有我的姐夫，三个人。"

"你的姐夫是帕莱亚里？"

"不是，我父亲是帕莱亚里。我姐夫的名字是特伦齐奥·帕皮亚诺，但是他再过一段时间，就会和他弟弟一起离开这里，目前他弟弟也住在这儿。我还有一个姐姐，可是她在半年之前去世了。"

我急忙岔开话题，问她我应该付多少房租。房租并不是什么大问题。

我问："我用不用先付给你一周的钱？"

"随您的便。不过，您可以告诉我您叫什么吗？"

我紧张地挤出一个微笑，就把手伸进外口袋里到处摸索。

"抱歉，我出门的时候忘记带名片了。不过我刚才听到你的父亲说，你叫阿德里亚娜，我的名字是阿德里亚诺，咱们俩的名字十分相像。我想，你会对此觉得尴尬……"

"不会的。"她说。她已经意识到了我的尴尬，像个小女孩儿一样笑了起来。

我笑着说：

"我叫阿德里亚诺·梅伊斯，你可以直呼我的名字。我能不能今天下午搬过来？还是说明天搬更好呢？"

"这由您决定吧！"她说。我从她的话中感觉到，她希望我永远都不要搬进来。也许她觉得，我居然没对她穿的那身不太得体的丧服表现出应有的敬畏，是对她极大的冒犯。

换成是许多天之前，我肯定就能一眼看穿，虽然她想穿别的衣服，却又不得不穿这身难看的衣服。她担负着整个家庭的重任，要是没有她，事情也许比现在还糟糕。

那个带着一头肥皂泡裹着头巾来给我开门的老头，也就是安塞尔莫·帕莱亚里，头脑似乎有些不清楚。我刚搬进去，他就到我的房间来了。他说之前自己太失礼了，要向我道歉，还有，他认为从我的外貌不难看出，我是一个学者或者艺术家，他很想认识我。

他得意地说："我没猜错吧！"

"不，你错了，我既不是艺术家，更不是学者，只是曾经读过几本书。"

他一边把视线转向我的写字桌，看着摆在上面的书，一边说："我看到了，你这里有很多好书。等哪天有时间了，我也给你看看我收藏的书。其实，我那也有几本好书，不过……"

他耸耸肩，似乎心思不知道飘向了何方，一脸茫然。他好像忘记了自己是谁，在哪里，在和谁说话。他重复了几遍"不过……"，然后转过身，耷拉着嘴角，一言不发地走了。

我不得不说，我当时看到他的样子，被吓坏了。后来，他果然信守诺言，请我去他的房间，给我展示他的藏书，我对他才有了除了健忘之外的更多的认识。我发现，他的藏书里有《死亡和来世》《人和人体》《生活的七种原则》《因果报应》《神智学的秘密》。

由此可见，安塞尔莫·帕莱亚里先生是神智学的信徒。

他的提前退休，完全是拜某位部门主管，或者政府官员所赐。这件事给他造成了经济和精神上的双重打击，现在，他有很多时间，就更可以随心所欲地研究那些有关神智学的东西。我看到，他的藏书的规模堪比一个小型图书馆，他拿出了至少一半的时间来研究这些书。不过，他有了这些神智学书籍还不满足，还涉猎了很多其他的方面，我看到的就有怀疑主义论作品、哲学著作、古典和现代文学、科学论作品。此外，我还发现了一整套灵媒的研究作品，目前，他正致力于灵媒实验。

在塞尔维亚·卡博拉尔身上，老帕莱亚里发现了惊人的、未曾完全施展的灵媒天分。他觉得，如果塞尔维亚可以勤加练习，一定会大有收获。在他眼中，塞尔维亚就是和未来进行沟通的媒介。

我活了这么多年，见过无数个人的眼睛，坦白地说，塞尔维亚·卡博拉尔小姐的眼睛是最悲伤的。她的眼睛像洋娃娃一样，却黑漆漆的，充满了惊恐，还向外凸出着。她每一次的睁眼闭眼，都要用上很大的力气，似乎她的眼睛上挂着铅块。年逾四十的她不缺乏成熟女性的魅力，不过，她的鼻子下方还有一小撮胡子，看起来十分迷人。至于她的鼻子，更像是一个小球，红彤彤的。

后来我得知，她每天都要喝得醉醺醺的，好忘记自己的年龄和仇恨，忘记那段注定没有结果的爱情。我曾经有很多次看到她歪戴着帽子回家，鼻头像红萝卜一样，半闭着眼睛，看到她的样子的人，都会觉得十分悲伤。她一头栽倒在床上，毫无顾忌地痛哭起来，把喝到肚子里的酒全都化作泪水。这时候，那个穿着大得离谱的衣服的小个子姑娘就会离开自己的床铺，来到塞尔维亚的房间里，悉心照料她。塞尔维亚在世间茕茕孑立，面对一份没有希望的爱情，心中又痛苦，又忌妒，真是让人替她难过。她自杀过两次，都没有成功，说不定什么时候就会再次自杀。每次她自杀未遂后，小个子姑娘就会让她发誓，保证以后不会再这样伤害自己。于是，钢琴老师就会以一副全新的面貌出现，衣着光鲜，姿态优雅。有时候，她会应邀去一些新开业的咖啡厅或餐厅演奏。当天晚上，她会尽情地放纵自己，然后第二天，她又会换上一身光鲜亮丽的新衣服。当然，她可不会把钱花在交房租和饭费上。

不过，她依然可以留在这里生活，其中的原因有很多，比如，安塞尔莫·帕莱亚里的灵媒实验还指望着她。还有一个原因就是，卡博拉尔的母亲在两年前去世的时候，遗产中有一些值钱的家具，最后以六千里拉的价钱售出。她带着这笔钱住进了帕莱亚里家，并把它借给特伦齐奥·帕皮亚诺投资，从此之后，这笔钱就不见了踪影。

我在上面提到的这件事，是卡博拉尔哭着告诉我的。我知道之后，觉得安塞尔莫先生总算是有了一个借口。要不然，我会因为他想要进行一个傻乎乎的实验，让女儿照顾这样的一个女人而觉得他太过自私。

不过，小阿德里亚娜生性善良，她不觉得其中有什么危险。虽然她是最讨厌安塞尔莫那些神神道道的东西的，她还是心甘情愿地按照他的安排去做。

我刚刚入住的时候，就发现阿德里亚娜这个人非常虔诚。在我的床头上有一个圣水钵，是蓝色的玻璃做成的。一天晚上，我为了早点儿产生困意，就躺在床上，一边抽烟，一边随手翻阅帕莱亚里的书。我觉得自己的头脑似乎有些不清醒，随意地拿起烟，对着圣水钵弹起了烟灰，抽完烟之后，又把烟头放了进去。

第二天，那个圣水钵就被一个烟灰缸替代了。我问阿德里亚娜，是不是她拿走了圣水钵。她的脸蛋变得通红，小声对我说：

"没错，不过我觉得烟灰缸对您更有用。"

"圣水钵里装的是圣水吗？"

"当然，是圣·洛克教堂里的，就在对面那条街上。"

她说完这些就离开了。

这个小个子姑娘之所以去圣·洛克教堂帮我取圣水，一定是将我当成了一个虔诚的教徒。至于她的父亲，应该没有得到她取回的圣水。而塞尔维亚·卡博拉尔就算有圣水钵，里面也只会装酒吧！

很长一段时间来，我都有一种自己被悬挂在真空中的错觉，即便是一件不起眼的小事，都能让我思考良久。这次的圣水钵事件，又让我回忆起了小时候的事，当时我就不把宗教仪式放在眼里。我上次去教堂，还是和罗贝尔托一起，跟着"大胡子"一起去的。至于我到底信仰什么的问题，我从来没有问过自己，因为已故的马提亚·帕斯卡尔死状太过惨烈，没有任何神灵来救赎他。

突然，我觉得自己目前的处境让人惊诧。我以前认识的人都会觉得，活人最恐惧的，就是死亡，而我已经摆脱了这种恐惧。现在在米拉格诺，也许会有很多人这样说：

"那个家伙很走运，那么大的问题都解决了！"

可实际上呢，我并没有解决任何问题。在安塞尔莫·帕莱亚里的书里，又是怎么说的呢？书中写道，真正的死人和我的处境如出一辙，被某种硬壳，也就是"若欲界"所困。莱德彼特博士是《天梯模式》（在神智学中，神智之后的无形的世界的第一级，就是天梯）的作者，在他看来，这一点尤其适用于自杀者。自杀者结束自己的生命的原因，是受到人类各种的欲望和冲动的驱使，却求而不得。（他们消灭了自己的肉体，却又不知道自己已经失去了肉体。）

我想："果真如此的话，也许在'鸡笼'庄园的水渠里发现的尸体就是我，而如今活着的我，只不过是幻象。"我听说，某种疯狂具有很强的传染性。我承认，对于帕莱亚里的观点，我以前是持怀疑态度的，但是我也不得不承认，我确实受其影响。我不但相信自己真的已经死了——这当然也不是什么坏事，还相信自己正在慢慢走向死亡，后者尤其糟糕。我不知道人在经历了死亡之后，还会不会迫切地想要复活。而且现在有一个至关重要的问题，就是我知道，还有下一次死亡在等待着我。这个发现，让我痛苦万分。自从发生了水渠自杀事件，我就以为我可以毫无牵挂地奔向新生活。可是帕莱亚里这个可恶的家伙，总是隔三岔五地提醒我，还有死亡这么一回事。

这个可恶的家伙，难道就不能换个话题吗？有几次，我都生出了想要离开这里的念头，可是他慷慨陈词，有时候还会说一些稀奇古怪的言论，引得我改变了想法。我不得不说，虽然帕莱亚里的信仰稍显幼稚，却又十分乐观。当我发现，终有一天我还会面临死亡，我就觉得听他这么谈论死亡也不无好处。

有一天下午，他给我读了菲诺特的一段话。这段话是关于死亡的，虽然充满感情，却听得人汗毛倒竖。他念的句子还提到了从吸食吗啡的掘墓人的身体里，钻出了寄生虫。念完之后，他问我说："你觉得这有没有道理？

"你觉得有道理吗？我告诉你，从物质的角度来说，他的话很有道理。但是，在这个世界上，物质的形式、种类和表达方式多种多样。它可以像石头一样重，也可以像羽毛一样轻，让人无法触及。就拿我的身体来说，我的手指甲、牙齿、头发，还有我眼睛里那柔软的组织，都是物质。还有，也许我们所谓的灵魂，跟我的手指甲、牙齿、头发一样，也是组织，这一点是谁都无法否认的。你明白我说的话吗？你告诉我，你们承认以太却否认灵魂，这样做有道理吗？物质是非常不错的东西。好了，你现在跟随我的思路，我们一起看看最后可以得出怎样的结论。接下来，我们先说大自然吧！现在的普遍观点是，人是经过了大自然的缓慢进化，经过一代一代的演化，才变成了今天的样子。当然，梅伊斯先生，我知道你认为人类无情、残忍而又愚蠢，根本不值得尊敬。对于你的观点，我不会否认，请你接着听我说。其实，在生物链中，人的级别比较低，只比寄生虫高出了七八个等级，我们不妨假设人比寄生虫高出了五个等级。可是你知道吗，为了让人类比寄生虫高出这五个等级，大自然花费了上亿年的时间。这中间，需要一个进化的过程。这些物质变成如今这种会偷盗、会撒谎的动物，经过了五级的进化。可是，这些动物还会做什么呢？他们能够创作出伟大的《神曲》，也能像你我的母亲那样默默牺牲。然后，最后一切都重归虚无，画上了句点。这样是否合理呢？最后，我的鼻子和腿脚，全都会重新变成寄生虫。可是我的灵魂呢？它绝对不会发生这样的变化。梅伊斯先生，你听我说，虽然灵魂也是物质，但是与鼻子和腿脚这样的物质又不一样。怎么样，你觉得我的话有没有道理？"

我打断了他的话："帕莱亚里先生，不好意思，如果一个伟大的天才正在路上走着，不小心踩到了香蕉皮，仰面倒在地上，摔成了一个傻子，这时候他的灵魂又在何处？"

安塞尔莫如同遭遇了当头棒喝，不再说话，只是直勾勾地看着我。

"他的灵魂在何处？"

"就比如你，或者比如我吧，虽然我不是个伟大的天才。比如，我非常聪明，但是在路上摔倒了，摔成了一个傻子。那在这种情况下，我的灵魂又在何处呢？"

帕莱亚里抬起手，挤出了一个微笑，我能看到里面的同情。然后，他对我说：

"可是梅伊斯先生，你为什么要摔倒，还要变成傻子呢？"

"我只是说比如。"

"这种情况是不可能发生的，你只管散步好了，怎么会摔倒在地上呢？很多老年人随着年纪越来越大，就算不摔倒，头脑也会退化的。你之所以举这个例子，是想让我知道，躯体受伤了，灵魂也会变得虚弱；躯体死亡了，灵魂也会跟着死亡，对不对？但是我要说，在思考物质的时候，我们需要换一种方式。有些人身残志坚，灵魂高尚，比如贾克莫·列奥巴尔迪，再比如教皇良十三世，对此又该做何解释呢？你可以想象一下，有一个人正在弹钢琴，然后琴弦一根接一根地断了。现在琴弦已经断了这么多，就算这个人技术高超，也自然是无法好好演奏了，对不对？最后，钢琴根本无法演奏了，那你会不会因此觉得，弹钢琴的人也会消失？"

"我懂了，你是说我们的大脑和灵魂就是你这个例子中的钢琴和钢琴师。"

"梅伊斯先生，虽然这个比喻老掉牙了，但是我确实就是这个意思。要是大脑有问题，灵魂势必会受到影响，表现出疯傻之类的。不管钢琴师是有意还是无意弄坏钢琴，他都得承担后果。哪怕需要他付出一切，他也必须做到。不管是什么都应该做出补偿，不过这就跳到了另一个问题的范畴。梅伊斯先生，我要问你，人类自从诞生以来，就一直向往着另一种生活，这还无法说明问题吗？先生，这是一个无法改变的事实！"

"也许这只是因为自我保护的本能……"

"不，先生，事实并非如此。我根本不在意跟随我们的这副皮囊，我觉得，它带给我的只有麻烦，但是我没有别的选择，才只能勉强接受它。可是如果现在你可以向我证明，在五六十年或者更多年之后，我这副皮囊就会化为乌有，我的身体和灵魂都会重归虚无，那我一刻都不想再忍受它了，我想现在就摆脱它。所以，你说的自我保护的本能又在什么地方呢？我选择继续活着，是因为我不想用那种方式结束。我说到这里，也许你又会说，个人和种族是不一样的，前者可以死去，后者却会绵延下去。这句话也许是有道理的，可是你别忘了，我和人类，谁也无法代表谁，我们人类是一个整体。如果我们每个人都有同样的感受，如果我们生活在这个尘世中只能遭受痛苦，那该多么荒唐，多么残忍！我们为什么要在这个世界上承受五六十年的艰辛和痛苦呢？到底是什么都不为，还是为了整个人类？可是设想一下，如果有一天，人类走向了灭亡，那我们所谓的生命和发展，所谓的进化，不就什么都剩不下了吗？到时候，就连'什么都剩不下'这个概念也不复存在，因为任何纯粹而简单的东西都会消失。你的意思是，生命其实只是地球康复期的某种形式，对吧，我们先假设这是正确的。但是，至于这背后隐藏的意思，我们也要弄清楚。梅伊斯先生，我觉得，科学是造成麻烦的罪魁祸首，不信你看，它给我们的生活带来了多少麻烦。"

我叹了口气："没错，因为我们要活下去。"

"可是我们每个人最后都会死去。"帕莱亚里说。

"我知道，但是，我们何必在这些事情上劳神费力呢？"

"原因就是，只有了解了死亡，我们才能了解生命。梅伊斯先生，只有坟墓和死亡，才会引导我们的行为，指引我们走出迷宫，带给我们光明。"

"黑暗尽头的光明？"

"黑暗？不是这样的，也许对你而言是黑暗，但是我们需要的是什么呢？是一盏燃烧纯粹的灵魂之火的信仰之灯。虽然这个世界上早就出现了电灯，可是如果没有这盏信仰之灯，我们就会和瞎子别无二致。虽然我不得不承认，电灯给我们的生活带来了很多便利，但是我们还需要一些能够照亮我们的心灵和死亡的东西。梅伊斯先生，不瞒你说，有许多个夜晚，我都会点燃一盏红灯笼。为了追求知识，我们必须付出努力才行。我的女婿特伦齐奥·帕皮亚诺现在身在那不勒斯，过几周才能回来。等他回来，我们就会一起回忆，到时候我一定请你到场。也许，只有那个看起来无足轻重的红灯笼知道吧，我们静观其变。"

当然，我并不喜欢有安塞尔莫·帕莱亚里先生陪伴在我身边，可是转念一想，我怎么可以这么直白地说出自己的感想呢？因为我还想要更多地接触这个世界，所以也就避免不了欺骗。这时候，我的脑海中又浮现出了卡瓦利尔·提图·莱恩兹。安塞尔莫·帕莱亚里对我并不是很感兴趣，他所需要的，只是我静静地倾听。他每天早上都会花很长时间进行沐浴，之后，他就来找我，和我一起出去散步。我们的足迹遍布了很多地方，贾尼科洛山、阿文丁山、马里奥山，我们都去过，更远的还去过诺门塔诺桥。我们总是一边散步，一边谈论有关死亡的话题。

我小声说："早在我经历真正的死亡之前，我就知道这个了。"

有时候，我也会尝试着转换话题，可是，别的任何话题似乎都无法引起帕莱亚里的兴趣。他总是一边走，一边举起手里的帽子，似乎迎面走来一个鬼魂，他正在和对方打招呼。如果我在这时候叫他，他就会说：

"胡说八道！"

有一次我们正在散步，他突然问我：

"你来罗马是出于什么原因？"

我耸了耸肩，对他说："因为我对这里情有独钟。"

他摇了摇头，对我说："这座城市似乎总是十分灰暗。很多人都觉得，这里从来都没有辉煌过，也无法接纳现代思想，对此，他们觉得十分惊奇。而其实原因很简单，他们并不知道，罗马早已没有了生气。"

"罗马已经死了？"我故作惊讶地大叫。

"梅伊斯先生，其实罗马早就死了。不管你付出怎样的努力，都不可能让它复活，我说的是真的。它还沉浸在昔日的辉煌里，所以不会受到现实的痛苦的影响。任何一个有过罗马这样的经历，或者有罗马这样强烈的个性的城市，都无法成为现代城市，也无法与别的城市一样。罗马的心早已破碎，它一动不动地躺在坎匹多里奥山①上。一座座新的建筑如同雨后春笋一样地出现在罗马，可是，它们是不是真的属于这里呢？梅伊斯先生，你还记得你房间里的那个圣水钵吗？我的女儿跟我说起过它，后来她把它从你的房间里拿走了。前几天，圣水钵掉到了地上，摔得七零八落，只有底座还是完好的。我把底座拿回去放在了我的书桌上，当成了烟灰缸，我知道你之前也是这么做的。其实，罗马也是这样的。历史上的各任教皇

---

①坎匹多里奥山，是意大利罗马市中心的一座山。

都根据自己的意愿，把罗马建成了圣水钵，可是我们这些意大利人呢，又将它变成了烟灰缸。来自四面八方的意大利人会集于此，抖落自己的烟灰。如此轻率和痛苦的生活，给我们的除了烟灰，还有别的什么东西吗？"

第十一章　寂静的夜

这一家人跟我的关系越来越亲近了。帕莱亚里对我的判断力欣赏有加，更是对我敬如上宾，越是这样反倒让我越是惶惶不安。因为，我的身份都是假的，我根本就是一个不存在的人，连名字都是假的，这让我内心总是有一种悔意。我想尽办法跟别人保持距离，我要时常告诫自己不能融入别人的生活，绝对不可以跟任何人产生亲密关系。

心里的声音一直在告诉我自己"我本自由"，可是我已经明白了什么是所谓的真正的自由，什么是自由所带来的限制。

好比此刻，夜幕降临时我有绝对的权利坐于窗台之下远望河流，看桥下默默而过的流水，看相拥起舞的灯光和水沫。看着如此景象，我的思绪逆流到了河流的源头，我的思想随着河流穿越草地田野，穿越平原山川，直到我眼前的这个城市，然后继续流淌，再次穿越草地田野，流入大海。百川入海是怎样的一个情景呢？扑哧！一个激灵，这便谓之自由！自由！

在其他地方，对于我来说是否可以更好呢？

在许多黄昏的时候，在旁边那个房子的露台上面，我可以看到正忙碌着为植物浇水的穿着宽松裙子的小人儿。

"生活本该如此。"我自语道。我都有些期待或许她能抬一下眼睛，不再像小女孩一样只侍弄她心爱的花朵，而可以对我窗台这边投来一瞥。

但我的期待总是落空，虽然她知道我的存在，但她从来没有看过我。不知为什么，她独自一人的时候，总是假装视我不见，是害羞吗？又或许她对我心生厌恶，难道是因为我总是把她看作一个小丫头？

"啊，她的活儿应该是干完了，现在她已经将花散放到了地上！她站起了身子扶着露台的栏杆，如同我一般眺望着河流——或许她只是想让我知道，我的存在与她并不相干。因为她是一个肩负着重大责任的女人，一个有许多重要事情要思考的女人。对的，就是如此！如此她便有了沉思的姿势！如此她也有了一个独立的空间。"

我情不自禁地为自己的思绪而笑。可是，她消失了。难道我猜错了？我疑惑了起来，或许这仅仅是我们感到被忽视的本能反应。

"但是，她又何尝不可以这样呢？她为什么要偏偏留意到我呢？为什么一定要跟我说话呢？她已经在承受着厄运，她的父亲像个傻瓜一样，还十分无能，这都是她要面对的。而且，她还要遭受屈辱。对她而言，此时此地的我又有什么意义？她父亲没有退休的时候，她根本不需要一个外人住进她的房间，特别是不需要我这样的戴着眼镜，还有只歪眼睛的人！"

每当有马车从桥上走过，声音都会惊动到我。这时我都会由座椅上站起来，起身走到窗边，面对窗棂倾吐一口气，好让自己变得清醒一些。我的床在这儿，我的书在这儿。之后，我耸耸肩，戴上帽子，走到房间外，走到大街上，我希望能有一些有趣的事、有趣的人来转移我的注意力，让我能暂时摆脱这无聊的生活。

根据受到的触动的不同，我会选择不同的路。我时而走车水马龙的道路，时而走偏僻的小径。记不清是哪个晚上，我走到了圣·洛克教堂广场。当晚发生的事仿佛是一场梦，悠远而漫长。广场由庄严的回廊环抱着，四下寂静一片，广场两侧声声作响的喷泉，让这里显得更加寂静。我独自走向喷泉，仿佛那喷泉是有生命的。四周的一切都如同鬼魅一般，那庄严、那寂静给人一种格外的压抑感。

回来的时候，我走的是博格·诺夫大道，还和一个酒鬼不期而遇，看他烂醉的样子，好像一直都是这么醉醺醺的。他跟跟跄跄地走到我跟前，竟然蹲下来由下向上看着我的脸，还轻轻摇着我的手，之后大声嚷道：

"笑一个！兄弟，振作起来！"

我开始打量这个家伙，他对自己的所作所为似乎根本就不清楚。他低声说了第二遍，这一次倒像是在说一个秘密。

"兄弟，振作起来！让那些该死的都见鬼去吧！完全抛到脑后置之不理就好了。笑一个吧，兄弟！"

话一说完，他就若无其事地扶着墙，晃晃悠悠地往前走了。

在如此庄严的黑夜，万籁俱寂，一个毫不相干的酒鬼却给了我最亲密和最深刻的建议，我恍惚了。我呆立在原地，目送他远去，直到黑暗吞噬了他的身影。然后，我放声大笑，笑声里还有难掩的苦涩。

"对的，兄弟！振作起来！但是我无法像你一样到一个酒馆里寻欢作乐，也无法像你那样抱着酒瓶晕晕沉沉地生活！我也去过酒馆，但是并没有在那里找到真正的快乐——诚然，别的地方也没有。先生，我时常去咖啡厅，那里有许多可敬的人，一边吞云吐雾，一边发表自己的政治见解。我经常去一家咖啡馆，在那里多次遇到一位律师，他说：我们想要快乐，就必须满足一个条件，就是有一个具有绝对权威的国王来统治我们。可你呢，你不过是一个乞丐，对于这一切你毫不知情。但是，这一切还是事实。那我的问题出在哪里呢？为什么像我这样的人会不快乐？民主，亲爱的先生，我们想要得到的是民主！我们想要的是一个由我们多数人选举出来的政府！如果一个人手握所有的权利，他就会知道，自己背负着让大部分人满意的职责。可是，如果人人都掌握权力，那他们只顾着让自己满意。如此一来，会有什么结局呢？先生，那便是专制，愚蠢的专制——披着民主外衣的专制！或许你要问我：怎么了？因为我看明白了，这就是赤裸裸的专制、完全的假民主！哎，怎么说了这些，快回家吧！"

不过，我也许注定了会经历这一夜的惊魂。

当时，我正穿行于蒂诺纳区的一条街道，在昏暗的路灯下，我忽然听到了哭泣声，是从街边的一个小胡同里传出来的。之后，我又听到好像有一群人在互相拉扯，原来，是四个男人手持棍棒，正在痛殴一个女人。

此时我说到这些，并不是为了向大家展示我的勇敢，只是为了告诉大家，这件事会给我带来非常严重的后果。看到弱女子受欺凌，我不能视而不见，我决定出手相救。然后，四个魁梧壮汉一起冲向了我，可怕的是其中有两个人还手持匕首。而我的武器仅仅是一根手杖，没办法，我只好抡起手杖胡乱挥舞，好抵挡住来自四周的进攻。我快速地挥舞着手杖，却无意间击中了一个壮汉的脑袋。

他被击打得连连后退，踉跄倒地。此时，被欺负的女人大声呼救，另外三个壮汉眼见情况不对，迅速逃走了。此时，我的情况也不乐观，我也不知道额头是什么时候受的伤，而且伤口还很深。我并不在意这些，只是想让尖叫中的女子赶快安静下来，可当她看到我满脸的鲜血，叫声更加尖锐了。她从脖子上解下来一块丝巾，想帮我擦拭伤口。

"天啊，不用管我，你没事就好！"我很厌烦地将她的手推开，"不要担心我，你赶紧走吧，要不然他们再回来，你可跑不掉了！"

鲜血都流进了我的眼睛，我赶紧跑到桥旁边的喷泉冲洗血浆。就在此时，两名警察跑了过来，追问刚才发生了什么。那个受欺负的女人是那不勒斯人，描述刚才发生的事情像是在进行一场夸张的表演。最后，她说我勇敢地解救了她，把我吹嘘成了英雄。这两个警察一定要带我们两个回警察局，说要将我的英勇事迹记录下来，我百般推脱，可他们就是不依。这下可糟了！警察一定会详细地记录我的姓名和住址，写在纸上公之于众，阿德里亚诺·梅伊斯，见义勇为的英雄。可是我并不想被任何人关注到，我只想生存于黑暗之中。

直到现在我才明白，我只能做无名英雄——除非我决心把自己的身份公之于众。

但是，我已经是死人一个，还怕什么呢？还有什么可以令我害怕呢？

"梅伊斯先生，冒昧地问你一个问题，你可是一个鳏夫？"

这个问题，是塞尔维亚·卡博拉尔在一个晚上突然提出来的。我一听到这个问题，头脑就一片空白。当时，她和阿德里亚娜还有我正坐在露台聊天。

对于这个突如其来的问题，我一时不知如何作答，过了一会儿才开口："我吗？鳏夫？当然不是，你怎么突然问到这个问题？"

"因为我发现你经常摩擦你左手的中指，那根手指好像戴过婚戒。你说呢，阿德里亚娜？"

女人的眼睛是有多么厉害，现在你们是见识到了吧，但也有例外。阿德里亚娜应该就是那个例外，因为她说她从来没有发现我有这个动作。

"噢，应该是你一直没有留意过这些事情。"塞尔维亚说道。

我想我还是要解释一下，虽然我之前也不知道自己还有这样的习惯。这个时候卡博拉尔又开口道："前两年，我左手中指也戴着一枚戒指，但是后来让金匠给钳断了，因为那时我发胖了，指头变得很粗，戒指箍得太紧了。"

"想想都让人心疼呢！"卡博拉尔无比叹息地说着，这本是一个四十多岁的女人，在回忆往事的时候，她好像变成了十八岁的大姑娘，"戒指太紧了？手上的那枚戒指承载着多少美好的记忆……"

"塞尔维亚！"小阿德里亚娜忽然插话道。

"说一说又有什么关系？"卡博拉尔说，"我想，那或许是你的初恋吧……来吧，梅伊斯先生，把你的事情告诉我们吧，难道你真的想把一切都埋藏在心底吗？"

"噢，这个嘛，"我回答她道，"我并不想隐藏什么，我正准备回答你的问题，但是你从我揉手指这个简单的动作就得出我是鳏夫，是不是太武断了呢？据我所知，大部分鳏夫都不会摘下戒指，这似乎已经变成了约定俗成的事情。所以这个问题的重点应该放在妻子上面，而不是放在戒指上面。比方说，退伍的军人会因为身上佩戴的勋章而骄傲，是不是？同理，鳏夫也不会轻易摘下他们手上的那枚婚戒。"

"是吗？"卡博拉尔不以为然道，"你这明明就是顾左右而言他！"

"呃，此言差矣，我是想跟你进一步探讨这个话题啊！"

"这个问题还要进一步探讨吗？一派胡言！再说了，我对所谓的深入的事情可并不感兴趣。我只关心我看到的，也就是表象！"

"那么，在你看来我就是一个鳏夫咯？"

"没错。阿德里亚娜，你说呢？你是不是也同样认为梅伊斯先生很像是一位鳏夫呢？"

阿德里亚娜偷偷抬起眼看我，又迅速低下了头。她是一个特别害羞的女人，别人的注视都会让她害羞不已。她嘴唇微动，露出一丝微笑——还是那种我认为的温柔而又悲伤的笑，回答说：

"塞尔维亚，我都不知道鳏夫的样子！你的问题可真滑稽！"

我想，她在说这番话的时候，脑海中一定涌现出了什么不好的回忆。因为，我看到她突然不高兴地转过脸去，看着河面。对于其中的原因，塞尔维亚也心知肚明，所以她也低下头看着河面。我先是发了一会儿呆，直到我看到阿德里亚娜套着的那件宽松的黑袍，才知道内情。没错，参与到我们这场谈话中的，还有一个我看不见的第四人。那个去了那不勒斯的特伦齐奥·帕皮亚诺，也是一个鳏夫。我知道，一定是他没有对妻子的死表现出过分的痛心，可是卡博拉尔却很清晰地洞察出我内心的悲凉。

我必须承认，讨论这个问题让我很不开心。卡博拉尔的失言，让阿德里亚娜又回想起了姐姐的死，毫无疑问，这就是惩罚。但是，虽然从我的角度来说，这种好奇是一种无礼的冒犯，可是从卡博拉尔的角度来讲，说不定就是合乎情理的。也许，大家都觉得我是一个神秘的人。如今我无法脱离人群而存在，我想要和别人交往，别人就有权知道跟他们交往的到底是什么人。也就是说，我不得不回答他们的问题。可是，我该怎么回答他们的问题呢？只能靠欺骗。所以，他们没有错，有错的是我。用谎言解释谎言只能使我一错再错，如果我感觉这难以承受，也可以一个人回到那个孤独和寂寞的世界。

我发现，阿德里亚娜没有直接问过我任何问题，可是在我回答卡博拉尔的问题时，她都会一字一句地认真听。我不得不说，她的这种专注不是仅仅为了满足好奇心那么简单的。

有一天晚上吃过晚饭之后，我们又像往常一样到露台上闲聊。卡博拉尔一边向我提问，一边和阿德里亚娜打闹。然后，阿德里亚娜突然大叫起来："塞尔维亚，你不能这样，绝对不行，要不然我会生气的！"

"听好了，梅伊斯先生，"塞尔维亚道，"阿德里亚娜想问你一个问题，你怎么不留胡子……"

"别听她说的，梅伊斯先生，明明就是她自己想知道……不是我……她胡说……"

小小个子的阿德里亚娜看样子是真急了，说着说着，眼泪都流出来了。

卡博拉尔见状，赶紧去安慰她："好了，好了，别哭了！我跟你开玩笑呢！话又说回来，我问这么个问题又有什么大不了的？"

"才不是呢，你提的那个问题，根本就不是我说的。你这样说对我太不公平了！梅伊斯先生……刚才我们原本是在讨论那些演员的，是她先说：'这样的吗，跟梅伊斯先生一样的吗？天知道他为什么不留胡须的呢！'刚才我只是附和了一句，'对呀，天知道！'"

"呵，是吗？"塞尔维亚接过话茬，"如果有人说'对呀，天知道'，其实就表明说话的这个人自己想知道答案……"

"可是，明明是你先说的啊！"阿德里亚娜着急地抗议。

"请允许我打断一下好吗？"我想要做和事佬。

"不行！梅伊斯先生，再见！"阿德里亚娜斩钉截铁地说完，就起身要走。

此时，塞尔维亚·卡博拉尔伸手拉住了她："看看你，这个傻丫头，刚才不都跟你说了吗，我只是跟你开玩笑的！你怎么还能发脾气呢？梅伊斯先生是个好脾气的人，绝对不会介意我们问这样的问题。我说得对吗，梅伊斯先生？我猜，你一定会告诉我们你为什么不留胡子的。"

这番话逗乐了阿德里亚娜，虽然此时她的眼泪还没擦干。

"这个嘛，"我喃喃道，"因为……我是一个神秘组织的成员，这个神秘组织不允许他们的成员留胡须！"

"呵，我们才没那么好骗呢！"塞尔维亚模仿着我的样子说，"但是有一点是众所周知的，你确实很神秘。请你把你的事说一说吧，比如说，你下午为什么要去邮局的寄信窗口。"

"我去邮局？"

"是啊，你不会不承认吧？下午4点钟左右的时候，我当时正在圣·塞尔维斯托餐厅，是我亲眼所见。"

"塞尔维亚，你看到的不会是我的影子吧！今天下午我还真没去过邮局！"

"呵，我早料到你会说没去！你当然没去！"塞尔维亚半信半疑地说，"你去秘密寄信，对不对？因为，这位先生从来不把信寄到家里，这一点我没说错吧，阿德里亚娜？我是听女佣亲口说的。"

阿德里亚娜在椅子上扭捏不安，她似乎并不喜欢塞尔维亚开这样的玩笑。

"请您不要把她的话放在心上，" 阿德里亚娜投给我一个安慰的眼神，她替塞尔维亚向我道歉，"不要理会她就是了！"

"不管是在这里，还是在邮局，我都没有收过信，"我说，"正如你刚才所说，没有任何人写信给我。"

"难道你在这个世界上连一个朋友都没有吗？"

"是的，我唯一的朋友，就是我的影子。不管我去哪里，它都会追随我，不过，不管在什么地方，我停留的时间都不会太长！"

塞尔维亚感叹道："你的运气真不错，到处旅行是不是感觉很爽？好了，既然你不想谈别的，至少也可以和我们说说在旅途中发生的事情吧！"

这些让我难堪的问题，就如同一个个暗礁，我费尽心思才把它们避开。之后，我就用力划起"欺骗"的桨，让船避开了触礁的风险。然后，我又划起"谎言"的桨，才顺利地避开风浪，抵达虚妄的岸边。

这是怎么了？我竟然无比喜欢这种聊天所带来的快感，而我之前孤独沉默的生活只持续了一两年时间而已。

几乎是在每个晚上，我都会在露台上口若悬河，谈我的旅途见闻，谈我对万事万物的理解，谈我过去所遭遇的那些事情。说真的，我对我如此丰富的记忆也非常吃惊。潜藏在心底的记忆此时都变得活灵活现，而且经过岁月的酿造，说起来还有着别样的味道。每当我讲起这些，这两个女人都会陶醉其中。看着她们的样子，我难免心生悔意：怎么当时就没有好好体验这种快乐的感觉呢？而这种后悔和伤感，也为我的故事增色不少。

在接连讲了几个晚上的故事之后，我发现卡博拉尔对我的态度大为改善，她的表情也有了很大的变化。她对此非常痴迷，此时她那略微鼓起的双眸和洋娃娃更像了，每次张合都如同灌了铅。而如此忧郁的神情却让眼睛和苍白的脸庞的对比更加明显。

毋庸置疑，塞尔维亚·卡博拉尔已经爱上我了！

这个发现让我大吃一惊，而就在此时，我还意识到自己这几个晚上说的话并不是讲给卡博拉尔听的，而是讲给那个一直默默地听我讲述的小姑娘听的。而且，阿德里亚娜似乎也感觉到了这一点。我们之间似乎有一种默契，时不时地就能会心一笑。不过有一点我没有想到，我的讲述居然会拨动了这个老钢琴教师的心弦。

但是我要声明一点，我的第二个发现，让我不再对阿德里亚娜有任何不纯洁的想法。她是一个天真柔弱的小女子，我怎么可能会对她有一丝邪念呢？她有着小女孩一样的羞涩，我们之间还有着秘密的默契，这一切的一切都让我无比激动。有时候，她会偷偷地瞥我一眼，然后脸就刷的一下变红，看起来更是娇艳欲滴；有时候，面对卡博拉尔那十分露骨的谄媚，她也会露出一个同情的微笑。有时候她极快的一个眼神，轻轻的一个动作，表达的又是一个我所懂得的默默的呼唤。我津津乐道的那些事儿，就像是卡博拉尔放的一个风筝，风筝之上承载着她的喜怒哀乐，我稍稍牵动绳线，她的情绪就随着风筝飘动。

有时候，卡博拉尔会对我说："你可真是潇洒不羁啊。虽然我对你的话持怀疑态度，但是如果你说的是真的，那你岂不是就对生活有免疫功能了？"

"卡博拉尔，什么免疫功能？"

"我说的这些，你应该清楚。这一辈子，你都没有过真正的爱吧？"

"是的，卡博拉尔，从来没有过。"

"那么那个戒指你又做何解释？你是出于什么原因才丢掉它的？你敢不敢说，你这一辈子从来没有真正爱过一个人？"

"哦，我不是已经说过了？那个戒指是我祖父送给我的，由于戴的时间太长了，有些箍手指了。"

"撒谎！"

"我说的是事实。要是你不相信，我可以把具体的时间和地点告诉你。当时，我的祖父带我去了佛罗伦萨的乌菲兹美术馆。我想，你应该无法想象祖父给我那个戒指的原因。原因就是，当时年仅十二岁的我犯下了一个错误，把佩鲁吉诺当成了拉斐尔。于是，我的祖父就把这枚从维奇奥市场上的一个小摊上买来的戒指送给了我。直到后来我才知道，有一幅公认的佩鲁吉诺的画，爷爷却坚持认为它的作者是拉斐尔。因此，他对我的说法很满意，才会把这个戒指当成奖励送给我。也就是说，他从我的谎言中获得了快乐。但是你也知道，一个十二岁的孩子的手指，和如今这个成年人的手指，差距是很大的。你看，现在我的手有这么大，怎么还能戴一个小戒指呢？不过，卡博拉尔，我觉得你说我铁石心肠有失偏颇，因为其实我的心肠很软，我只是常识方面有所欠缺。你不会知道，每次我照镜子，都会为自己难过。我会告诉自己：'阿德里亚诺，你看，你长得这么丑陋，就不要奢望会有女人喜欢你！'"

"你的想法很奇怪哟！"卡博拉尔表现得十分惊讶，"你说这番话的目的，是不是想凸显自己的公正？但是你大错特错，这种做法对于我们女人来说一点儿都不公正。梅伊斯先生，就说我吧，我就不是这么想的。相比男人，其实女人更加宽容，更加不注重外表。"

"也许你是对的，但是，必须是非常有勇气的女人才能够爱上我这样的人。要知道，要是整天面对着我这么一张丑陋的面孔，心里也许会十分绝望吧。"

"够了，不要说了！梅伊斯先生。我看，你只是喜欢看轻自己罢了。首先，我觉得你并没有你说的那么难看，其次，我感觉你是故意扮丑的。"

"这你倒是说对了，可是你知道其中的原因吗？我只是不想让任何人同情我。要是我稍微收拾收拾自己的外表，别人就会说：'看那个可怜的家伙，难道他以为把胡子留长，别人就看不见他那张丑陋的脸庞了吗？'可是我现在已经把胡子剃光了，也就不用担心会有人说我了，你看我穿着随便，样子颓废，至少我对自己是忠诚的，我没有掩饰自己的任何东西！你说是不是这样，卡博拉尔？"

卡博拉尔深深地叹了一口气："哎，你还是错了。我没有说让你留一大把胡子，我只是觉得，哪怕你稍微留长一点点，也会比现在顺眼多了。"

"可是我还有一只斜眼呢？"

"呃，关于这件事，我本来是想过一阵子再说的，可是现在既然谈到了这个话题，我倒觉得，你可以去做一个矫正手术。这只是一个小手术，用不了几天，你的烦恼就解决了。"

我说："我知道你是什么意思了，也许你说得对，相比男人，其实女人更加宽容。但是我要说，你提这个建议的目的，只不过让我换一张脸。"

我为什么要在这个话题上和她争辩？难道我想让卡博拉尔对我的了解加深，不顾我丑陋的下巴和眼睛，对我陷入情网？不，不是的。我这么做的原因，是我发现每次我回答卡博拉尔的问题时，阿德里亚娜总会不由自主地感到高兴。

我也因此明白，即便我长相丑陋，我还是有可能俘获这个姑娘的芳心的。要知道，我以前和自己都没有说过这么多话。不过从那晚开始，我感觉自己睡觉的床铺变得更柔软了，房间里的每一样东西都充满了亲切感。我感觉空气更加清新，天空更加湛蓝，阳光更加明媚。对此，我找了一个自欺欺人的借口，也就是马提亚·帕斯卡尔已经在"鸡笼"庄园的水渠里淹死了，而我阿德里亚诺·梅伊斯，在过了一年的流浪生活之后，终于发现了自己的目的地在何方，真正变成了另外一个人。现在，我过上了一种让我充满活力的全新的生活。

往昔的那些经历带给我身体和心灵上的痛苦，此刻都消失了。我似乎又回到了充满活力的青年时代，感觉自己有用不完的精力。我甚至觉得，安塞尔莫·帕莱亚里似乎也比之前有趣多了。我甚至从他宣讲的哲学思想里体会到了一种前所未有的快乐。

老安塞尔莫是多么的可悲！在他看来，世人都应该在意两件事，却没有发现，就连他自己，到现在也只在意了一件事。不过事到如今，我们就应该坦诚相对，难道他就从来没有过要过上好日子的想法吗？

相比之下，我倒是觉得卡博拉尔更可怜。如今，虽然她还经常去博格·诺瓦酒馆，用酒精麻醉自己，可是以往那种快乐却再也找不回来了。这个可怜的女人，她只是想要生活下去。她觉得，过分看重女人的外表的男人都不是好人。也许她会觉得，早已不知道被她丢在哪里的灵魂是美丽的。可是谁能知道，如果她真的遇到了一个"厚道"的男人，她会不会甘愿为他做出巨大的牺牲，比如戒酒。

"如果每个人都无法避免犯错。"我如是想，"那么所谓的公平是不是太过残忍？"

我下定决心，以后不可以再对塞尔维亚·卡博拉尔那么残忍。之所以要用"决心"这两个字，是因为我并非生性残忍，我在做残忍的事情的时候，内心其实是非常不忍的。现实情况就是，我的和善让卡博拉尔那团热情的火焰更加炽热。事情很快就发展到，只要我说话，她就会脸色苍白，阿德里亚娜却是满面红光。

　　虽然我在说话之前，对内容和话题都没有字斟句酌，但是有一点我可以肯定，我的表达方式和语气都没有打破我和阿德里亚娜（其实我所有的话都是说给她听的）之间来之不易的默契。

　　虽然我们的身体会受到礼节的束缚，不得不装模作样，可是我们的灵魂却有一种独特的亲近对方的方式。灵魂有自己的需求，也有自己的渴望，只是，我们的身体无法满足这些需求和渴望，所以就不再理会它们。当两个灵魂相通的人独处的时候，轻微的接触都会让他们十分局促不安，原因就在于此。就算气氛有所缓和，就算有第三者干预，这种局促不安也不会缓解。直到这种不安彻底消失，两个灵魂才会继续平心静气地以自己的方式交流，在一定的距离之外会意而笑。

　　这样的情形很好地在我和阿德里亚娜身上体现出来，但是她的扭捏是因为她的羞涩，而我的扭捏是为我要欺骗这么一个天真无邪的人而感到内疚。

　　一个月以来，我已经换了另外一种眼光去看她。没错，她真的发生了很大的变化。当她偷看我的时候，我能从她的目光中看到一丝热切，而且，她的笑容也比之前温柔了许多。也许是因为她觉得自己的生活有了些许期待，才会不自觉地感到高兴。而且，她现在扮演起家庭主妇似乎更加称职了，要知道，我原先一直觉得这件事非常可笑。

也许她和我一样，对生活有了些许期待。不过新生活是什么样子的，该怎么实现，却都没有考虑过。那只是一种朦朦胧胧的渴望，如今，一打开未来的窗户，喜悦的光就会倾泻进来。可是，我们只敢和这扇窗户保持一定的距离，不知道是该拉下百叶窗帘，还是该沉迷于外面的景色。

塞尔维亚也感受到了我们这种单纯的快乐。

有一天晚上，我对她说："卡拉博尔小姐，我打算按照你的建议去做。"

"你说的是什么建议？"她问。

"就是做矫正眼睛的手术啊！"

卡博拉尔听到我的话，高兴地双手合十："这个消息太让人高兴了！阿姆布罗西尼是城里最好的医生，找他来准没错。我母亲的白内障手术就是在他那里做的。阿德里亚娜，你看我说得没错吧，镜子真的解决了这个棘手的问题。"

阿德里亚娜和我都笑了。

"不，卡博拉尔，这和镜子没关系，"我说，"我觉得是时候做这个手术了。最近一段时间，这只眼睛总是不舒服。虽然它从来没有为我工作过，但是我觉得自己还是不能失去它。"

其实我撒谎了！正如卡博拉尔说的，我之所以下决心去做矫正手术，就是因为镜子。镜子让我清楚了一件事情，一个并不复杂的矫正手术，就可以让已故马提亚·帕斯卡尔的显著特征消失。做完手术之后，阿德里亚诺·梅伊斯就再也不用佩戴那副难看的蓝色眼镜了，还能留起一点儿胡须，从此改头换面！

然而，这种快乐很快就消失了。几天后的一个晚上，我无意中在窗口看到了一个画面，它彻底击碎了我的快乐。

那天晚上，我们三个又像往常一样，在露台上聊天。10点钟左右，我才回到房间，随手翻开了老安塞尔莫最喜欢的那本《轮回》。

突然，我听到露台那里传来了说话的声音，我竖起耳朵仔细听，想知道是不是阿德里亚娜也在那里。是两个人在那里交谈，刻意压低的语调中有难掩的兴奋。我知道，此时屋里只有我一个男人，顿时觉得十分好奇。于是，我悄悄地来到窗边，从窗缝向外看。

外面漆黑一片，但我还是认出了那个女人，是塞尔维亚·卡博拉尔。但是她在跟谁说话呢？是不是那个去了那不勒斯的特伦齐奥·帕皮亚诺回来了？

卡博拉尔的说话声突然大了一些，我才听出，原来他们是在议论我。为了听得更清楚，我又往窗边凑了凑。

塞尔维亚说我的每一句话，都让那个男人十分愤怒。为了平息男人的怒气，塞尔维亚只好说得婉转一些。

那个男人突然说："他有钱吗？"

塞尔维亚说："这一点我说不好，但是应该是有钱的。因为他从来不上班，却不缺钱花。"

"他总是待在家里吗？"

"是的，你明天亲自看看好了。"

我听到，卡博拉尔在说"你"的时候，用的是意大利语中较为亲密的"tu"这个词。看来，她和这个男人关系很亲密。难道这个帕皮亚诺（我可以肯定是他）跟她是情人关系？果真如此的话，她最近为什么要表现得这么迷恋我呢？

我几乎已经抑制不住自己的好奇心了。可是接下来，他们谈话的声音非常小，我什么都听不见。

既然现在耳朵派不上用场，我只好用眼睛去看。我看到，卡博拉尔抬起一只手，放在了帕皮亚诺的肩膀上，但是后者很快就甩开了她。然后，卡博拉尔就抬高了嗓门，生气地说：

"我根本就无法阻止，在这个家里，我算什么呢？"

"你，现在就去把阿德里亚娜叫来。"男人粗鲁地说。

我听到他提阿德里亚娜的口气，气就不打一处来，感觉浑身的血液都涌到了头上。

"她已经睡了！"塞尔维亚答道。

听到这个回答，男人火冒三丈："把她从床上拉起来好了！"

我听到这句话，气愤不已，真想拿起窗板砸他，不过，我还是尽力克制住了自己。这时候，塞尔维亚·卡博拉尔又生气地说：

"在这个家里，我算什么呢？"

我悄悄地离开了窗口。突然，我想到了一件事：他们在议论的是我呀！

所以，我偷听也是合情合理的！而且，他们还谈到了阿德里亚娜，我必须知道他对我是什么态度。

有了这个理由，我就可以继续偷听了。可是，相比担心自己，我对他更有兴趣，意识到这一点之后，我有点儿害怕。

我又悄悄地回到了窗边。

卡博拉尔不知道去了哪里，只剩下了那个男人。现在，他的手肘靠着露台的栏杆，双手抱头，看着下面的河水。

我两只手撑着膝盖，把一只眼靠近窗缝，心急如焚地等着阿德里亚娜的出现。我等的时间很长，但是我并不觉得生气，反而有一种莫名的满足感。我没有理由地认定，阿德里亚娜一定会让这个狂妄的家伙失望的。其实我可以想象，此时塞尔维亚·卡博拉尔正在连哄带骗地乞求她，让她到露台来。

露台上的那个男人似乎已经没什么耐心了。我希望卡博拉尔可以回来跟他说，阿德里亚娜拒绝过来。可是，不一会儿，阿德里亚娜和卡博拉尔就一前一后地回来了。

帕皮亚诺转过身来面向她们。

"你先去睡吧，"他首先对塞尔维亚发出了命令，"有些话，我需要单独和我的小姨子说。"

卡博拉尔迅速离开了。

帕皮亚诺去关上了餐厅和露台中间的那扇门。

阿德里亚娜背靠在门上说："别关门！"

"但是我有事情要跟你谈。"男人小声说。

"有话直说！你要谈什么？难道就不能明天早上再谈吗？"阿德里亚娜说。

"不行，必须现在谈。"然后，他抓起阿德里亚娜的手，拉着她来到了窗边。

"放手！"阿德里亚娜一边尖叫，一边想从帕皮亚诺手里挣脱出来。

我用力推开窗户，出现在他们面前。

"梅伊斯先生，梅伊斯先生！"阿德里亚娜对我大声呼唤，"请您来帮帮我好吗？"

"乐意至极，阿德里亚娜！"我回答道。

我抑制不住内心的狂喜，转身就往走廊上冲。

在房间的门口处，我看到了一个年轻人，他手持一个箱子，正在等待着。他的个头很高，头发是黄色的，脸庞瘦削，一双蓝色的眼睛毫无神采。

我愣住了，呆呆地看着他。我突然想到，他应该就是帕皮亚诺的弟弟，我曾经听阿德里亚娜说起过。然后，我又匆匆跑到了露台。

"梅伊斯先生，请允许我介绍一下，这是我的姐夫特伦齐奥·帕皮亚诺，前一段时间他去了那不勒斯，刚刚才回来。"

"很高兴见到您！"他摘下帽子，向我鞠了一躬，还握住了我的手，"不好意思，我最近有事不在家，但是我想，我的小姨子应该把一切都安排得非常妥帖。如果房间里有什么缺的，尽管告诉我。您觉得现在的书桌怎么样，需要换一张大的吗？如果您还需要什么别的，尽管开口，反正我们会尽力让您满意。"

"请别客气，我现在就已经很满意了，谢谢！"我打断他。

"不，其实我认识的人挺多的，在别的方面也可以帮您。亲爱的阿德里亚娜，很抱歉吵醒了你的美梦，你要是困了就先休息吧！"

"呃，"阿德里亚娜又挤出了一个略带伤感的笑容，"但是我现在醒了……"

她来到栏杆旁边，俯视着河水。

我突然意识到，她不想让我和那个男人独处，她到底有什么顾虑呢？

阿德里亚娜站在那里发呆。帕皮亚诺却手拿着帽子，口若悬河地说起了自己在那不勒斯的所见所闻。他说，他被迫去了特雷萨·拉瓦斯基艾利·菲艾思吉女公爵的私人档案馆，还抄写了很多文件。这个女公爵是一个德高望重的人，大家都尊称她"女公爵妈妈"，他却叫她"善良的妈妈"。他说，他抄写的文件记录了两西西里王国灭亡的过程，还发现了对加埃塔诺·费兰吉艾利的新研究材料，实在是弥足珍贵。费兰吉艾利是萨特里诺这个小国家的国王，目前，伊尼亚奇奥·吉利奥·达乌莱塔侯爵正着手写作费兰吉艾利的传记，而他自己则担任侯爵的秘书。

帕皮亚诺似乎觉得自己口才不错，说起来滔滔不绝，还手舞足蹈的。有时候他会停顿一下，好营造紧张的气氛；有时候又会笑个不停。

我杵在他面前，如同一根木头一样，偶尔朝他点个头，但是，我的目光就没有离开过阿德里亚娜。

她还靠在栏杆上，望着下面的河水发呆。

"唉，实在是太可惜了！"帕皮亚诺抬高了嗓门，好像他的演讲终于进入了尾声，"吉利奥侯爵不但亲近波旁王朝，还是教权主义者。而我呢，虽然现在是在自己家里，我也不敢大声说。每天早上我离开家之前，我都要面向贾尼科洛山，向加里波第将军的铜像致以崇高的敬意。

"那位反教皇的英雄的铜像，此刻就矗立在不远的地方，您应该能看见吧？我经常会大声喊：9月20日万岁！

"可是，我没有办法，只能给他当秘书。虽然我要说，他是个好人，可是他不但亲波旁王朝，还是教权主义者。

"唉，没有办法，都是为了生活。我是一个忠诚的意大利人，有很多次我都有往他脸上吐口水的冲动。不好意思，我有些失态了。可是，我真的非常讨厌他的那些言论，但是为了活下去，我只能忍耐，都是为了生活啊！"

帕皮亚诺耸了耸肩，扭动着臀部，看起来有一丝无奈，然后自己又笑了起来。

"小姨子，过来吧！"他一边说，一边走向阿德里亚娜，还抬起两只手放在了阿德里亚娜的肩膀上，"时间不早了，该休息了，我觉得梅伊斯先生现在也累了。"

阿德里亚娜过来跟我说晚安，轻轻地按了按我的手——这个动作之前她从未做过。她离开之后，我一直握着手，似乎想要留住她按我的感觉。

当天晚上，我心烦意乱，根本无法入眠。

帕皮亚诺表面上对我十分客气，但是他没有想到，他和卡博拉尔说的那些话，全被我听见了。他一定会想方设法把我从这个家里赶出去，再忽悠他那个头脑不清楚的老丈人，成功地当上这个家的男主人。

可是，他会用什么办法把我给赶走呢？我从他在露台上对我的态度的转变，也能猜出一二。

可是，就算我留下来，对他又有什么妨碍呢？房子里不是还有别的租客吗？卡博拉尔是不是对他说了些什么？他是不是在忌妒我或者别的什么人？

我想起了帕皮亚诺那种不可一世的做派：他粗暴地把卡博拉尔赶回去睡觉，让他和阿德里亚娜单独相处；他还用力拉住阿德里亚娜的手，阿德里亚娜阻止他关上露台的门；还有，每次提到他，阿德里亚娜都会情绪激动。这一切迹象都让我有充分的理由怀疑，帕皮亚诺在对阿德里亚娜打什么坏主意。

可是，这也无法解释他对我的厌恶啊。

再说了，如果他表现出对我的厌恶，我也可以随时离开这里，因为这里没有什么可以牵绊我。

是的，没有什么。可是，我想起了当时阿德里亚娜在露台上呼唤我的样子，似乎在寻求我的庇护。还有，她跟我告别时，还按了我的手。

此时，房间的百叶窗和帘子都开着。一轮圆月挂在高空，此时，正好移动到我窗前的位置。月亮看到我居然还没有睡觉，似乎在嘲弄我。

　　"我懂了，你还不懂，是吧？你真是个笨蛋！"

第十二章　眼睛

"今晚会有一个木偶剧团上演俄瑞斯忒斯①的悲剧。" 安塞尔莫·帕莱亚里告诉我，"这可是全新的木偶戏，错过了真的很可惜。时间是今晚八点半，地点是普雷菲迪大街五十四号。梅伊斯先生，你去不去？"

老人说完就冲我挥手，想要我走出房间。

"是俄瑞斯忒斯的悲剧吗？"

"没错，虽然海报上写的是达普雷斯·索夫克莱②，但我觉得也有可能是厄勒克特拉③。我突然产生了一个奇怪的念头，当剧情进入高潮，也就是扮演俄瑞斯忒斯的木偶正要给父亲报仇的时候，剧场

①俄瑞斯忒斯，希腊神话中远征特洛伊的统帅阿伽门农的儿子。阿伽门农回国之后，被妻子伙同情人杀害。俄瑞斯忒斯长大之后，杀死了母亲和她的情人，给父亲报了仇。
②达普雷斯·索夫克莱，古希腊悲剧诗人。
③厄勒克特拉，希腊神话中阿伽门农的女儿，父亲被杀死后，她救出了弟弟，后来弟弟才能为父亲报仇。

上纸糊的天空却裂开了一个口子，会有怎样的后果？"

"我也不知道。"我耸了耸肩告诉他。

"梅伊斯先生，你可以设想一下啊，俄瑞斯忒斯一定会被天上这个突如其来的大洞吓一跳。"

"为什么？"

"听我说完啊，别着急。俄瑞斯忒斯报仇心切，一心只想手刃仇人，为父亲报仇。这时候天空突然出现大洞，他一定会仰望天空，此时所有的罪恶都会展现在舞台之上，那他一定会崩溃的。也就是说，俄瑞斯忒斯会变成哈姆雷特。现代戏剧和古典戏剧，梅伊斯先生，我这么跟你说吧，它们之间只有一个不同点，那就是这个纸糊的天空！"

说完，安塞尔莫就拖着鞋走了。

老安塞尔莫总是会有很多奇思妙想，这些想法就像从弥漫着云雾的峰顶而来。而这些想法的根源和动机，以及相互之间的关系还留在峰顶，这会让那些仰望峰顶的人不明所以。但是我这次听到他的话，却深感震惊。

"木偶真的很幸运，"我说，"它们头顶上那个纸糊的天空通常不会裂开口子，就算真的裂开了，也可以用胶水再糊回去。它们没有着急和困惑，也没有障碍和忧伤。它们静静地坐着，开心地表演着，爱护对方，欣赏对方，从来不会丧失理智。原因就是，它们的角色和动作都是固定的，和头上的天空十分匹配。

"可是亲爱的安塞尔莫先生，你又知不知道这些木偶的原型是什么呢？就是你的好女婿特伦齐奥·帕皮亚诺，他对那个天空的满意程度超过了任何人。那个制造箴言的上帝，心胸宽广的上帝，给他提供了安静舒适的住所，充当头上的天空。他不会过于严苛，随

时准备原谅别人，对于任何勾当，上帝都会说：'天助自助者。'

"亲爱的安塞尔莫先生，你的好女婿特伦齐奥·帕皮亚诺当然会自助。他把生活当成了耍手腕，他思维敏捷、力量强大、进取心爆棚，任何事情都要过问！"

帕皮亚诺已过不惑之年，他的头顶有些秃了，但是身材魁梧，体格强壮。他长着一副络腮胡子，中间夹杂着几根白胡子。他那双灰色的眼睛总是透出锐利的光芒，喜欢来回扫视，和他的手一样不喜欢安静。他什么都看，什么都摸。就算在跟我说话，他的目光也会落在正在他身后干活儿的阿德里亚娜身上。每当阿德里亚娜使劲儿地把家具挪回原来的位置时，他一准能看到。

这时候，他总会说一句"抱歉"，然后匆匆地跑到阿德里亚娜身边，接过她手里的东西。

"这些力气活儿，该是我们男人干的，你知道吗？"

然后他会将那些家具摆好位置，拍打干净自己身上的灰尘，回到我身边。

有时候，他弟弟的癫痫病也会发作，这当然也逃不过他的眼睛。他会飞快地跑到弟弟身边，抬起他的头，拍拍他的脸蛋，大声叫着："西皮奥内！"直到他弟弟醒过来。

要不是我对这个可怜的癫痫病人抱有一丝同情，我会觉得这个场景很好玩。当然，帕皮亚诺也怀疑过甚至意识到了这一点。

他总是一口一个梅伊斯先生叫着我，看起来对我十分恭敬，但是他心里到底是怎么打算的，谁也不知道。不管他跟我说什么，问我什么，我都感觉他在给我挖坑。可是，为了不引起他的怀疑，我只能把我的不信任隐藏起来。可是说实话，对于他那种故意装作关心的嘘寒问暖，我真的很讨厌，我觉得他就是在打探我的虚实。

我讨厌他的原因还有两个方面。首先，我从来没有做过任何错事，也没有对别人造成伤害，却被迫时刻处于警戒的状态，就好像我是一个逃犯一样。其次，虽然我不太愿意承认，但是我要说，我的克制让我对他的憎恨更深了。我默默地在心里骂他："傻瓜，你完全可以离开这里，避开这个讨厌的家伙啊！"

可是这根本没有用，我没有走，我也走不了。

我正在和自己做斗争，我不想承认我对阿德里亚娜的感情，也不敢去想这份感情会对我造成怎样的影响。所以，我只能过一天算一天。表面上我对每个人都笑容可掬，似乎没有什么烦心事，其实我的内心焦躁极了。

那天晚上我在百叶窗后面偷听到的话，是我心里一个解不开的疙瘩。帕皮亚诺刚听完卡博拉尔对我的描述的时候，他似乎对我产生了坏印象，可是在我们第一次见面之后，他似乎又改变了对我的看法。没错，他总是问我一些问题，我对此感到十分困扰，但是这也不能证明他想揭开我的真面目，把我从这里赶走。相反，他为了让我住得更加舒服，鞍前马后地做了不少事情。那么，他到底有什么目的？自从他回来之后，阿德里亚娜就失去了笑容，变得和以前一样不高兴了。而且，她对我的态度也有了很大转变，变得冷若冰霜。如果当着别人的面，塞尔维亚·卡博拉尔还会对帕皮亚诺说"您"，但是帕皮亚诺一直称呼她为"你"，有时候甚至直接叫她雷亚·塞尔维亚。对于帕皮亚诺对女人的这种带有戏谑的亲密，我根本理解不了。没错，卡博拉尔嗜酒如命，很难赢得人们的尊重，可是她也不应该被这样一个男人轻视吧！

一天傍晚，皓月当空，我从窗口看到，卡博拉尔正闷闷不乐地坐在露台上。自从帕皮亚诺回来，我们就很少再去露台了，自然更不会像以前那样开怀畅聊，因为帕皮亚诺一定会加入我们，滔滔不绝地讲个不停。如果我此时出现在她面前，她会做何反应？于是，我打算好好跟她谈一谈。

走出房间之后，我又看到了帕皮亚诺的弟弟，他还是和往常一样，躺在过道上的那个大箱子上。我不明白，他是真的喜欢这里，还是受到别人的指派，过来监视我。

我来到露台，发现塞尔维亚·卡博拉尔正痛哭流涕。一开始，她只是假说自己头疼，不想跟我说话。后来不知怎的，她改变了主意，转身看着我，还拉起了我的手。

"你是我的朋友吗？"

"承蒙错爱，如果你愿意，我们当然是好朋友。"我躬身回答道。

"好了，别说这些没什么意义的客套话。梅伊斯先生，我现在迫切地需要一个真正的朋友。我想你应该能明白我的意思，因为我们同是天涯沦落人，当然，你是男人，我是女人，男人和女人是不一样的。唉，要是你能明白该有多好。"

她咬住了手里的手绢，尽力克制自己，可最后还是失败了。这让她非常生气，把手绢撕得一条一条的。

"我是一个丑陋的老女人！是的，就是这样，我永远无法摆脱厄运！那我为什么还要活着！"

"事情并没有你想的那么糟糕，塞尔维亚，开心一点儿，不要胡思乱想。"我说。

"因为……"她只说了这两个字，又闭口不言了。

"没关系，告诉我吧，"我说，"说不定我可以帮你呢！"

听到我的话，她用被撕烂的那块手绢拭去了眼角的泪水，对我说："我真的觉得生不如死！"她哽咽着说，话语中有着深深的悲

160

伤，连我都被打动了。她当时那痛苦的表情和掩盖在一头黑发下面颤抖的下巴，让我永世难忘。

"可是，我想死都不行。"她又说，"梅伊斯先生，你根本帮不了我，不光是你，谁都帮不了我。最多也就是说几句话让我宽心，或者给我点儿同情。我在这个世界上茕茕孑立，还不得不忍受……我想你应该已经注意到了。可是，他们凭什么这样对我？是谁赋予了他们这样的权利？我不想生活在他们的施舍中！"

然后，塞尔维亚就把那六千里拉的事情原原本本地告诉了我。我已经在前文提到过，帕皮亚诺骗走了这笔钱。

虽然我对这个女人所知不多，但我觉得她的麻烦充满了戏剧性。也许是她晚上的时候多喝了几杯，现在头脑有些不太清醒，所以我决定趁机从她的口中打探消息，我小心翼翼地问她：

"你为什么要把那笔钱给他？"

"哈，为什么？"塞尔维亚攥紧了拳头，"我要让他知道，我比他更卑鄙，我要让他知道，我明白他试图从我这里得到什么。而且，当时他的妻子还在世……"

"我懂了。"

"可怜的丽塔……"她说。

"丽塔是他妻子的名字吗？"

"是的，她是阿德里亚娜的姐姐，在床上垂死挣扎了两天……当时我……总之他们都知道我当时做了什么，阿德里亚娜也知道，所以她才会这么喜欢我，这个可怜的小人儿，她是真心实意地喜欢我。还有什么值得我留恋？对了，我的钢琴，因为……这些你应该都知道吧？并不单单因为我是一个老师，我把钢琴视为我生命的全部。我还在音乐学校上学时，就开始自己写歌了，毕业之后我还继续作曲，还写了不少。有了钢琴之后，我就能自己谱曲了，但是我只弹给我自己听。我可以安静地坐在那里，在音乐的海洋里遨游，浑然忘我。我感觉它来自灵魂，但是我也不知道是什么，只知道它让我难以承受，几近晕厥。我和钢琴融为一体，完全没有感觉到是我的手在弹奏钢琴，那是我的灵魂在哭泣，在呐喊。你能明白吗？有一天晚上，我正和妈妈在二楼，突然有很多人来到了我的窗下，为我鼓掌，为我呐喊，为我手舞足蹈。说真的，我被他们吓坏了。"

"亲爱的塞尔维亚，"我急忙安慰道，"我们完全可以租一架钢琴呀！如果您乐意为我演奏一曲，我会觉得十分荣幸。"

"不！"她打断我，"现在一切都结束了，我还能演奏什么，也许只是一些十分粗俗的乐曲吧！"

"帕皮亚诺没有跟你说会把钱还给你吗？"我接着刚才的话题，问出了我关心的问题。

"他？"塞尔维亚充满怨恨地叫起来，"谁都别指望他！首先，我再也没有在他面前提起过这笔钱。但是，他现在向我承诺，一定会把这笔钱还给我。对，要是我可以帮他一个忙……他说，只有我才能帮他这个忙。真的，这个混蛋简直是厚颜无耻，居然开口让我帮这样的忙！"

"帮忙做什么？你要怎么帮他？"

"现在他正在谋划一个诡计，我想，你应该早就猜到了……"

"难道是……阿德里亚娜……"我的呼吸十分急促。

"没错，他让我去劝说……"

"劝说阿德里亚娜嫁给他，对不对？"

"难道你以为还有别的什么事吗？你知道这背后的原因吗？这个可怜的姑娘的姐姐丽塔有一笔一万五千里拉的嫁妆，因为丽塔死的时候并没有子嗣，所以这笔钱就按照约定回到了安塞尔莫·帕莱亚里的手上。至于我那笔钱的用途，其实我也不知道。但是他跟我保证，会在一年之内把它还给我，所以……别说话，阿德里亚娜过来了！"

现在，阿德里亚娜更不爱说话了，她疏远了我，变得更加害羞。她来到我们面前，向我点头示意，然后搂住了卡博拉尔的腰。我从卡博拉尔的话里得知，她现在正努力撮合阿德里亚娜和帕皮亚诺，再加上现在看到阿德里亚娜对她如此亲昵，我简直火冒三丈。但是，我现在顾不上去管这种情绪。不一会儿，帕皮亚诺的弟弟就像个鬼一样，突然出现在了露台上。

"他来了！"塞尔维亚小声地对阿德里亚娜说。

阿德里亚娜闭上眼睛，露出了一个苦涩的笑容，然后，她一边拍着自己的头，一边走向房间，边走边说：

"梅伊斯先生，晚安！我先回去了。"

"他一直在监视她！"卡博拉尔朝着帕皮亚诺的弟弟所在的位置轻轻地点了一下头，然后小声地对我说。

"可是，为什么阿德里亚娜会害怕呢？"我忍不住问，心里的无名之火燃烧得更加猛烈，"难道她不知道，帕皮亚诺看到她的表现，就会更加嚣张？塞尔维亚，请原谅我要跟你说句实话。对于那些热爱生活又游戏生活的人，我总是十分钦羡。如果我不得不在欺负别人和被人欺负之间做出选择，那我宁愿选择前者。"

我的语气中有难掩的愤怒。卡博拉尔感觉到了，就略带讽刺地回答我：

"既然这样，你为什么不选择反抗？"

"你说我吗？"

163

"当然，我就是说你。"她的语气充满挑衅，眼神里也充满讽刺。

"这一切与我何干？"我说，"我的反抗方式也只有一种，那便是卷铺盖走人！"

"不过，阿德里亚娜和我都不想看到你离开这里。"说着，卡博拉尔耸了耸肩膀。

"她不想看到我离开这里？"

卡博拉尔拿起手里那块破手绢挥舞了一下，然后揉成一团，把拇指塞了进去：

"你可别告诉我，你没有看出来！"

我耸了耸肩说："好了，我该去吃晚饭了！"说完，我就落荒而逃，把她扔在了露台上。

我想乘胜追击，于是到了晚上，我就来到了西皮奥内·帕皮亚诺栖身的那个木箱前面。

"很抱歉，"我对他说，"你能不能换个地方？你在这里有点儿挡道。"

西皮奥内神情呆滞地看着我，根本没有一丝尴尬。

"我说的话，你到底听没听见？"我一边说，一边摇晃他的胳膊。

西皮奥内就像一块石头一样，纹丝不动。这时候，走廊那头的一扇门开了，阿德里亚娜走了过来。

"我能不能让这个可怜的家伙到别的地方去坐着？"我说。

"他有病。"阿德里亚娜想缓和一下紧张的气氛。

"那也不妨碍他换个地方啊？"我说，"这里空气流通不畅，而且他还是睡在箱子上。要不，我去找你姐夫谈一谈？"

"不不不，"阿德里亚娜急忙说，"我还是自己去跟他说吧！"

"那就再好不过了。"我说，"我可不想每天都有个人守在我的门口，我会有一种被监视的感觉。"

从那天晚上开始，事情已经无法控制了，我开始公然挑战阿德里亚娜的胆怯，我完全是随意行事，根本不计后果。这个可怜的小女人，一开始，她显得既害怕，又抱有一丝希望。她现在对我还不是完全信任，而且，我的态度的突然转变让她不知所措。她同时还意识到，她之所以会恐惧，其根源就是埋藏在心底的那个小秘密，或者说是无意识的希望，她害怕我离开她。而我现在所采取的这种方式，就是让她不要放弃希望，不要向心中的恐惧缴械投降。另外，我也因为她的脆弱而深感郁闷，我决定，为了她，我一定要向帕皮亚诺发起挑战。

我之所以要撵走西皮奥内，就是希望帕皮亚诺可以在第二天一早跟我发生正面冲突。然而我失算了，他妥协了。他听说这件事之后，马上把他弟弟转移到了距离我很远的一个地方。但是从那之后，他就开始当着我的面取笑阿德里亚娜了。

"梅伊斯先生，你不要怪我的小姨子，当着陌生人的面，她就像修女一样羞涩。"

我完全没有想到，帕皮亚诺居然会做出让步，他到底有什么不可告人的目的呢？

有一天晚上，我看到他和一个人一起回来。那个人一边走，一边用自己的拐杖使劲敲打着地板，似乎是因为他穿的毛毡靴无法发出声音，他才用这种方式来向别人说明他来了。

"我的亲戚在哪里呢？"那个人用都灵方言大声说。当时，他戴着一顶非常大的大檐帽，还把帽檐拉下来盖住了眉毛。他的眼神十分迷离，我想是喝多了。他说话的时候，嘴里还叼着烟斗，在烟斗的烘烤下，他的红鼻子变得比卡博拉尔的鼻子还红。

"我的亲戚在哪里呢？"

"嘿，这儿呢！"帕皮亚诺用手指着我所在的方向，他又转过来对我说，"阿德里亚诺先生，我要给你一个惊喜。请允许我介绍一下，弗朗西斯科·梅伊斯来自都灵，是你的亲戚！"

"我的亲戚？"我忍不住吃惊地叫起来。

那个人已经醉得不省人事，连睁开眼睛都很有难度。他像一头大熊一样伸出熊掌，等着我走到他身边。

有那么一会儿，我呆住了，站在那儿看着他发呆。

"开玩笑！"我过了一会儿才说。

"这怎么会是开玩笑呢？"帕皮亚诺说，"弗朗西斯科·梅伊斯先生亲口告诉我，你跟他……"

"堂兄弟！"那个人插话道，"所有姓梅伊斯的都是一家人！"

"很抱歉，我想我跟你素未谋面。"我说。

"可是我是为了你才来到这里的！"那个人大叫。

"来自都灵的梅伊斯先生？"我假装在努力回忆，"可我并不是都灵人啊！"

"怎么可能呢？"帕皮亚诺说，"是你亲口告诉我，你十岁之前的时光都是在都灵度过的。"

"那就错不了！"那个人又插话了，"我们就是堂兄弟，你叫什么来着……"

"特伦齐奥·帕皮亚诺。"

"没错，特伦齐奥！特伦齐奥告诉我，你的父亲到过美洲，这说明什么呢？也就是说，你的父亲是安托尼奥叔叔，巴尔巴·安托尼奥，就是这样的。我的叔叔也去过美洲，所以我们肯定是堂兄弟。"

"但是我的父亲叫帕奥诺。"

"安托尼奥！"

"怎么可能，明明就是帕奥诺，难道您会比我清楚？"

那个人耸耸肩，露出一个玩味的笑容，还伸出手不停抚摩自己下巴上的白胡子。

"我想，也许是安托尼奥，但是我也不敢保证你说的就是错的。我与他素未谋面，所以没有权利跟你争辩。"

我知道，这个家伙占了上风，可是，他似乎很高兴有我这么一个堂兄弟。后来他跟我说，他的父亲和他同名，也叫弗朗西斯科，是安托尼奥或者帕奥诺的兄弟。他刚满七岁的时候，父亲就从都灵离开，前往美国了。他对我说，他一直远离家庭，在政府部门当小职员，所以到底父母这边有什么亲戚，他也搞不清楚。但是他可以确定一点，我就是他的堂兄弟。

"我想，你至少应该知道你的祖父是谁吧？"我问。

他说他知道，但是到底是在皮亚琴察还是在帕维亚，他已经记不清了。

"是吗？那他长的什么样？"

"这我实在是说不好，实在是太久了，得有三十多年了。"

我看他的样子，倒不像是在说谎。看来，他真是一个可怜虫，想用酒精麻痹自己，暂时脱离贫困和孤独的纠缠。他站在那里一动不动，只是低着头，不管我说什么他都点头称是。我跟他说，我们曾经在一所学校就读，我还把他打了一顿。只要我承认我们是堂兄弟，他就会应承下这一切。没办法，我只好就这样成了他的堂兄弟。

我无意中看了帕皮亚诺一眼，看到他脸上那得意的表情，我就不想让这个笑话再继续下去了。我送别了那个酒鬼，然后用眼神告诉帕皮亚诺，我不是这么轻易就被耍的。

"你能不能告诉我，你是从什么地方找到这个奇怪的疯子的？"

"抱歉，先生，"帕皮亚诺说（我不得不承认，他是个聪明人），"我知道你并不愿意我把他带回来……"

"可你却恰恰相反，愿意至极，对不对？"我喊道。

"不不，我不是这个意思，我原以为你会很高兴见到他。请你相信我，这一切都是巧合。现在，我就把整件事的来龙去脉都告诉你。今天早上，侯爵派我去税务局办事。我正在那里办理业务，突然听到有人在叫'梅伊斯先生'，我以为是你，以为你也在那里办事，心想说不定我还可以为你效劳，于是我急忙扭过头去看。可是，我并没有看到你，而是看到了你口中的这个'奇怪的疯子'。在好奇心的驱使下，我就走到他身边，问他是不是真的姓梅伊斯，来自哪里，因为巧合的是，我家里也有幸住进了一位名叫梅伊斯的先生。然后，他就说跟你是堂兄弟，非要跟我回家见你不可。整件事情就是这样。"

"税务局？"

"没错，他是那里的助理纳税员，或者是别的什么职务。"

他的话到底可信吗？我觉得我需要亲自去调查一下。

经过我调查，我发现他并没有撒谎。

毫无疑问，帕皮亚诺在背地里打听我。我想跟他正面冲突，他却暗中调查我，这完全就是在背后给我捅刀子。我很了解帕皮亚诺，如果他追查下去，发现线索也只是迟早的事。到时候，他肯定会继续追查，发现其实淹死在米拉格诺的水渠里的人并不是真正的马提亚·帕斯卡尔，因为这个人现在就在他面前。

想到这里，我不由自主地恐惧起来。几天之后，我正坐在房间里看书，走廊里突然传来了一个人的声音。虽然这个声音似乎是从另一个世界发出的，但我立刻就听出来了。

"谢天谢地，先生，我可算是甩掉她了！"

天啊，这不是那个西班牙人吗？是那个个子很矮，胡子拉碴的西班牙人。在蒙特卡洛的时候，他就对我纠缠不休，后来还跟着我去了尼斯。因为我不愿意跟他合作，他还跟我大吵一架。天啊，这个该死的帕皮亚诺真的抓到了我的小辫子！

我站起来，用手撑着桌子，才勉强没有被这从天而降的恐惧击倒在地。我愣在原地，双腿直哆嗦。我已经想好了，只要帕皮亚诺和那个西班牙人（他的声音和他的半生不熟的西班牙语夹杂着意大利语，都让我记忆深刻，我能肯定就是他）一进门，我就迅速冲到走廊，逃之夭夭。等等，我真的要逃跑吗？首先，如果帕皮亚诺在进门之前，已经向女佣打探过我是否在家，那他看到我这么狼狈地逃走，会做何感想？其次……不行，我现在不能自乱阵脚，必须静下心来想个好办法。他们只知道，我叫阿德里亚诺·梅伊斯，可是对于我的其他情况，那个西班牙人又了解多少呢？我跟他在蒙特卡洛见过面。我必须好好想一想，我有没有跟他说过自己名叫马提亚·帕斯卡尔，只是我实在是想不起来了。

也许这一切都是命中注定的，此时我正好站在一面镜子前面，我看了看镜子中的自己，天啊，我那只讨厌的斜眼！我想，他只凭这一点就能把我认出来！可是最让我觉得吃惊的是，对于我去蒙特卡洛赌博这件事，帕皮亚诺又是怎么知道的呢？现在我到底该怎么办呢？我觉得，我现在什么都做不了，只能静待事情的发展。

不过，什么事都没有发生。

当天晚上，帕皮亚诺仔细地向我解释了整件事情。他要证明，一切都是巧合，他并非有意要跟踪我。但是，我心中的恐惧并没有消除。我只能说，上天再次垂怜了我，也许那个西班牙人早就不认得我了。

后来我才从帕皮亚诺那里得知，那个西班牙人就是一个职业赌徒，所以我在蒙特卡洛遇到他实在是再正常不过了。可是我现在已经到了罗马，他怎么还是阴魂不散呢？而且，他还正好出现在了我所在的地方。如果我没有什么见不得人的事，这种不可思议的巧合其实也无所谓，可是从概率上来说，在不同的地方遇到同一个人的可能性有多大呢？无论如何，他一定是出于某种原因，才会来到罗马，还恰好出现在帕皮亚诺家。我想，我最不应该做的，就是剃掉胡子，还编了一个假名字。

大约二十年前，吉利奥·达乌莱塔侯爵（他就是聘请帕皮亚诺当秘书的那个人）将自己的独生女许配给了在西班牙驻教廷大使馆任职的一名官员唐恩·安东尼奥·潘托加达。可是，潘托加达刚刚成婚不久，就在和一些罗马贵族在赌场赌博的时候，被警察抓个正着。这件事之后，他就被召回了马德里，并在马德里定居。后来，他又干了一些别的见不得人的勾当，不得不离开了外交界。从那之后，可怜的达乌莱塔侯爵就没过过什么舒心日子，他隔三岔五就要给这个嗜赌如命的女婿汇款，帮他还清赌债。四年前，潘托加达的妻子离世了，撇下了一个十几岁的女儿。侯爵知道，如果自己不向外孙女伸出援手，那她的下场一定会十分悲惨，于是，他决定将外孙女接到身边抚养。一开始，潘托加达是不同意侯爵的做法的，但是，他后来急需一笔钱，也只好妥协了。现在，他总是以接走女儿这件事来威胁老丈人，他这次来到罗马也是为了这件事。其实，他不过是想再从侯爵手里骗走一大笔钱。他知道，侯爵为了不让外孙女帕皮塔回到他身边，是不敢拒绝他的条件的。

看起来，帕皮亚诺对潘托加达这种卑鄙的敲诈非常不齿，每次说起来都火冒三丈。我惊奇地发现，他的良心非常奇怪，对于别人做的坏事，他气愤不已，可是他自己对岳父做同样的坏事时，却没有任何内疚感。

可是这一次，吉利奥侯爵并没有想象中那么软弱，于是，潘托加达只能在罗马多待一段时间。于是，他隔三岔五就会来到帕皮亚诺家里。也就是说，说不定哪天我就会遇到他，我该怎么办呢？

我再次看镜子里的自己。这次我见到的是已故的马提亚·帕斯卡尔的形象，他正隔着那道水渠，用他那只斜眼望着我，就好像在对我说：

"阿德里亚诺·梅伊斯，现在你可遇到大麻烦了！不如诚实一点儿，把事情的真相和盘托出。你对特伦齐奥·帕皮亚诺充满畏惧，还想让我再一次为你背黑锅，原因不过是我在尼斯的时候曾经跟一个西班牙人吵过架。我说得没错吧？难道你以为，你从脸上消除我的痕迹就够了吗？亲爱的梅伊斯先生，我建议你按照塞尔维亚·卡博拉尔小姐说的，把眼睛矫正一下。好了，现在就去给阿姆布罗西尼医生打电话吧，之后你就能看见了！"

第十三章　红灯笼

一连四十天，我的生活中都是漆黑一片。

我不得不说，手术还是很令人满意的。唯一的不足之处就是，两只眼睛的大小不同。

一连四十天，我的世界都是黑漆漆的。

现在我终于明白，当人遭受痛苦的时候，就会对善恶有独到的见解。一方面，他会觉得自己有享受人们的善待的权利，因为他正在遭受痛苦，这种善待就是补偿。另一方面，他会觉得自己正在遭受痛苦，所以享有对别人恶的特权。所以，这样的人会觉得别人理应对他好，而他理应对别人不好。

在陷入黑暗后的一个星期，我迫切地需要别人的安慰，这种感觉越来越强。我知道，我现在是寄人篱下，对于主人家对我的照顾，我应该心存感激。可是我觉得，他们对我的关心应该更多，有时候，我甚至会因为感觉他们对我心怀敌意而气愤不已。但实际上，他们对我关爱有加，总是来探望我。阿德里亚娜为了让我宽心，总是跟我说会一直陪伴我，这番话给了我极大的安慰。如果我们俩现在的情况对调过来，我对她的照料是否会这么细致入微呢？能够安慰我的，也只有她一个人，她理应承担起这份职责。我的无聊和孤单，我想要见她，或者说想要她陪在身边的心情，她应该是最了解的。

在等待康复的过程中，我的神经十分敏感。当我听说潘托加达并未在罗马停留就迅速离开的消息时，更是暴跳如雷。我要承受这种折磨，在比监狱更加难受的地方度过四十天，难道是我的本意吗？早知道那个笨蛋不会停留太久，我也就不用受这个罪了！

老安塞尔莫·帕莱亚里见我闷闷不乐，就想让我明白，大多数的黑暗都来自我的臆想。

我火冒三丈："臆想？你居然说这是臆想？太好笑了！"

"别着急，听我说嘛！"

他讲起了他的哲学，好让我平复一下心情。他的哲学是似是而非的，也可以叫作"灯笼哲学"。

他经常会在讲一会儿之后停下来问我。

"梅伊斯先生，你还醒着吗？"

有时候，我会忍不住讽刺地说："是的呢，谢天谢地！"

但是我也因此知道了，他是真心实意地想要帮我，让我打发一下这无聊的时间。于是，我通常会这么回答：

"帕莱亚里先生，我正在聚精会神地听你讲，并没有睡着。听你讲话总是让我受益匪浅，你继续说吧！"

然后他就会继续说。

"我们人类是和树木截然不同的，虽然树木也有生命，可是对于我们身边的这些土地、阳光、空气、雨水和风雪，它们只知道是对自己有益还是有害，却无法感知其存在。我这么说，你能明白吗？可是，我们人类却是带着一种与生俱来的特权来到这个世界上的，那就是可以感知到自己的存在，我觉得，这种特权会让人略感遗憾。由于这种特权，人们会产生幻想，把内心对于生的观念当成身外之物。随着时间、环境的变化，或者如果出现了什么意外事件，这种对于生的观念也会发生变化。

"这种对于生的观念，就好比一盏灯笼，在我们每个人的心里熊熊燃烧着。有了这盏灯笼，我们才能看清迷途和善恶；有了这盏灯笼，我们身边就会形成一个光圈，在这个光圈之外的范围，就是漆黑一片。要是这盏灯笼不复存在，那自然也就没有黑暗了。只要我们心中还有这盏灯笼的一丝余光，我们就得相信，那里真的是漆黑的。一旦这盏灯笼熄灭，我们就会沉浸在想象的黑暗之中，似乎被它吞噬了，是这样吗？跟随幻想的阴天而来的，就是永恒的黑夜。然而，果真是永恒的黑夜吗，还是我们距离本质更近了一步，触碰到了没有固定形式的理性？梅伊斯先生，你是不是睡着了？"

"帕莱亚里先生，你继续说就行，我现在思路非常清晰，你说的那些红灯笼似乎就在眼前。"

"好吧，不过鉴于目前你的一只眼睛正深陷痛苦，我们对于哲学的问题最好还是浅尝辄止吧！我们不妨把那些神秘的灯笼视为萤火虫，在人生漫长的旅途中，萤火虫迷路也是很正常的。首先，萤火虫是五彩缤纷的，我们似乎是在透过幻想这一副彩色眼镜来观察这个世界。但是，梅伊斯先生，我个人的观点是，某些颜色会在特定的历史和人生阶段占据主导地位，不知道这一点你是否赞同呢？在某个特定的阶段，也许某种偏见或者某种思考方式会占据主导地位，什么真理，什么道德，什么美，什么荣誉，诸如此类的东西，散发出的颜色都各不相同。比如，你有没有这么一种感觉，异教的道德的灯笼是红色的，而基督教的道德的灯笼呢，却是紫罗兰色，让人倍感压抑。共同的思想所构成的灯笼，取决于集体感情。即便集体感情遭受了破坏，抽象名词构成的那盏灯笼也不会消失，而是会继续发光发热，内层的思想火焰依然熊熊燃烧，噼啪作响，这和发生在任何一个生命时期的情况是一样的。在历史上，狂风骤雨并不少见，有时候真理的火炬会受到狂风骤雨的打击而骤然熄灭。时间充满了力量，这种力量大到让人难以置信。现在，整个世界都笼罩在黑暗中，个人的灯笼在这片黑暗中杂乱地转动着，向前的，向后的，转弯的，不一而足。有时候，甚至有一二十个或者上百个灯笼纠缠在一起，可是通往真理的路在何方呢？它们根本找不到。它们为此吵成一团，最后只能溃散。然后，它们就会遭遇各种各样的惊慌和困惑。

　　"梅伊斯先生，依我之见，如今我们所处的就是这样一个时期。我们充满了惊慌和困惑，所有的灯笼都已经熄灭，陷入漆黑。我们找不到方向，也不知道该选择哪条路，是不是应该后退呢？我们是否该求助于那些已经离世的伟大人物，让他们告诉我们答案？说到这儿，我想起了尼科洛·托马塞奥①的一首诗。

> 我发出的光芒十分微弱，
>
> 无法像阳光那样普照大地，
>
> 也不像火焰一样浓烟滚滚，扶摇直上，
>
> 我的光悄无声息，也无须燃料，

①尼科洛·托马塞奥，作家，诗人，威尼斯共和国成员。他曾经于1848年参加反奥地利统治的斗争，但后来反对加富尔等人的斗争。

但是，它向天空发出光芒，

让我的头顶永远明媚。

它永远照耀着我，就算我被埋进泥土，

它也不会消失，任凭风吹雨打，

时光流逝，它也不会老去，

未来的人在流浪，

他们的灯早已不再燃烧，

他们取我的光，点燃了灯。

"虽然托马塞奥有些小缺点，但是瑕不掩瑜，他依然是一位伟大的诗人。也许他的灯笼发出的光非常微弱，无法照亮整个世界，却不能否认他确实照亮了很多人的生活。无论如何，只要让自己的灯笼有足够多的油，就可以了。然而，就连这一点，都有很多人做不到。很多人的灯笼根本没有足够的油，他们该怎么办？

"他们中的一些人为了得到油，会选择前往教堂。这样的人大多年事已高，他们想要延长自己的生命。他们非常可怜，受到生活的无情捉弄，只能满怀信仰，踽踽前行。这信仰就是他们的明灯，指引他们在坎坷的道路上摸索前行。他们对自己的灯笼万般呵护，一心祈求它们不要熄灭，能够伴随自己走到人生的尽头。对于来自周围的喧嚣，他们充耳不闻，心心念念的都是手里那微弱的光芒。他们不停地告诉自己：'上帝一定会注意到这道亮光的。'

"梅伊斯先生，虽然这道亮光十分微弱，却也有人会忌妒。另外，还有一些人会觉得自己已经获得了科学的闪电，用这种闪电来替代灯笼是绰绰有余的。对于这种人，我怀有深深的怜悯。那我现在就忍不住要发问了，梅伊斯先生，哲学家已经耗费了几百年的心血来研究这无边的黑暗，却徒劳无功，虽然现在大家已经不再去研究了，可是科学真的可以否认它的存在吗？这漫无边际的黑暗，难道不是一个存在于我们内心之中的骗局，一个毫无色彩的幻想吗？就算我们愿意相信，这些神秘莫测的东西并不存在于外界，只存在于我们内心，可是我们对于生命的感觉，也就是我刚才提到的灯笼，不也是一种不幸的特权吗？总之，如果让我们胆战心惊的死亡压根就不存在，那么它就只是将我们的灯笼吹熄的一阵风。它不会给我们的生命画上句点，只会让生命的忧伤和痛苦终结。我们的恐惧，是源于它受到虚幻的黑暗的包围，灯笼的光从何处亮起，就会从何处熄灭。我们就像在这无尽的黑暗中乱撞的萤火虫，一旦看到一道亮光，我们就会拼命追寻，希冀用它来赶走所有的黑暗。可是，我们早就断绝了和这个世界的联系，终有一天我们会各归各处。不过，我们不能忽略这样的事实：我们已经在，而且永远都在这个更宏大的生命中，所以，我们是根本无法摆脱这种折磨的。

"不过，梅伊斯先生，我们周围的这些栅栏，其实都是我们想象出来的，它们与我们内心的亮光相关。无论你是否喜欢这个说法，都无法否认这个事实，我们会一直活着，并会继续活下去，还会以当前的形式参与到宇宙的所有活动中去。但是，由于我们的灯笼只能照亮它周围的一点儿事物，所以这一点是隐藏的，也因此，我们才会没有意识到。还有一点尤为糟糕，它非但不会照出事物的本来面目，反而会以自己的方式给事物笼罩上色彩，因此，我们也许会看到一些可怕的场景，或者一些可笑的长相。我为什么要说'可笑'呢？因为它们看起来非常简单，我们会发现，自己害怕的居然是如此简单的东西，所以觉得可笑。"

自从听安塞尔莫·帕莱亚里跟我说完彩色小灯笼，我总是忍不住会想到一个问题：他为什么要如此迫切地用自己的红色灯笼去照亮别人，我觉得眼下的麻烦已经够多了。

我打定主意，要问问他这个问题。

他说："一盏灯笼总是会影响别的灯笼嘛！而且你要明白，在某一时刻，我要点亮的这盏红灯笼也有熄灭的可能。"

我紧追不舍："难道你认为我们用这套哲学就可以发现事物的本质吗？"

对于我的态度，安塞尔莫并不在意，他不紧不慢地说："我们是无法通过科学家所谓的'光明'来意识到真正的生活的。而且，这种所谓的'光明'反而会起到阻碍作用。在科学家中也有很多心胸狭窄的人，他们宣扬某种科学理论的目的，完全是满足自己的利益。在他们眼中，我所做的红灯笼实验会对科学和大自然造成损害。梅伊斯先生，请你相信，上帝会站在我们这边。我们所要做的，就是在同一个宇宙中发现另外的规律，另外的力量，发现能够证明有其他的生命存在的证据。我们所需要的不光是经验，还有想象，但通常而言，有限的感觉手段会损害我们的想象。科学家们总是需要适合实验的环境和条件：没有暗房的摄影师压根无法工作。此外，现在也有各种各样的方法来检验结果，让那些骗人的手法都站不住脚！"

可是，经过我以后几天的观察，我发现安塞尔莫并没有运用任何手段。我想，原因可能是这些实验只存在于家庭内部。他怎么会怀疑卡博拉尔小姐和帕皮亚诺在骗他，骗他的原因和目的是什么？他不需要被说服，只是需要借由这些实验来让自己的信仰更深化。他如此善良，无法想象别人会怀着某种目的而欺骗他。他的神智学也给了他一点儿合理的解释，虽然几乎没有什么成效。"心界"的高级生物，或者再高一级的生物，又怎会通过"通灵者"来实现与我们的交流呢？所以，我们只能满足于与我们最接近的一级生物，也就是"抽象界"的生物的表达。

谁能对他说，事实并非如此呢？阿尔贝托·费奥伦迪诺写道："信仰是希望中所有事物的集中体现，是不会出现的议题和证明。"

我知道，阿德里亚娜对于这种实验向来不太积极。每次她看到帕莱亚里走进我的房间，关上门，就几乎不会进来问问我怎么样了。要是有别人在场，她更会如此。每次她这么问，也不过是出于礼节。对于我的情况，她心知肚明。有时候，我甚至能够从她的话中听出一丝讥讽。当然，对于我突然决定要做这个手术的原因，她毫不知情。她会觉得，我是受到虚荣心的驱使，才做了这个眼睛矫正手术。她觉得，我是听从了卡博拉尔的建议，想要看起来更好看一点儿，或者更帅一点儿，才会这么做。

我总是这么对她说："小姐，我很好，眼前一片漆黑……"

每当这时，帕皮亚诺总会插话："很快你就能看见了。"

对于他的这番话，我每次都会做出这样的反应：握紧拳头，朝着他的方向张牙舞爪。他的这番话，让我竭力想要保持的最后一丝幽默感都消失殆尽。我对他的讨厌表现得十分明显，他应该能够察觉到。我不是冲着他大叫，就是冲着他打哈欠、伸懒腰，总之就是用尽了各种方式。可是尽管如此，他还是每天晚上都到我的房间里待上几个小时，跟我东拉西扯。听到他的声音，我如坐针毡，止不住颤抖，手指甲都刺进了手掌里。有那么几次，我都忍不住想要掐死他。对于我的这些反应，他难道毫无察觉吗？我想他应该是察觉到了，因为他总是会在这样的时候让自己的语调柔和起来，倒好像是在安慰我了。

人都有这样一个习惯，就是将自己的不幸归咎于别人。我知道，帕皮亚诺是在想方设法地让我离开这个家。如果这是理性之声告诉我的，我当然会心怀感激。可惜，理性之声借由他的口说出这番话，我根本就听不进去。我觉得，这个人是错的，错得离谱。我觉得，他想撵走我，就是为了欺骗帕莱亚里，为了毁掉阿德里亚娜。我觉得，像帕皮亚诺这样的人，是不可能说出什么有意义的话的。他说这么多，意思只有一个。

当然，这也有可能是我找的借口。也许我早就厌倦了这无尽的黑暗，厌倦了帕皮亚诺的东拉西扯。不管怎么说，我都不愿意承认这是有道理的。

几乎每天晚上，帕皮亚诺都会跟我谈到帕皮塔·潘托加达。

虽然我过得比较清贫，可是他却坚持认为我非常有钱。现在，为了让我不把心思放在阿德里亚娜身上，他开始竭力让我对侯爵的外孙女产生好感。帕皮亚诺说，侯爵的外孙女聪明果敢，开朗大方，年轻貌美。她不但得过奖，还有一头乌黑亮丽的头发，身材诱人，双目有神，口若朱丹。可是，他根本不提关于嫁妆的事情。侯爵也希望外孙女可以尽快嫁到一个好人家，其中的原因有二：第一，可以赶快摆脱潘托加达；第二，这对祖孙的关系也不是非常和睦。侯爵性子软弱，习惯了那个死气沉沉的旧世界；而他的外孙女个性好强，充满生气。

可是，难道帕皮亚诺就不知道，他越是对帕皮塔赞赏有加，我对她就越反感吗？虽然我与她素未谋面。他说，他会劝说帕皮塔前来参加聚会，所以我用不了多久就能见到她。而且，由于他经常在侯爵面前提起我，现在侯爵也对我颇有兴趣，想要认识我，所以他也会介绍我们认识。不过，侯爵很少出门，而且由于宗教信仰的原因，他很少和别人打交道，这种讨论神智世界的聚会，他更是不愿意参加。

我问："什么？你的意思是，他让外孙女参加，自己却不参加？"

"因为他知道跟帕皮塔在一起的是什么人。"帕皮亚诺的语气里颇有些自豪。

阿德里亚娜坚持自己的宗教信仰，才会拒绝参加这种活动。可是，吉利奥侯爵都允许自己的外孙女来参加这种活动，阿德里亚娜还有什么理由不参加呢？我打算去劝说她也参加。

在活动开始之前，帕莱亚里父女俩一起来到了我的房间。

安塞尔莫听了我的建议，叹息着说："梅伊斯先生，有关这个问题，宗教和科学都一样，会让人变得非常固执。我曾经无数次地告诉我的女儿，我们的实验非但不会对任何人造成伤害，还会验证宗教的真理。"

"可是如果我害怕呢？"阿德里亚娜说。

安塞尔莫问："你害怕什么？害怕自己被说服吗？"

"或者说你是害怕黑暗？"我说，"阿德里亚娜，我们都会在你身边。其他人都参加了，唯独你错过。"

阿德里亚娜犹豫着说："可是……好吧，说实话，其实我并不相信，你们不要再劝我了。不过……"

阿德里亚娜拒绝解释更多。但是我从她的犹豫不决中听出，这里面还有宗教之外的原因。她借口害怕，打消了安塞尔莫的怀疑。或者说，她想借此表达对帕皮亚诺和塞尔维亚·卡博拉尔玩弄自己的父亲的不满？

对此，我不想深究。不过，阿德里亚娜似乎也看出我对她不参加宴会有多么失望。因此，她又说了一个"不过……"。我抓住机会，迅速接过话头。

"太好了，你要加入到我们中来，对不对？"

"就明天这一次。"她笑着说。

第二天刚过中午，帕皮亚诺就提前来到了露台，开始布置。他搬来了一张松木的长方形桌子，但是上面不带抽屉。此外，他还带来了一把吉他和一个带着几个铃铛的狗项圈，以及一些别的东西。然后，他将我房间里的家具全部堆到一个角落，然后横着拉起一根绳子，又在绳子上挂了一块白布。当然，在他准备的过程中，已经点亮了红灯笼。他一边忙着做这些工作，一边对我说：

"这块白布的用处，就是充当储能器，将神秘的力量储存起来。梅伊斯先生，你会看到它不停地摇晃，发出奇异的光，这种光似乎并不属于这个世界。是的，光可以实现我们无法实现的'物质化'。你可以亲眼看到，如果今晚卡博拉尔小姐还跟之前的打扮一样，她就会遇到一个魂灵，那是她就读音乐学院时的一个老同学。那位同学刚满十八岁的时候，就因为消耗过度而被上帝招走了。他来自哪里来着？对，我想起来了，来自瑞士的巴塞尔，但是他曾经和家人一起在罗马住了很久。他天赋异禀，原本有着大好前途，没想到却早早地离世了。反正，塞尔维亚就是这么对我说的。在她学会通灵之前，就已经可以和麦克斯的灵魂交谈，对，麦克斯就是那位同学的名字。麦克斯·奥利兹，我应该没有记错。据塞尔维亚说，每次她坐在钢琴边的时候，麦克斯的灵魂就会附到她身上，然后她就会不停地演奏乐曲，还会谱曲，直到筋疲力尽。有一天晚上，很多人聚集到了她家的窗下，为她热烈地鼓掌……"

"可是卡博拉尔小姐害怕了。"我平静地补充道。

"你听说过这件事？"帕皮亚诺惊叫道。

"没错，我曾经听她亲口说过。也就是说，人们是在为麦克斯鼓掌，对吧？"

"是这样，只可惜，我们家里并没有钢琴，所以只好凑合着用吉他来代替一下。你应该明白，这不过是走过场。我觉得，麦克斯这个人的脾气很不好捉摸。有时候他会刚一落座就开始表演，拨动着琴弦；有时候你眼巴巴地等一晚上，却根本听不到他的演奏。好了，准备得差不多了，可以开始了。"

在他离开之前，我终于还是吐露了内心的疑问："帕皮亚诺先生，你觉得这一切都是真的吗？你真的觉得……"

"这个，"他立刻回答，好像早就猜到我会问他这样的问题，"说实话，梅伊斯先生，我也不是完全相信，其实我还不太明白……"

"我觉得是因为太黑了。"

"不，我不是这个意思。我的意思是，物象和象征本身是真实的，这一点是我们否认不了的。就像现在，你和我都不能怀疑对方的好意。"

"为什么不能？"

"你为什么要说'为什么不能'？"

"我觉得自欺欺人并不是什么难事，特别是如果你甘愿相信某件事，就更加容易。"

"不，我可不是这样，对于这个实验无比热衷的人其实是我的岳父。没错，他对此深信不疑，但是我其实没有多少时间去考虑这些事情，所以也就不那么感兴趣。我每天光应付侯爵的那些文件就够累的了，从早到晚没有什么空闲时间。我坚信，只要我们还活着，我们就不了解死亡。所以，我们还有必要去考虑这个吗？我觉得，梅伊斯先生，我们只需要想办法让自己过得更好就可以了。现在，你应该知道我的想法了吧？好了，我现在先去把潘托加达小姐接过来。"

大概过了半个小时，帕皮亚诺就气呼呼地回来了。他身后跟着三个人：帕皮塔和她的女家庭教师，以及一个西班牙画家。帕皮亚诺告诉我，这个人是侯爵的朋友，名叫马纽尔·贝纳尔。虽然这个人的意大利语说得不错，但是对于我名字的末字母"S"，他却总是发不清楚。每次叫我的名字时，他都会迟疑一下，好像担心咬破自己的舌头。

"阿德里亚诺·梅伊斯。"他把这个名字重复了好几次。看着他的神情，我突然有一种熟悉的感觉。

我多想告诉他，"叫我阿德里亚诺就好了！"

之后，又有几个女士进入了房间，分别是帕皮塔、女家庭教师、塞尔维亚·卡博拉尔，最后是阿德里亚娜。

帕皮亚诺问："你怎么也来了？"我能听出他的语气非常不客气。

这次他又打错了如意算盘。我从帕皮亚诺欢迎贝纳尔的方式，就能看出对于这位画家的出席，老侯爵是被蒙在鼓里的。而且，他似乎和帕皮塔有一些嫌隙。不过，特伦齐奥如此强大，像这样的小事根本不会对他造成任何打击。他故作神秘地让大家围坐在一起，让阿德里亚娜坐在他身边，而潘托加达则坐在我身边。

对于这种安排，我非常不满意，帕皮塔同样不满意。事实上，她马上就开始抗议了。

"特伦齐奥，我不想坐在这里，我要坐在帕莱亚里先生和我的家庭教师中间的位置。"

此时，房间里只燃着一盏红灯笼，发出昏暗的光，所以我无法验证帕皮亚诺对这位小姐的描述是否属实。当然，她的举止和说话的语气，以及遇到任何不满的事情都马上抗议的做法，完全符合我之前的想象。毫无疑问，她对帕皮亚诺的安排的傲慢拒绝是非常不尊重我的一种表现，不过，我却对她的拒绝很满意。

帕皮亚诺说："好吧，那就这样，康迪达女士，您坐到梅伊斯先生旁边，然后是您。我的岳父还在原来的位置，其他人也保持不动，这样可以吗？"

这样的安排，让我、塞尔维亚·卡博拉尔和阿德里亚娜都非常不高兴，唯一高兴的，就是帕皮塔。在麦克斯·奥利兹的安排下，她终于获得了一个称心如意的位置。这时候，我发现身边的女人的头上有一个类似于尖塔的东西，这是帽子，是翅膀，还是用来束头发的，或者是别的什么玩意儿？我能听到从这个尖塔下面传出的叹息。让我吃惊的是，居然没有一个人想到应该为我介绍一下康迪达女士。为了组成一个圆圈，我们每个人都必须手牵手。我能感觉到，她的手冷冰冰的，她浑身都在颤抖。

我的右手牵着的是塞尔维亚·卡博拉尔的左手。现在，她就背靠着那块白布，坐在桌子中间。塞尔维亚的右手牵着的是帕皮亚诺的左手。帕皮亚诺的右手边是阿德里亚娜，画家坐在她的另一边。安塞尔莫坐在桌子的另一头，正好在塞尔维亚的对面。

帕皮亚诺率先开口。

"首先，我们要把规则跟梅伊斯先生和潘托加达小姐说明白，是这样的……"

"叫提普密码。"老帕莱亚里提出了这样的建议。

"现在我也不是很明白。"康迪达女士还是在颤抖。

"当然，我们也得让康迪达女士明白。"

"是这样的，"老安塞尔莫解释道，"敲两下，就意味着'是'。"

　　"敲两下？"帕皮塔的语气有些紧张，"敲什么？"

　　"桌子，椅子，或者别的什么东西，碰别人一下也可以。"安塞尔莫说。

　　"哦，不！"这个西班牙姑娘颤抖着，从椅子上一跃而起，"我不喜欢别人碰我！谁碰我！"

　　"是麦克斯的灵魂，小姐！"帕皮亚诺说，"我已经告诉过你了，他来自另一个世界。别担心，他不会伤害你的。"

　　"不过是碰一下而已。"那位家庭教师开口了，语气中颇有些得意。

　　安塞尔莫说："我刚才已经说过了，两下表示'是'，三下表示'不是'，四下表示'黑暗'，五下表示'可以发言'，六下表示'光明'。好了，先记住这些吧，大家一定要聚精会神。"

　　房间里一丝声音都没有，每个人的神情都十分专注。

第十四章　麦克斯的玩笑

　　这场活动是否会让人觉得有少许不安？并没有，我对其只感到非常好奇，还有对帕皮亚诺可能会丢脸的一点点担心。其实，如果他丢脸的话，我原本是应该高兴的，可是我现在根本没有这种感觉。看到一场由拙劣的小丑演出的喜剧，又有谁会觉得高兴呢？

　　"可能性只有两种，"我想，"要么是，他比我想象的隐藏得还深，要么就是他在钻牛角尖。他坚持坐在阿德里亚娜身边，没想到这个做法让贝纳尔、帕皮塔、阿德里亚娜和我都不高兴。此刻，我们的头脑十分清楚，因此很容易就能看清楚他的把戏。在目前在场的所有人中，阿德里亚娜是最有可能发现他的骗局的。因为她就坐在他身边，而且对这个骗局早就产生了怀疑。她勉为其难地参加这场骗局，目的就是要跟我在一起。我想，此刻她正在为自己留下来参加这样一场愚蠢的、亵渎神灵的骗局而诘问自己。我觉得，贝纳尔和帕皮塔的想法应该也差不多。帕皮亚诺如此聪明，一定会知道，一旦他没办法将我和潘托加达凑成一对，他会很没有面子。果真如此，他该如何应对呢？"

我一直在胡思乱想，根本没有心思去考虑塞尔维亚·卡博拉尔。突然，她好像进入了通灵世界一样，说起话来。

"我们得换一下位置。"她说。

"是不是麦克斯来了？"老安塞尔莫的语气中带着一丝关切。

卡博拉尔迟疑了一会儿，才回答道：

"没错，"她的声音充满了迷幻色彩，"他说，我们人太多……"

"是这样的，"帕皮亚诺说，"可是我觉得人多一点儿也没什么不可以呀！"

"安静！"帕莱亚里警告道，"我们还是先听听麦克斯会说些什么吧！"

"他觉得，"卡博拉尔小姐说，"我们这个圆圈根本不平衡。这边（她一边说一边抬起了手）有两个女人坐在一起，他说，帕莱亚里先生最好和潘托加达小姐交换位置。"

"这并不难！"安塞尔莫马上站了起来，"潘托加达小姐，请你坐到这里来好吗？"

这一次帕皮塔没有提出反对意见，现在，她坐在了画家身边。

"另外，"卡博拉尔又开口了，"康迪达女士……"

帕皮亚诺打断了她的话，"我刚刚才想到，我是不是要和阿德里亚娜交换位置？不妨试一试好了。"

阿德里亚娜来到了我身边，我握住她的手，用力地捏了一下。与此同时，卡博拉尔紧紧地握了握我的另一只手，似乎在问：

"现在您满意了吗？"

我非常激动，也捏了捏她的手，意思是："非常满意！"

"大家安静一下！"安塞尔莫大声说。

刚才有人说话吗？一、二、三、四，桌子响了四下！

"黑暗。"

我可以确定，我刚才没有听到任何声音。

可是，灯笼刚刚熄灭，就有一种神秘的力量出现了。然后，卡博拉尔小姐尖叫一声，把我们每个人都从椅子上拉了起来，"点灯！点灯！"

出什么事了？贝纳尔点燃了一根火柴，我们就看到卡博拉尔的脸不知道被谁打了一拳，现在，鲜血正从她的鼻子和嘴巴汩汩流出。

帕皮塔和康迪达女士大吃一惊，连连后退。帕皮亚诺也急忙走到红灯笼旁边，把它点亮。阿德里亚娜迅速从我的手中把她的手抽走。贝纳尔手里举着一根火柴，正站在椅子上，似乎很吃惊，又有点疑惑。老安塞尔莫惊慌不已，反复嘀咕着：

"所以，他狠狠地打了她？怎么回事？怎么回事？"

其实，我也像老安塞尔莫一样，觉得非常吃惊。麦克斯为什么要打塞尔维亚？难道因为后者打乱了我们组成的这个圆圈，惹他生气了？塞尔维亚没有按照帕皮亚诺说的做，才会被打的？那现在该怎么办呢？

卡博拉尔伸手推开椅子，拿出手帕捂住嘴，不想让我们再关注她。而帕皮塔·潘托加达则说了几句话，是夹杂着意大利语和西班牙语的。

"Grace, segnori, gracie, Acqui se dano cachetas! 感谢上帝！"

"不行！"帕莱亚里大声说，"在通灵历史上还从来没有发生过这样的事呢！简直太奇怪了，我们不能半途而废，他必须给出合理的解释！"

"谁解释？麦克斯吗？"

"是的！塞尔维亚，是不是你把麦克斯的意思给理解错了？"他问。

"一定是这样的！"贝纳尔笑着说。

"梅伊斯先生，您对此有什么看法？"帕莱亚里发问了。看来，他并不满意贝纳尔的态度。

"我也是这么想的。"我说。

可是，塞尔维亚·卡博拉尔却用力地摇了摇头。

"你是说，你没有理解错他的意思？"帕莱亚里说，"那这到底是怎么回事呢？难道是麦克斯头脑不清醒吗？这可真让我搞不懂了。特伦齐奥，你对此有什么看法？"

特伦齐奥站在红灯笼旁边，耸了耸肩，一言不发。

我说："好吧，卡博拉尔小姐，不如我们就按照安塞尔莫先生的要求，问一问麦克斯。要是他今天不高兴，这场活动就到此为止。你同意我的观点吗，帕皮亚诺？"

帕皮亚诺答道："当然，随便你们想问什么吧！"

卡博拉尔转向帕皮亚诺，尖叫道："可是我已经失去了刚才的状态！"

帕皮亚诺说："这番话为什么要对着我说！如果你想走……"

"我们不妨试一试。"阿德里亚娜对我的话表示赞同。

可是，这时候安塞尔莫却嘲讽道：

"我们就试试好了。阿德里亚娜，你居然这么笨，真是让我为你感到脸红。塞尔维亚，你自己拿主意就好了。你已经跟麦克斯通灵了这么多年，他还是第一次这样，你知道的……唉，出了这样的事情，真让人难过，而且他居然还把你给打伤了。不过，今晚实在是太神奇了。"

"确实神奇！"贝纳尔哈哈大笑。

我又补充了一句："要是他还想打人，不妨打我的眼睛。"

听了我的话，帕皮塔小姐小声地嘀咕了一句："我的天啊！"

然后，帕皮亚诺又下了命令："好了，现在大家回到桌边坐下。我们就按照梅伊斯先生说的，让麦克斯给我们一个解释。如果事情真的太过离谱，我们就到此为止好了。好了，大家都坐下吧！"

然后，帕皮亚诺一口吹灭了灯笼。

在黑暗中，我感到阿德里亚娜的手冰凉，而且在不断地颤抖。我知道，她现在一定觉得很害怕，所以我并没有用力去握住她的手，而是轻轻地按了按，想让她知道我的问候。其实，帕皮亚诺也改变了策略，我想，他一定是对刚才的决定产生了悔意。不管怎么说，在我或者阿德里亚娜成为麦克斯的目标之前，我们还能享受些许的平静。我在心里暗暗告诉自己："如果他敢让阿德里亚娜受伤，我非要给他点儿颜色看看不可！"

这一次，安塞尔莫也开始跟麦克斯攀谈起来，那样子跟和屋子里的活人交谈没什么区别。

"麦克斯，你来了吗？"

然后，我们听到了两声十分微弱的敲击声。他来了！

"麦克斯，你到底是怎么了？"老人的口气里有一些责备，"你向来都是亲切和善的，这次怎么可以这样对待卡博拉尔小姐？跟我们说一说好吗？"

桌子开始左摇右摆，然后，桌子响了三下。也就是说，麦克斯不想说。

"好吧，那我们就不再追问这件事了。"安塞尔莫说，"我想，你现在一定是心情不好，这些我们都可以理解。那你能不能告诉我们，对于我们这样的位置安排，你是不是满意呢？"

帕莱亚里的话音刚落，我就觉得有人触碰了我的额头，然后轻轻地点了两下。

"满意！"我马上尖叫起来，"麦克斯显灵了！"说着，我就紧紧地握住了阿德里亚娜的手。

我不得不承认，这两次突如其来的触碰，让我忍不住颤抖起来。我敢肯定，如果我及时抬起手，一定可以抓住帕皮亚诺的手。然而，我并不想看到这样的情景，因为这两下触碰，我突然获得了一种奇特的力量。可是我不明白，为什么帕皮亚诺会选择我来考验他的耐心呢？他到底是想让我放宽心，还是想挑战我？

安塞尔莫先生叫起来："太棒了，麦克斯！"我却对自己说："是很棒，但是如果你敢更加出格……"

安塞尔莫又说："我们很愿意从你那里获得一些善意的指引。"

桌子响了五下，意思是"可以发言"。

"什么意思？"康迪达女士小心翼翼地问。

"敲五下，就是让我们说话。"帕皮亚诺小声说。

帕皮塔追问道："跟谁说话呢？"

"想跟谁说话都可以，比如你身边的人就可以。"

"要大声说吗？"

"没错，要大声说，"安塞尔莫说，"梅伊斯先生，这说明麦克斯准备了一些有趣的东西，要展示给我们。我觉得，也许光亮些会更好。好了，开始大声说话吧！"

有什么可说的呢？我已经用自己的手指跟阿德里亚娜谈了半天了，现在我的大脑好像被掏空了一样。我感觉到，她用自己的手握住了我的手，这让我高兴极了。我知道，虽然她外表天真，内心却是十分火热的。现在，我们俩手牵着手。突然，我的双腿上传来一阵奇异的感觉，似乎有什么东西在抓挠。

这种感觉迅速传遍了我的全身。我知道，这肯定不是帕皮亚诺。他的脚没有办法伸得这么长，况且我跟他之间还有椅子隔着。有没有这样一种可能，他从桌子旁边绕过来，站在了我的身后？可是这样的话，只要康迪达女士不是傻子，就一定会发现。我必须先厘清思路，才能弄明白这"显灵"到底是怎么回事。我突然又想起，阿德里亚娜之所以会出现在这里，完全是我硬拉来的，因此为了公平起见，我必须遵守规则。于是，我大叫了起来。

"真的！"听到我的话，帕皮亚诺从椅子上一跃而起，看起来十分吃惊。我从他的表情判断，他不是装的。

卡博拉尔看起来也是一副震惊不已的模样。

老安塞尔莫焦急地问："你真的觉得有人在抓你的腿吗？是一种什么样的感觉？"

我有点儿生气地说："就好像在给我挠痒。他还在呢，这种感觉就像是一条小狗，对，是小狗摩擦椅子。"

屋子里的人听到我的话，哄堂大笑起来。

"是米妮瓦呀！"帕皮塔·潘托加达大叫。

我不高兴地说："谁是米妮瓦？"

"是我的小狗，它总是这么调皮。"她说，"La viechia mia，每次它在椅子下边，就忍不住用爪子挠啊挠。Con permisso! Con permisso！"

就这样，神秘之圈断了。贝纳尔拿起火柴，点燃了一根。而帕皮塔则抱起了那只名叫米妮瓦的小狗，搂在怀里。

"好了，我知道为什么今晚麦克斯会生气了！"老安塞尔莫生气地说，"实在是有些过分！"

我觉得老安塞尔莫的话很有道理。这一切，都是帕皮亚诺在搞鬼。接下来的几个晚上，我们又进行了通灵。

无疑，麦克斯在黑暗中完成了所有的动作。桌子时而旋转，时而发出或轻或重的响声。有时候，椅子或者别的家具也会发出敲击声。我们甚至感觉到，耳边回响着指甲刮木头的声音，还有空气中的衣袂声。时不时地还有一些磷火闪耀着，如同鬼火一般。就连窗帘都会时不时地鼓起来，还会有奇异的光照射在上面。有一次，一根香烟在房间里动了起来，最后落在了我们面前的那张桌子上。那把吉他也像长出了翅膀一样，盘旋在空中，有时候还会发出一些声响。但是在我看来，最能显示麦克斯的音乐才能的，就是铃铛演奏。有一阵子，那个铃铛就套在卡博拉尔的脖子上，发出悦耳的声音。老安塞尔莫觉得，这是麦克斯在向卡博拉尔示好，不过卡博拉尔看起来对这种玩笑并无好感。

很明显，这一切都是帕皮亚诺指使他的弟弟西皮奥内趁着黑暗做的。虽然西皮奥内患有癫痫，可是他不但不傻，反而十分机智。我相信，在经过一段时间的训练之后，他可以轻而易举地完成这些。说实话，他的动作非常娴熟，我几乎很难抓住他的破绽。帕皮亚诺很轻易地就吸引了安塞尔莫和那位女教师的注意力，至于我们剩下的四个人——贝纳尔、帕皮塔、阿德里亚娜和我，也很乐意捧场。老安塞尔莫高兴极了，欢呼雀跃，如同一个看到了木偶戏的孩童。听到他的欢呼，我感觉非常难受。一方面，他这样一个聪明人却这样被别人玩弄于股掌之中，另一方面，我知道阿德里亚娜看着自己的父亲被这么取笑，心里肯定也很不高兴。

这一点就让我觉得非常不快，我的思绪也变得非常混乱。对于帕皮亚诺这个人，我十分了解。我知道，我不可以小看他。他没有反对阿德里亚娜坐到我身边，也没有让麦克斯的灵魂打搅我，一定是在谋划什么。但是，在这样的黑暗中，我可以牵着阿德里亚娜的手，吐露自己的心声，我觉得十分高兴，也就顾不上别的什么了。

　　"不！"突然，帕皮塔大叫了一声。

　　安塞尔莫马上问道："小姐，你可以实话实说，你有什么感觉？"

　　贝纳尔也让她实话实说。

　　"哦，我的脸被什么人摸了一下。"她说。

　　"是不是用手指摸的？"帕莱亚里说，"用冰凉的手指轻轻地抚摩。我可以向你保证，麦克斯向来都是这么亲切地对待女人的。麦克斯，我这么说没错吧？你愿不愿意再摸这位小姐一下呢？"

　　"啊！Aquest，Aquest！"帕皮塔笑着说。

　　"什么意思？"安塞尔莫听不懂西班牙语，急忙追问道。

　　"他又摸了我一下。是在挑逗我吗？"

　　帕莱亚里提议道："麦克斯，你为什么不吻她一下呢？"

　　"不，不可以！"帕皮塔大叫道。

　　我听到了一个很响的声音。

　　我不自觉地拉过阿德里亚娜的手，把嘴唇凑上去吻了一下。天啊，这种接触让我快要疯了！我低下头，找到了她的嘴唇。

　　这是我们俩的第一次亲吻，轻轻的、长时间的亲吻。

　　后来又发生了什么事？一开始，我感到非常羞耻，非常困惑，不知道刚才的混乱到底是因何而起。是有人发现了我们的亲吻吗？

所有的人都尖叫起来。有人点亮了一根火柴，然后又点亮了一根，红灯笼里面的蜡烛也被点燃了。

为什么所有人都跳起来了呢？

现在，房间里已经充满了光亮。每个人都能看到，桌子的中间凹陷了，似乎被一个无形的巨人使劲儿踩了一脚。

大家都被吓得魂飞魄散，尤其是帕皮亚诺和卡博拉尔，更是吓坏了。

"西皮奥内！西皮奥内！"特伦齐奥开始尖叫。

这个癫痫病患者摔倒在地，气喘吁吁的。

安塞尔莫大喊："让他坐在那里，不要动！快看，他也通灵了。你们看到没有，桌子动起来了，飘到了空中，干得不错，麦克斯！"

是的，桌子在没有任何人触碰的情况下，自己从地面上浮起了几英寸，然后重重地落回了地上。

塞尔维亚·卡博拉尔吓坏了，哆嗦着靠近我，把脸藏在我的胸前。帕皮塔和家庭教师也吓坏了，大叫着从房间里冲了出去。帕莱亚里大叫起来，声音里有难掩的兴奋：

"上帝啊，请你们快点儿坐下吧！不要破坏我们的圆圈。麦克斯！你是最棒的！"

"什么麦克斯！"帕皮亚诺终于没那么害怕了，他飞快地跑向西皮奥内。

我刚才还沉浸在那个甜蜜的吻中，现在却被这个突发事件吸引了注意力。如果帕莱亚里说的是真的，在这个房间里确实有一股来自灵魂的神秘力量，那我可以肯定一点，这个灵魂并不是麦克斯。不信，只要看看帕皮亚诺和塞尔维亚·卡博拉尔的表情就能明白。所谓的麦克斯，完全是他们编造出来的。可是，到底是谁在捣鬼？

桌子又是谁移动的？

突然，我在帕莱亚里的书中看到的内容一下子涌上了心头。我哆嗦了一下，想起了淹死在米拉格诺的水渠里的那个人。原本他的亲人和别人是在为他哭泣，可是我却夺走了属于他的这一切。

我默默地对自己说："也许是他，也许是他来找我，想要揭开我的老底，以此来报复我。"

而这时候，只有帕莱亚里一个人还十分平静，他不知道，为什么我们大家看到这么普通的现象会害怕成这样。只不过，突然亮起来的光让他一时难以适应。他还有一点想不明白，西皮奥内不是应该在床上睡觉吗？怎么会突然来到这个房间呢？

"确实有些出乎我的意料，"他说，"因为这个可怜的人看起来并不在意任何东西。现在看来，他是对我们的神秘活动产生了强烈的好奇心，想要过来一探究竟，却不小心摔倒了。梅伊斯先生，通灵过程中出现的特殊现象，都是癫痫、昏厥、歇斯底里等神经质的病症造成的。麦克斯可以从我们大家身上获得力量，而他呢，只需要拿出一小部分力量，就可以形成我们看到的那些奇怪的现象。没错，一定是这样的。你有没有感觉自己有什么东西被抽走了？"

"说实话，我现在还没有感觉到。"我说。

当天晚上，我躺在床上辗转难眠，总是想起以我的名义被埋到坟墓里的那个不幸的人。他是什么人？来自何处？自杀的原因是什么？也许他本来希望人们可以知道他的悲惨下场，得到人们的同情。可如今呢？我把这一切都给抢走了！

我不得不承认，我躺在黑暗中，有很多次都被吓出一身冷汗。就在我的房间里，出现了通灵，桌子的重击和飘移，都无法给出合理的解释。这一切不光我看到了，别人也看到了。是不是他做的呢？也许他如今正悄悄地站在我身边，我却看不到他。我屏气凝神，静静地听着房间里的动静。最后，我筋疲力尽，沉沉地进入了梦乡，却做了许多噩梦。

第二天早上，我拉开窗帘，打开窗户，让阳光射进屋里。

第十五章　我和影子

在这之后，我有很长一段时间都会在半夜从睡梦中醒来，在寂静的黑暗中感受到一种奇怪和困扰，忍不住回想起我白天曾经做过的事。我总会扪心自问：在决定我们的行为时，我们身边的那些事物的形状、色彩和声音会不会起到一定的作用呢？

我觉得这一点是毫无疑问的。安塞尔莫说过，我们和这个宇宙之间存在着紧密的联系。我觉得他说得很有道理。在这个可恶的宇宙的驱使下，我们做了很多傻事，而做这些傻事的责任，就由我们可怜的良心背负。可是，我们不过是受到了某种神秘的外界力量的诱惑，被来自外界的强光闪花了眼。此外，我们在夜里做好的各种计划和设想，到了白天，就全都化为了泡影。白天和夜晚，本来就是截然不同的两回事。所以，虽然我们在白天和夜晚都十分可怜，却又是截然不同的两种人。

在黑暗中禁锢了四十天之后，我终于打开了窗户，让阳光照射进来，可是，与阳光的重逢并没有让我感到喜悦。我想起白天发生的事情，阴暗的回忆也让阳光充满了阴霾。拉开窗帘，打开窗户之后，那些在黑暗中很有束缚力的道理和借口，就完全失去了意义。当我身处黑暗中的时候，我曾经尽了最大的努力来摆脱被禁锢的苦恼，可是如今沐浴在明媚的阳光下，我却眉头紧锁，焦躁地迎接新一天的太阳。不过，很快我又产生了新的想法，把这些念头抛在了脑后。比如，我面对镜子的时候，会庆幸这次手术非常成功，我又长出了胡子，而且变得帅气了许多，这让我沾沾自喜。

"傻瓜！你看看你都干了些什么！"

我干什么了？我什么都没干，只是跟一个姑娘坠入了爱河而已。

在黑暗之中，我没有意识到这个问题，就连我引以为傲的自制能力也被我丢弃了。帕皮亚诺费尽心思，想要将阿德里亚娜夺走。这一次，塞尔维亚·卡博拉尔有心帮助我（可怜的塞尔维亚想要帮助帕皮亚诺，结果呢，她的嘴巴挨了一拳）。我是一个在痛苦中挣扎的病人，跟别的不幸的人一样，有权得到补偿。现在既然他们主动想要"补偿"我，我当然会笑纳。老安塞尔莫还把心思放在鬼魂身上，可是我呢，我现在更喜欢活着。阿德里亚娜给我的满是甜蜜的吻，让我的生命充满了生机。在黑暗中，马纽尔·贝纳尔亲吻了帕皮塔，而我呢……我跳到扶手椅上，用手捂住了脸。现在，只要一回想起那个甜蜜的吻，我的嘴唇还是会忍不住哆嗦。阿德里亚娜！我给了她怎样的希望？我要跟她订婚吗？现在，窗帘拉开了，窗户也打开了，我觉得很有食欲！不管怎么说，现在一切都是那么美好！

我坐在椅子上，抬头仰望天空，想入非非。有时候，我也会无意识地剧烈颤抖一下，好像要逃避来自内心深处的折磨。我就这么坐着，自己也不知道究竟坐了多长时间。最后我终于明白了，这一切都是幻想，刚开始，我沉浸在幻想中无法自拔，把它当成最大的幸运，却没有想到，这其实只是骗局。

　　一开始，我以为我获得的是无尽的自由，后来我才发现，这种自由其实受到了各种各样的限制，比如我没有多少钱，这就是一个限制。后来我意识到，为了得到这种自由，我需要付出超乎想象的代价。虽然我获得了自由，却也伴随着这自由陷入了孤寂，我处于完全的孤立之中。虽然我周围有很多人，但是我时刻小心谨慎，避免和别人产生任何感情联系。随着时间的流逝，我发现我已经脱离了生活，虽然我谨小慎微，想要切断生活中的所有联系，最终却还是被痛苦俘获了。每当我想到那些，我就辗转难眠。面对事实，我根本无法否认我对阿德里亚娜的感情，我的意图也无法隐瞒，因为我说过的话和做过的事都明明白白地摆在那里。我说了很多话，却又什么都没说，我只是把她的手握在手里，与她十指相扣。那个甜蜜的吻，使我与她之间的爱情充满了神圣色彩。可是，我能做出怎样的承诺呢？我可以娶阿德里亚娜吗？可是，罗米尔达和佩斯卡特尔寡妇已经认定，我已经淹死在了"鸡笼"庄园的水渠里。现在，罗米尔达已经获得了自由，但我没有。现在，我假装是那个死者，想要变成一个全新的人，过上全新的生活。只要满足一个前提条件，我就可以变成另外一个人，这个条件是什么呢？就是我什么都不能干。我只能像一个影子一样，悄悄地活在这个世界上。可是，生活是如此美好。如果我想继续过这种全新的生活，就只能局限在我的小圈子里，对别人的生活冷眼旁观。可是，如果我想亲一亲阿德里亚娜的嘴唇……

　　突然，我感到一种没有来由的恐惧，好像是那个无法复活的死人在亲吻阿德里亚娜。

唉，要是阿德里亚娜知道我目前的处境……她如此天真，如此纯洁，假设她已经强烈地爱上了我，甘愿为了我去与社会和伦理抗争，唉，这个可怜的姑娘！我能否将她拉进我的命运，让她嫁给一个没有身份的男人呢？我能这么做吗？我该如何是好？

有人敲了两下门，我一下清醒了过来。原来是阿德里亚娜。

我尽了最大的努力来掩饰自己的情绪，但我还是无法抑制内心的激动。我能看出，她的神情也与往昔不同，可能是因为想要极力压制在日光下见到我的激动。为什么她不想表现出这种激动呢？我发现，她抬头看了我一眼，脸就红了。然后，她把一个信封交给了我。

"这是您的信。"

"我的信？"

"也可能不是信，是阿姆布罗西尼医生送来的账单。送信的人还没走，看您有没有什么口信需要带回去。"

她的声音在颤抖。她笑着。

"请稍等。"我的心头突然涌现了一丝柔情，我知道，她只是借着给我送信的理由，想从我这里得到一句话，坚定自己内心的希望。突然，我的心里涌现出一股怜悯之情，既为她也为我。这种感觉十分强烈，让我忍不住想要抚慰她。我的痛苦的根源就是她，也只有她才能把我解救出来。我知道，我无法控制自己，我一定会更加妥协。我朝着她伸出了双手。在她的脸上，我看到了信任和希望。她也朝着我伸出手，把手放进我的手掌心。我让她靠在我的胸前，伸出手抚摩她金黄色的秀发。

"可怜的阿德里亚娜。"

她一边享受我的怀抱和抚摩，一边问："您为什么要说这样的话？我们现在不是很好吗？"

"是很好啊！"

"那您为什么要说我可怜呢？"

听到她的话，我有一种把一切都向她和盘托出的冲动。"因为我爱您，可是我不能跟您在一起。如果您愿意的话……"

"如果您愿意的话……"面对这种事情，我的阿德里亚娜还能做些什么呢？我把她的头按在我的胸口，我感觉到，如果把毫不知情的阿德里亚娜从甜蜜的爱情里一下带进失望的深渊，简直是一件残忍至极的事情。

我想要安慰她，就说："因为我知道很多事情，您可能会因为这些事而感到不快。"

她从我怀中抬起头，我能看出，她很失望。我不再抚摩她，也不称呼她为"你"，这让她一下就意识到了我的疏离。她目不转睛地看着我，感受到了我的难过，才迟疑地说：

"什么事情？是您自己的，还是别人的？"

我只能用手势回答她，是别人的。只有这样，我才能克制住自己想要说出所有真相的冲动。

我最终还是克制住了。虽然她听了我的话之后显得非常吃惊，可是比起让她知道真相，我觉得这么做会更好一些。我不想再有别的麻烦，所以只能把这些话全部烂在肚子里。但是，我意识到这一点的时候已经太迟了，事情已经不在我掌控的范围内了。在我的心里，现在正进行着一场激烈的决斗，作战双方分别是爱慕跟怜悯，以及我的决心。对于阿德里亚娜的希望和我幻想中的新生活，我一点儿都不想毁坏它们。只要我对此只字不提，我就可以让目前这种生活维持下去。我早就结婚了，这个现实是多么可恶。我根本找不到任何藏身之处，如果我承认我不是阿德里亚诺·梅伊斯，我就只能被打回原形，变回马提亚·帕斯卡尔。虽然我死了，但是我的妻子还活着。这样的事情，让我怎么说出口？我想，这是一个妻子能够施加给丈夫的最大的虐待，把一个不知名的可怜鬼的尸体说成是她丈夫，可是却永远不会放过他，永远当他的负担。我本来是可以轻易改变这一切的，我可以回家，说自己并没有死。可是，任何一个处于我这种境地的人，不是都会做出这样的选择吗？任何一个遭遇我这种情况的人，都不会放任这天赐良机白白溜走。只要抓住这个机会，就可以把那恼人的妻子、丈母娘和债务统统摆脱。更重要的是，还能摆脱那绝望而没有意义的人生。只是我当时并没有想到，就算我死了，也无法摆脱我的妻子。她可以重新嫁人，我却不能。我所以为的新生活和自由，只不过是我一厢情愿的幻想，是我不得不编造的谎言。为了圆这一个谎言，我需要编造更多的谎言，我也不知道这样做到底对不对。

阿德里亚娜也发现，每次我提到家里人的时候，心情就不太好。她笑着看着我，可是那笑容里充满了苦涩和无奈。难道我们俩不得不向现实妥协，最后也无法走到一起吗？

"真的是有关别人的事情吗？"阿德里亚娜似乎更加惆怅了，我从她的眼神可以看出，她在说："阿姆布罗西尼医生的账单还没有支付呢！"

我尖叫起来，好像突然想起送信人正在外面等着呢！

我拆开信封，假装开玩笑地说："六百里拉，您看吧，阿德里亚娜，上帝又跟我开了一个玩笑。过去的这么多年，我一直跟那只斜眼一起生活。就是因为上帝犯下的一个小错，我就要挨上医生的一刀，还要在黑暗中禁锢四十天。好不容易等到这一切都结束了，账单又来了！您对此有什么看法？"

阿德里亚娜笑着对我说："如果阿姆布罗西尼医生听到您的答复，知道您把这笔账算给上帝，一定会很不高兴的。我相信，他在等您向他道谢，因为您的眼睛……"

　　"您真的觉得我的眼睛在手术之后变好了吗？"

　　阿德里亚娜抬起头看了看我，很快又转移了视线，低声说："没错，确实好多了。"

　　"您说的是我还是我的眼睛？"

　　"您！"

　　"这些胡子让我有点儿担心。"

　　"为什么啊？胡子很漂亮呢！"

　　原本我是可以用手把眼睛抠出来的。如今它变得端端正正的，对我还是有好处的。

　　"也许，"我说，"也许它更喜欢之前的样子。如今它动不动就会跟我发脾气，不过，一切都会过去的。"

　　我走向了那个放着钱的柜子。阿德里亚娜想要出去，我急忙拦住了她。我这一生中遇到过很多麻烦，但是财富之神一直都十分青睐我。可是这一次，她好像要抛弃我了。

　　我走到储物柜旁，却怎么也无法把钥匙插进钥匙孔里。我轻轻地一转，储物柜的门就打开了，天啊，这个门居然没有锁！

　　我忍不住大叫起来："这是怎么回事，我难道没有锁门吗？"

　　阿德里亚娜发现了我的震惊，脸色突然变得惨白。我看着她。

　　"阿德里亚娜，这是怎么回事，有人偷着打开了我的柜子！"

　　现在，我的柜子已经被翻得乱糟糟的。本来我是把提款单放在皮夹里的，如今它却不见了。

　　阿德里亚娜用双手捂住了脸，她害怕极了。

我慌乱地把散落的钱聚拢到一起，急匆匆地清点了一遍。

"这怎么可能！"数完之后，我哆嗦着抬起手，拭去了额头上的冷汗。

阿德里亚娜借助桌子的力量，才勉强没有倒下。然后，她用一种变得十分空洞的语调对我说：

"怎么了，有人把您的钱偷走了？"

"等一下，这怎么可能呢？我现在头好晕啊！"

我又数了一遍，用手狠狠地捏住票子，好像这样就能找回丢失的钱。

我刚数完，阿德里亚娜就担心地问："丢了多少？"她的声音里有一丝颤抖。

"一万两千里拉，"我小声咕哝着，"原本我一共有六万五千里拉，现在只剩下了五万三千里拉，您可以数数看……"

听到我的话，阿德里亚娜似乎被人抽去了力气，如果不是我眼疾手快地把她扶住，她一定会摔倒在地。她用尽全身的力气站了起来，不停地呜咽着。

"我去把父亲叫过来。"她一边说，一遍挣扎着走向门口，"我去把父亲叫过来。"

"不行！"我大叫着，把她按到椅子上去，"阿德里亚娜，请您稍微平静一下，您这样会让我十分为难。我不能让您去，不能让您去。其实这件事跟您并没有什么关系，好了，您先不要哭了。我先看一看，虽然储物柜的门没锁，但是我无法相信，也不愿意相信会有人偷走这么大的一笔钱。请您安静一点儿，好不好？"

保险起见，我又把所有的钱仔细数了一遍。虽然我十分肯定，我早就把所有的钱都锁在了柜子里，可我还是彻底翻遍了整个房间，连每一个夹缝都没放过。我心里很明白，确实有人偷走了我的钱，可是这个小偷的胆子也太大了。阿德里亚娜一直用手捂着脸，小声抽泣。

"怎么会这样呢？怎么可能会有小偷？这一定是事先计划好的，虽然我在夜里听到了响声，也怀疑过，可是我根本没有往这方面想。"

没错，一定是帕皮亚诺，他趁着我们大家在黑暗中做"通灵"实验的时候，派他的弟弟来偷走了我的钱，也只有他才会做出这样的事情！

阿德里亚娜哭着说："可是我想不明白，您为什么要随身携带这么多钱，还把它放在家里？"

我转过脸，呆呆地看着她，实在不知道该如何回答她这个问题。难道我要告诉她，我是因为当前的处境所迫，才把钱带在身上的？我没有任何合法的身份证明，也无法证明对这些钱的所有权，所以我不能把这些钱存入银行，也不能托付给财产经纪公司。

我知道，要是我对此保持沉默，只会徒增她的怀疑，于是我只好生硬地说："我哪儿能想到……"

阿德里亚娜痛苦地说："上帝啊，这可怎么办呢？"

我知道，小偷偷盗的时候一定是精神紧张，可是，我一想到这件事会造成的后果，我的精神也很紧张。帕皮亚诺早就知道，我的怀疑对象不会是西班牙画家和老安塞尔莫，更不会是帕皮塔·潘托加达与塞尔维亚·卡博拉尔，当然，麦克斯·奥利兹的鬼魂就更不可能了。所以，他知我一定会怀疑到他和他弟弟头上，可是，他还是毫无顾忌地这么做了。可以说，他这是在明目张胆地向我挑衅。

接下来我能做什么？把他抓起来？不可能，我眼睁睁地看着这件事情发生，却无能为力。

想到这里，我几乎感到绝望。

我知道小偷是谁，却不能告发他，因为我并不受到法律的保护。我是什么人？我什么人都不是。按照法律来说，我根本就不存在。任何一个人都可以来偷我的东西，而我只能对此闭口不言。

不过，帕皮亚诺怎么会知道这些呢？

他根本不可能知道。

我默默地想："他怎么会有胆量做出这种事情呢？"

阿德里亚娜抬起头望着我，满脸惊讶地说："您还不明白吗？"

听了她的话，我似乎顿时明白过来了："我明白！"

"你应该告发他！"阿德里亚娜的语气十分坚定，然后，她就从椅子上站了起来，"我去把父亲叫过来，让父亲去告发他！"

这一次，我又及时制止了她。对于我来说，阿德里亚娜就是压倒我的最后一根稻草。虽然我损失了一万两千里拉，但是这并不是我最关注的事情。现在我担心的，就是一旦这件事被曝光，我的身份也无法再隐瞒下去。所以，我一定要阻止阿德里亚娜把这件事告诉任何人。

可是以目前的情况来看，阿德里亚娜是不会帮我隐瞒这件事的，对于我这个看似宽宏大量的举动，她根本就无法接受。至于其中的原因，有这么几个：首先，她爱我；其次，这关系到家族的声誉；最后，她非常讨厌这个姐夫。

可是，在这样的紧要关头，我突然对她这种合理的反抗产生了厌恶甚至愤怒的感觉。

"这件事一定要烂在肚子里，绝对不能向任何人提起。难道您一定要闹出丑闻，成为大家的笑柄吗？"

阿德里亚娜听到我的话，又开始哭了。

"不，我的目的不是要闹出丑闻，而是摆脱那个给家族蒙羞的混蛋！"

我马上接上话茬："可是他绝对不会承认做过这样的事，而且，家里的其他人也都会受到怀疑，被带上法庭！"

"凭什么？"阿德里亚娜愤怒地说，"他只管否认好了！我们还掌握着很多对他不利的证据。梅伊斯先生，您放心地去告发他吧，完全不必为我们担心，您要相信，您这样做会对我们大有好处。这样的话，就可以为我可怜的姐姐报仇了。要是您不去告发他，就辜负了我。如果您不去，那就我去。我怎么能和父亲背负着这样的屈辱过日子呢？不！"

我伸出手，握住了阿德里亚娜的手臂。看着眼前的可人儿如此难过，我已经顾不上去想那些被偷走的钱了，我的心里难受极了。我向她保证，只要她不再哭了，我就会按照她说的做。我知道，帕皮亚诺之所以会这么做，是因为他觉得如果我爱阿德里亚娜，就要舍弃这一万两千里拉，可是，我到底要不要告发他呢？

"亲爱的阿德里亚娜，您想让他被警察抓走，对不对？好吧，只要您别再哭了，我马上就去告发他。我们就是要借着这个由头，把他赶出这个家。好了，我现在马上就去办，但是您必须答应我一件事，别再哭了，好吗？您放心好了，我一定会让警察抓走他。但是您得保证，在我和律师探讨之前，您不能把这件事告诉任何人。现在我们都很激动，难免会犯错。您可以保证吗，用您最珍贵的东西起誓？"

阿德里亚娜眼含热泪地起了誓，我从她的样子就能看出，她真的是用自己最珍贵的东西起的誓。唉，这个可怜的姑娘。

阿德里亚娜离开了，房间里只剩下我一个人。我站在屋子中央，大脑仿佛被掏空了，我好像游离在这个世界之外了。我需要多久才能恢复正常和冷静？我看着储物柜，忍不住在心里咒骂自己是个傻瓜。看样子，那把锁一点儿被撬开的痕迹都没有。他们一定是偷走了我放在口袋里的钥匙，复制了一把，才打开了这把锁。

　　我回想起来，在最后一次"通灵"聚会中，帕莱亚里问过我这样的一个问题："你有没有觉得自己丢了什么东西？"是的，我丢了一万两千里拉！

　　我觉得此时的自己无所依傍，内心空落落的。现在，有人把我的钱偷走了，我却不敢把这件事说出来，倒好像我才是那个偷东西的小偷。

　　"一万两千里拉并不算太多，原本他们是可以把我的钱全拿走的。我还是保持沉默吧，我哪有开口的权利呢？如果警察问我：'你是什么人？这笔钱是从哪里来的？'我该如何回答呢？要是我今晚直接冲到帕皮亚诺面前，揪住他的衣领问：'你这个小偷，赶紧把从我这儿偷走的钱还回来！'他一定不会承认，会说我是在冤枉他。他肯定不会说：'没错，钱是在我这儿，我只不过是不小心拿错了。'相反，他还会一口咬定我是在栽赃陷害。现在我还能觉得，自己被他们认为已经死了是一件值得庆幸的事吗？现在，我的情况比死了还糟糕。安塞尔莫跟我说过，死人就不用再死了。可是我呢，我还得死一次。而且，我还得孤独地度过余生。"

　　想到这里，我害怕极了，浑身无力地瘫倒在椅子上，用手捂住了脸。

　　我原本是应该听天由命，随波逐流的，可是我能做到吗？不能。我需要做些什么来改变这种处境，然而我又能做些什么呢？离开这里？那我去哪儿呢？还有，我能为可怜的阿德里亚娜做些什么呢？什么都不能！在这些事情发生之后，我怎么能不给她任何解释就离开呢？她一定会认为，这都是因为这次盗窃事件。她会说："为什么他要维护那个小偷，却让我遭受惩罚？"不，阿德里亚娜，并不是这样的。可是，如果我什么都不干，那这个秘密不就要暴露了吗？我唯一的选择，就是对她残忍。自从我变成阿德里亚诺，我就注定要残忍，而且，我先吃到了这残忍的苦头。虽然帕皮亚诺偷走了我的钱，可是他都没有这么残忍。

为了不归还第一个妻子的嫁妆，他才想和阿德里亚娜结婚。要是我从他手里抢走阿德里亚娜，他就得把嫁妆还给帕莱亚里，这不是天经地义的吗？

帕皮亚诺才不会这么想，他觉得，从我这里拿钱根本就算不上偷。对于我和阿德里亚娜的为人，他十分清楚。他知道，我一定不会把阿德里亚娜当成情妇，而是会娶她为妻。这样一来，我就可以得到她带来的嫁妆，那笔钱还是会归我。我不但得到了钱，还得到了阿德里亚娜，还能要求什么呢？

我可以肯定一点，只要我们有足够的耐心，只要阿德里亚娜不会向任何人吐露这个秘密，我们就可以看到帕皮亚诺把欠安塞尔莫的钱还上，甚至在期限之前还钱。我还可以肯定一点，阿德里亚娜无法跟我结婚，所以我无法得到那笔钱。不过，只要她现在保守住这个秘密，让我继续留在这里，她是可以得到那笔嫁妆的。对我来说，这是一个极大的挑战，对于耐心和技巧都有很高的要求。不过，最后阿德里亚娜一定可以得到这笔嫁妆。

想到这里，我稍微平静了一些，至少是为了阿德里亚娜。而我呢，我以后还得守着这个谎言过日子，生怕有一天我的谎言会被人发现。比起谎言被揭穿，我觉得丢失一万两千里拉这件事根本不值一提。要是它能够帮助阿德里亚娜获得嫁妆，我还会认为这是一件好事。

我知道，我已经被永远地排除在生活之外了。现在，我的内心十分悲痛，对现实感到无比恐惧。我在这个家里刚刚获得一丝温暖，就要被迫离开。是的，我现在又要踏上一条没有尽头的路，我只能四处游荡。为了不让自己再次落入生活的圈套，我一定要躲到远离人群的地方，形单影只，孤身一人。

我的心情沮丧极了，似乎在遭受坦塔罗斯①的惩罚。

我拿起帽子和外套，像发了疯一样，飞快地从房间跑了出去。

不知不觉中，我跑到了弗拉米尼亚大街，我能看到，前方不远处就是莫莱大桥，它横跨在台伯河上。奇怪，我怎么会跑到这里来呢？我环顾四周，现在的阳光是如此明媚，我还能在白色的人行道上看到自己的影子。看着它，我呆住了。过了一会儿，我才回过神，从影子上走过去。不，这是我自己的影子，我怎么能踩它呢？到底我和它，谁才是影子呢？

我们是两个影子！

现在，我的影子就在地上，随便一个人都可以践踏它，踩它的头和心脏。可是，我只能保持沉默，我的影子也沉默着。

"没错，我只是一个死人的影子。"

一辆马车跑向我。我停留在原地，想要验证我刚才的想法：是的，马蹄和车轮先后从上面轧了过去。

---

①坦塔罗斯：希腊神话中的众神宠儿，有幸参加奥林匹斯山众神集会，但他骄傲起来，侮辱众神，泄露天机，被罚站水中果树下，渴时想喝水水退去，饥时想吃果果升高。

"嘿，正好轧在了我的脖子上。还有你，你这条狗也跑来凑热闹了。来，把你的腿稍微抬高一点儿好吗？"

我突然大笑起来，把狗吓跑了。车夫也迅速扭过头来看了我一眼，似乎是在好奇我笑什么。我走了几步，影子也走了几步。突然，我感觉到一阵狂喜，我让马车轮子、马蹄、每一个路人，都来踩我的影子。我知道，这个影子是我永远都无法摆脱的。我转过身，影子就到了我背后。

我想："要是我跑，它也会跟着我跑的。"

这个问题明明是板上钉钉的，我却表示怀疑，我是不是疯了？我拍了拍额头，发现我还是我。不过，我真的是在深入思考这个问题。这个影子不但是我生活的象征，还是我生命的幽灵。我只要往地上一躺，就会任人践踏。没想到，已故的马提亚·帕斯卡尔居然会沦落至此。他的躯壳躺在米拉格诺的公墓里，他的影子盘桓在罗马街头。

这个影子有心脏，却无法爱别人。这个影子有钱，可是任何一个人都能把他的钱偷走。这个影子有脑袋，能够思考问题，可是他只能想到他的头是影子的头，却想不到他的头有一个影子。就是这样的。

我感觉自己头疼欲裂，就好像那些车轮和马蹄真的从我的头上碾了过去。唉，怎么就不能稍微轻一点儿呢？

一辆电车迎面驶来，我急忙跳上去，回到了那个家。

第十六章　米妮瓦的画像

　　我还没走进屋，就知道一定是出了什么大事。我从门外就能听到帕皮亚诺和帕莱亚里的吼叫，后者的气势完全不逊色于前者。

　　脸色苍白的卡博拉尔过来帮我开了门，她看起来十分紧张。

　　她一看到我，就大声嚷嚷起来："真的吗？一万两千里拉？"听到她的话，我十分不安，呆立当场。这时候，那个癫痫病患者西皮奥内·帕皮亚诺光着脚从我身边经过，他把鞋子提在手里，也没有穿外套。他也是脸色苍白，神情紧张。

　　这时候，我听到了帕皮亚诺的叫声："好啊，那就去把警察叫来好了！"一股无名的怒火突然涌上我的心头。这个阿德里亚娜，我好说歹说，让她不要把丢钱的事告诉别人，她也向我承诺不会说出去，现在却违背了诺言。

　　"你听谁说的？"我简直要吼起来了，"这纯属无稽之谈，我已经找到了那笔钱。"

　　卡博拉尔盯着我，神情疑惑。

"真的找到了吗？真是谢天谢地！"她一边欢呼，一边举起双手冲向了餐厅。现在，帕皮亚诺正和老安塞尔莫在餐厅里争吵，阿德里亚娜在他们旁边哭泣。

"钱找到了！"塞尔维亚高兴地说，"梅伊斯先生回来了，他已经找到了那笔钱。"

"什么？"

"他回来了？"

"你说的是真的吗？"

餐厅里的三个人听到这个消息，都表现得非常吃惊。阿德里亚娜和她父亲老安塞尔莫的脸色绯红，神情激动，帕皮亚诺的眼睛却睁得大大的，面色苍白，几乎站立不稳了。

我盯着他看了一会儿。此刻，我浑身发抖，脸色比他还要苍白。他根本不敢直视我，似乎连站立的力气都没有了，手里的衣服也拿不住了，直接掉在了地上。我走到他面前，握住他的手说："对不起，是我误会了，给大家造成了麻烦，请原谅。"

"不！"阿德里亚娜愤怒地大叫了一声，但是马上又拿起手帕，捂住了自己的嘴。

帕皮亚诺看着阿德里亚娜，没有勇气从我的手里把他的手抽出去。这时候，我感受到他正在浑身哆嗦，莫名有了一种满足感。此刻，他的手冰凉，倒好像一个死人的手。他的玻璃眼珠直勾勾地盯着我，好像下一秒就要从眼眶里飞出来。

"不好意思，"我说，"我不是成心要给大家添麻烦的……"

老安塞尔莫结结巴巴地说："没关系，本来那个东西就不应该在那里。我为你找回那笔钱而高兴，梅伊斯先生，因为……"

帕皮亚诺抬起手，拭去了眉毛上的汗水，又摸了摸自己的头发。然后，他用力吸了一口气，转身望向阳台。

我勉强挤出一个笑容："我就像是故事里的那个人，骑着马找马，其实那一万两千里拉一直都在我的口袋里。哎，简直是贻笑大方。"

对于我的这套说辞，阿德里亚娜根本不接受："你找的时候，我就在现场，我看着你找遍了所有的地方，包括书里和口袋里。"

我面无表情地打断了她："阿德里亚娜，我确实找了，但是那时我找得不够细致。不管怎么说，我现在已经找到了钱。阿德里亚娜，我尤其要请求你的原谅，都怪我粗心大意，才会让你担心着急。我希望……"

"不！"阿德里亚娜大叫一声，哭着从房间里跑了出去。塞尔维亚·卡博拉尔见状，急忙跟在她身后追了出去。

"真是搞不懂……"帕莱亚里惊讶地说。

帕皮亚诺突然转过脸来："有些话，还是今天说明白的好。我看，我也没有必要……"

说到这里，他大口喘着气，似乎说不出话来。然后，他转过头来对着我说话，但是还是不愿意直视我。

"我不能……当着他们的面，我根本没有办法拒绝。我的兄弟有病，我要照顾他……当时，我抓住他的衣领，我简直不敢回想当时的情景。我让他脱光衣服和鞋袜，搜他的身，连贴身的汗衫都脱了……"

说到这里，他都快哭了。过了一会儿，他语调沙哑地说："反正他们是都看到了……不管怎么说，您丢了钱，不行，我受不了了，我得走了。"

"不可以，你不能走！是因为我你才要走吗？不可以，你不能走，要走也应该是我走！"

"梅伊斯先生，你说什么呢！"老安塞尔莫说。

听到这番话，情绪激动到已经无法说话的帕皮亚诺打了个手势，表示他不同意。最后，他才说：

"我不得不离开这里……其实，就算没有这些事情，我也得走了，因为我的弟弟，他不能再留下了。这里有侯爵写的一封信，是他写给那不勒斯疗养院的院长的。他不但帮我找了这家疗养院，还帮我写了信。信就在这里，你们可以看看……除了这件事，我还得帮侯爵拿一些文件，所以我必须去那不勒斯。我的小姨子非常看重你，她说，只有真相大白了，我们才可以离开这间屋子。她说，你怀疑是我偷了这笔钱。但是我以我的人格担保，绝对不是我偷的钱。而且，我还要给我的岳父一笔钱。"

"你说什么呢？"老安塞尔莫插话道。

"不！"帕皮亚诺抬起头，"我一定要把它铭记在心！你不用担心！唉，要是我走了，我可怜的弟弟……"

老安塞尔莫再也控制不住自己的情绪，失声痛哭。

老安塞尔莫深受震动，却又不知所措。

"这和西皮奥内有什么关系呢？"

"唉，我那可怜的弟弟！"此时，帕皮亚诺的语气十分真诚，我都为之动容。我想，他此刻是在为他的弟弟难过，一旦我把这件事捅给警察，他弟弟就会受到牵连，而且，他的弟弟已经遭受了搜身的屈辱。

没有什么人会比帕皮亚诺更清楚，我根本不可能找回这笔钱。而我说钱已经找到了，完全超出了他的意料，也正好救了他。我想他当时打的是这样的算盘：一旦事情败露，他就让弟弟西皮奥内自己背黑锅，再以西皮奥内有病为借口，让他被从轻处罚。他现在这样痛哭流涕，也许是因为他的内心背负了巨大的压力，此时需要释放一下，也许是因为他觉得用泪水可以更好地攻击我。很明显，眼泪只是第一步。他谦卑地跪在了我的脚下，似乎是向我屈服了。但是他的屈服有个条件，就是我承认我确实找到了那笔钱。一旦我看到他屈服了又说钱没找到，他就会跟我撕破脸皮。总而言之就是，他对于偷钱这件事毫不知情。我对他的宽容，只是让他的弟弟免受惩罚。但是他的弟弟有病，所以原本也不会受到很重的惩罚。我还发现，他虽然说得十分含蓄，却保证一定会归还帕莱亚里那笔嫁妆。

这些信息都是帕皮亚诺的眼泪告诉我的。最后，在安塞尔莫和我的合力劝说下，他终于恢复了平静。他说，他会先带着弟弟去那不勒斯，找一家医院把他安置下来。由于他最近在跟一个朋友合伙做生意，所以还需要处理一些生意上的事情。最后，他还要找到侯爵所需的文件。完成这些之后，他就会回来。

说到这里，他突然转向我："对了，差点儿忘了告诉你。侯爵说如果你今天有空，就邀请你，还有我的岳父和阿德里亚娜，一起去他家吃饭。"

"太棒了！"老安塞尔莫还没等帕皮亚诺说完就打断了他的话，"太好了，总算有一件高兴的事了，放心吧，我们一定会去的。梅伊斯，我们一起去好吗？"

"我……"我用手势表示我同意他的提议。

"那4点怎么样？"帕皮亚诺擦干眼泪，提出了这个建议。

回到房间之后，我心心念念的都是阿德里亚娜，刚才她哭着冲出了房间。要是她现在跑来，让我给她一个合理的解释，我可如何是好？对于我刚才给出的解释，她压根就不相信。她会怎么想呢？

会不会觉得我是因为她违背了诺言想要惩罚她，才会故意隐瞒丢钱这件事？我这么做到底是出于什么目的呢？当然是因为我从律师那里得知，如果我向警察报告了这件事，她和她的家人都会被怀疑。当然，她曾经跟我说过会直面所有的丑闻，可是，我怎能为了区区一万两千里拉就眼睁睁地看着这样的事情发生呢？于是，她会把我的宽容归结为我对她的爱，我因为爱她而甘愿做出这样的牺牲。

我迫于当前的形势，只能对她说一些让我觉得十分可耻的谎言。因为这些谎言，我无法回避对她的感情，也使得我当前的处境十分微妙。虽然这些谎言显得我十分大方，可是这种大方并不是她想要的。

不，我这是在想些什么呢！以我被骗说谎的逻辑推断，我该得出的是另外的结论。什么大方，什么牺牲，什么爱情，统统都去见鬼吧！这个可怜的姑娘，我难道真的要让她在这份爱情里泥足深陷吗？不行，从今往后我一定要平息这份感情，不要再跟她说话，也不再看她。但是，如果我真的这么做，后果又会如何？她会对我先前的故作大方和之后的刻意疏远她有什么看法？那样的话，就算阿德里亚娜牺牲了自己的爱情，我还是把偷窃这件事大白于天下，这样做又有什么意义呢？现在的可能性，只能是这二者之一：第一，我真的丢了钱，那到底是谁偷走的呢？那我为什么不但不告发小偷，还要断绝对她的感情呢？第二，我把钱找回来了，那我为什么要不再爱她了呢？

我突然对自己厌恶至极，觉得自己非常恶心。我起码要跟阿德里亚娜说明白，我这么做并非因为我大方，我不去告发他，只是因为我不能这么做。哎，我总得和她解释解释我为什么不能告发啊！我不能放任这件事情不管。对了，也许她会觉得，这笔钱本来就是我从别人那里偷来的，那就让她这么想好了！

或者我可以跟她说，我是个逃犯，有官司在身，所以只能过着见不得光的生活。

可是，这一切都是谎言，我只能对这个可怜的姑娘编造一个又一个的谎言！

要是我把真相都告诉她呢？可是，她真的会相信吗？我不得不说，这样的真相连我自己都不相信。为了不再说谎，我只能跟她说，我以前所说的全都是谎话。这样的解释听起来才算真实。可是我这么做有什么用呢？我的罪过和她受的折磨，都不会因此而减轻。

虽然我此刻出于愤怒，对自己极为厌恶，但是如果她不是派塞尔维亚·卡博拉尔来到我的房间，而是亲自来找我，向我解释违背誓言的原因，也许我会把一切都向她和盘托出。

其实，帕皮亚诺已经把她违背誓言的原因告诉了我。此外，卡博拉尔也告诉我，此时阿德里亚娜十分沮丧。

我故意装出一副无所谓的样子，问："为什么？"

卡博拉尔回答："因为她根本不相信你已经把丢失的钱找回来了。"

突然，我产生了一个可能让自己解脱的念头——让阿德里亚娜觉得我自私又可恶，铁石心肠，觉得我根本不值得她爱。这样，也许她承受的伤害会小一些。也许在很短的一段时间内，她会很难过，但是时间长了，她一定能够彻底忘记我。

我故作轻松地挤出了一个笑容："她为什么不相信呢？要知道，那可是一万两千里拉，绝对不是小数目。如果我真的丢了这么大一笔钱，我还会这么平静吗？"

卡博拉尔还想说些什么："可是阿德里亚娜说……"

"这纯粹是无稽之谈，"我说，"我确实有过这样的怀疑，但是我也告诉过她，我不太相信真的会发生这样的事。要是我真的丢了钱，我为什么要隐瞒呢？"

　　卡博拉尔耸了耸肩："阿德里亚娜觉得，这其中可能有什么原因让你……"

　　"不不不，根本没有什么理由，我确实没有丢钱。"我急忙打断了她，"要知道，这可是一万两千里拉。要是只有两三里拉，那算不上什么事儿，可是，这可是足足一万两千里拉。也许，只有大英雄才……"

　　塞尔维亚·卡博拉尔小姐走了，刚才我所说的话，她一定会转述给阿德里亚娜。我握紧双手，牙齿用力地咬着。现在我只有这一个选择吗？似乎这笔被偷的钱是因为阿德里亚娜的希望落空而给她的一笔赔偿。还有什么比这件事更加卑鄙无耻的吗？我猜，现在阿德里亚娜正在隔壁的房间里对我大发雷霆，可是她不会明白，我正在承受的痛苦跟她是一样的。可是，我有别的选择吗？我只能让她像我嫌弃自己这样嫌弃我。此外，为了让她对我的厌恶更加彻底，我还要对她的敌人帕皮亚诺表现得更加亲切，似乎是因为她曾经对他有过怀疑而对他进行补偿。而至于帕皮亚诺这个窃贼，也会被我的举动所迷惑，也许还会以为我疯了。

　　还有，我还能做什么比这更加过分的事情呢？对了，今晚我们不是要一起去侯爵家吗？那我就向帕皮塔·潘托加达献殷勤好了！

　　我在床上辗转难眠，不停地问自己："阿德里亚娜，这会让你非常恨我。可是，我还能为你做什么呢？"

　　到了4点钟，老安塞尔莫就收拾妥当，过来敲我的门了。

　　"好的，我马上就好！"我一边说，一边穿上了外套。

"你就这样去？"老安塞尔莫看起来非常吃惊。

"怎么了？"我说。

这时候我才意识到，原来我的头上还戴着一顶鸭舌帽。我摘下鸭舌帽，放进口袋里，又拿起了一顶礼帽。老安塞尔莫在一旁看着我，笑个不停。

突然，老安塞尔莫转过身，好像要离开我的房间。"安塞尔莫先生，你要去哪儿？"

"我看我是头脑发昏了！"他指着自己的脚说，"你看，我现在还穿着拖鞋呢！梅伊斯先生，我现在得去别的房间换鞋。阿德里亚娜在……"

"她也跟我们一起去吗？"

"本来她是不想去的，"安塞尔莫一边走一边说，"可是经过我的劝说，她又同意去了。现在，她正在卧室里打扮……"

我走进了那个房间，迎接我的是卡博拉尔生硬而冷漠的眼神。她的爱情充满了艰辛，就在天真善良的阿德里亚娜身上寄托了自己大部分的情感。现在，阿德里亚娜也受到了感情的伤害，所以，她一定会陪伴其左右。像这样一个美丽的姑娘，我怎么能让她不高兴呢？卡博拉尔自己不美丽，也不友好，就算男人对她不好也无可厚非。可是，阿德里亚娜为什么要遭这份罪呢？

这些都是卡博拉尔的眼神里透露出来的信息。我亲手摧毁了阿德里亚娜的希望，所以她对我非常不满。唉，此时的阿德里亚娜面无血色，眼睛哭得如同桃子一样。她要起来梳洗，跟我一起去参加晚宴，一定是费了一番力气。

虽然我到达侯爵家时的心情并不是很好，但是这并不妨碍我对他和他的家产生兴趣。我知道，他之所以住在罗马，是因为世俗政权的胜利，而斗争是复辟两西西里王国的唯一途径。曾经有人预言，一旦把罗马还给教皇，统一的意大利就会分崩离析……对此又有谁能说明白呢？对于预言这回事，侯爵并不是十分相信。人的心思只能放在一处，做好一件事，所以，他的当务之急就是全心全意地处理好目前的工作。当前，侯爵的任务主要是在宗教的战场上进行殊死搏斗，所以，他会通过沙龙来把一些不妥协的教士和支持黑衣党①的勇士笼络到家里来。

不过当天晚上，在他那装饰得金碧辉煌的客厅里，我们并没有遇到任何客人。在客厅的正中间，有一个三脚架，上面有一幅画，只是刚刚画了一半——上面画的是帕皮塔的小狗米妮瓦，它全身漆黑，卧在白色的沙发上，头往前伸，放在两只前爪的上面。

"这是那位西班牙画家贝纳尔的作品。" 帕皮亚诺不无骄傲地向我们介绍。

然后，帕皮塔·潘托加达和她的家庭教师康迪达女士一前一后地走了进来。

我曾经在一个灯光昏暗的房间里看到过她们俩，而如今她们却暴露在一片光明之下。现在看来，潘托加达似乎变成了另外一个人，鼻子的变化尤其大。我之前曾经观察过她的鼻子吗？我原本以为她有一个小而上翘的鼻子，但是现在看来，她有一个壮实的鹰勾鼻。

尽管如此，她依然非常漂亮。她的皮肤黝黑，双目有神，还有一头乌黑亮丽的长发。她的嘴唇细薄，涂成了红色。她穿着一袭黑色长裙，上面有白色的花边，衬得她的身段尤为优美。

虽然阿德里亚娜也很美，但是比起潘托加达，就逊色多了。

而这一次，我也终于看清了康迪达顶在头上的是什么东西。一个

①黑衣党，也就是神职人员。

黄褐色的卷曲的假发套，发套上系着一条天蓝色绸巾，绸巾从后脑勺绕过去，在下巴下面精心系了一个蝴蝶结。这条绸巾就好像她的脸的框边一样，让她那白皙的、精心打扮过的脸看起来更加迷人。

这时候，米妮瓦开始狂吠，让我们都听不到对方的说话声。当然，它狂吠的对象并不是我们，而是画架和白色沙发，看来它是把它们当成了刑具，觉得自己在上面备受折磨。这是一个受到虐待的灵魂在发泄自己的愤慨。米妮瓦似乎在说："嘿，快点儿出去！"可是画架呢，根本就不动。所以，米妮瓦后退了几步，又飞快地往前跑了几步，咬牙切齿地威胁画架。

米妮瓦的身子圆滚滚的，腿却很瘦小，样子并不好看。它的眼睛失去了光芒，毛发花白，我有很多次都在看到它的时候想起了祖母。它的脊背和尾巴的连接处有一块地方没有毛了，也许是因为它喜欢在椅子或者别的硬物上蹭来蹭去的缘故。

对于它的这种习惯，我略微有所了解。突然，帕皮塔抓住了它的脖子，把它扔给了康迪达女士，生气地说："住嘴！"

这时候，步履匆忙的伊尼亚奇奥·吉利奥·达乌莱塔侯爵进来了。他伛偻着腰，快步走到靠近窗户的沙发上坐下，再把手杖夹在两腿之间，深吸了一口气，露出了一个疲惫的笑容。侯爵满脸皱纹，由于没有胡须，所以皱纹显得更深了。他的脸色苍白，却目光灼灼，倒像是一个年轻人的眼睛。他的前额和两颊被几缕头发盖住，看起来就像是黑色的湿灰烬流过脸颊造成的，奇怪极了。

侯爵操着一口那不勒斯方言，对我们的到来表示热烈欢迎。然后，他让秘书向我们展示了他对波旁王朝尽忠的证据，也就是布满房间的那些纪念品。在帕皮亚诺的带领下，我们来到了被绿色丝绒布覆盖的画框面前，绒布上有几句用金线绣的话：我要揭露，不要藏匿，请你抬起我，好好阅读。这时候，侯爵让帕皮亚诺把这个画框从墙上取下来，送到他面前去。在画框的玻璃下面，压着一封信，是1860年9月，两西西里王国大厦将倾的时候，比耶罗·乌洛亚写给他的。在信上，比耶罗邀请他加入内阁。不过，这次内阁的组建以失败告终。在这封信的旁边，静静地躺着侯爵为了接受这一邀请而精心写下的复信的底稿。对于这封信，侯爵深以为傲，至于那些拒绝任职的人，侯爵报以深深的鄙视。在那样的紧急关头，面对已经率军打到那不勒斯城下的加里波第，他们根本没有出面执掌政权的勇气。

读着这封回信，老侯爵激动不已，虽然他的阅读对我这个意大利人来说是一种冒犯，但我还是十分钦佩他。然后，侯爵给我们讲了一个故事，他确实是当之无愧的英雄。

这个故事要追溯到1860年9月15日。那一天，国王乘坐马车，带着王后和两名宫廷侍从从那不勒斯皇宫出发。走到吉亚大街的时候，由于一家药店门前的车辆堵在一起，国王的马车无法前行，只好停下。那家药店的标志是几朵金色的百合花，有几名工人在标志上搭了一架梯子，想要爬上去把上面的百合花取下来。正是这把梯子挡住了去路，才让所有的车辆都无法前行。国王看到这一情景，就示意王后，让她看看这家药店的老板是一个多么胆小的人。百合花是国王的族徽，因此这个标志曾经给药店老板带来了荣耀，可如今时局发生了变化，他就迫不及待地想要摘下这个标志。当时，达乌莱塔侯爵途经此处，看到这一幕十分气愤，就冲进药店，抓住了药店老板的衣领，带他去见堵在门外动弹不得的国王。他生气地朝着药店老板吐了一脸唾沫，然后举着一朵被摘下来的百合花，大声对人们说：

"国王万岁！"

如今这个被取下来的百合花标志就放在客厅里，侯爵本人也因此被授予了内廷贵族的金钥匙、圣杰纳罗骑士勋章，还有别的一些荣誉。现在，它们都被摆放在客厅里，在它们的上面，悬挂着菲尔蒂南多^①和弗朗西斯科二世^②的画像。

过了一会儿，我为了实现我的计划，就找机会疏远了帕皮亚诺和老安塞尔莫，来到了帕皮塔·潘托加达的身边。

我发现，帕皮塔似乎很不高兴，没什么耐心，她问我的第一个问题是，现在几点了。

"4点40？好吧！"

我知道，她其实并不高兴，因为她说"好吧"的语气非常勉强。然后，她又咬着牙，说了一些反意大利和罗马的言论。对于罗马沉浸在"昔日的辉煌"中，帕皮塔尤为不满。斗兽场又怎样，西班牙的高赛乐^③也和斗兽场一样历史悠久，可是又有谁会在意呢？它有什么特别的，只不过是一堆很脏的石头罢了。想要了解真正的剧院，不妨亲自到西班牙来，我会让你看到那恢宏的广场和古老的画作。相比之下，我倒是更想要米妮瓦的画像，要是贝纳尔能够尽快把它画完该有多好！

没错，帕皮塔迫切地希望贝纳尔可以尽快把这幅画画完。现在已经是4点40分了，可是门口还没有出现贝纳尔的身影。她坐在椅子上，看起来十分烦躁，一会儿转转椅子，一会儿摸摸鼻子，双手分开又合起，眼睛一直不离开门口。

---

①菲尔蒂南多，波旁家族成员，1830年开始担任国王。
②弗朗西斯科二世，菲尔蒂南多的儿子，是西西里王国最后一任国王。
③高赛乐，古罗马的竞技场，有着悠久的历史，又被称为斗兽场。

终于，贝纳尔走进了房间，他上气不接下气，似乎刚刚跑完步。帕皮塔一看到贝纳尔来了，马上转变了态度，故作不在意地走向了另一个方向。贝纳尔先跟侯爵握了握手，然后给我们鞠了个躬，就走向了帕皮塔。他对帕皮塔说了几句西班牙语，为自己的迟到道歉。可是，帕皮塔却像机关枪一样，用掺杂着西班牙语的意大利语说了很多话。

"第一，你要说意大利语，因为在座的各位都不懂西班牙语，你在这里说西班牙语很不合适。第二，我对你和你的画都不在意，也不在乎你的迟到和你编造的借口！"

贝纳尔一边点头，一边挤出笑容，还要打躬作揖。最后，他问能不能趁着天黑之前的这一个小时把那幅画画完。

"随便你！"帕皮塔的神情十分高傲，"没有你我也可以画，你甚至可以把画好的部分擦掉，我无所谓。"

贝纳尔再次鞠躬道歉，然后看向了康迪达，现在，她还把小狗抱在怀里。

可怜的米妮瓦又要开始接受长达一小时的酷刑了。可是相比贝纳尔，它的折磨算是很轻的了。帕皮塔为了惩罚贝纳尔的迟到，开始故意向我卖弄风情。虽然在我来到这里之前，我已经想好了要追求她，但是我觉得她现在的尺度已经超出了我的接受能力。我能察觉到，阿德里亚娜痛苦地看了我一眼，相比米妮瓦、马纽尔·贝纳尔和我，她承受的痛苦更多。我觉得自己的脸越来越红，越来越热。我知道，此刻贝纳尔也很痛苦，但是我根本不在意。我甚至觉得，他承受的痛苦越多，阿德里亚娜承受的痛苦就越少。现在，屋子里的气氛空前紧张，一触即发。

最后，米妮瓦充当了导火索。本来帕皮塔是背靠着画架和沙发坐着的，要是放在以前，她只要看米妮瓦一眼，米妮亚就会老实多了。可是今天不知道是怎么了，它趁着画家抬头去看画笔的时候，偷偷地改变了姿势，不但轮流伸出爪子，还用垫子盖住了自己的鼻子和头，好像要把自己隐藏起来。贝纳尔回过头来才发现，米妮瓦并没有摆好姿势，现在呈现在他面前的，只是两条后腿和一根竖直的尾巴。

康迪达女士已经好几次让它回到原位，可是它根本就不老实。于是，贝纳尔慢慢地失去了耐心。而这时候，帕皮塔正跟我聊得热火朝天。于是，贝纳尔隔三岔五地就会听听我们在说什么，然后小声嘀咕几句什么。

有那么几次，我真想问他："贝纳尔先生，你在说什么？"可是我忍住了。

最后，还是贝纳尔先忍不住了。他生气地喊道："潘托加达小姐，请您让这个小畜生别再动了好吗？"

"什么？你居然叫它小畜生？"帕皮塔从凳子上一跃而起，朝着贝纳尔怒吼道，"你居然敢说我的小狗是畜生！"

"反正我们骂它它也听不懂。"我插嘴道。

其实，当时的贝纳尔已经如同刺猬一样，只可惜我有些后知后觉了。虽然我这么说并不是想批评他，也不是想跟他发生冲突，没想到他却生气极了。

"我说什么，跟您并没有关系！"

贝纳尔的语气充满了挑衅，这让我不由得火冒三丈。我忍不住回击道："好吧，贝纳尔先生，虽然您作为一个画家可能十分出色……"

侯爵感觉到了我们之间剑拔弩张的气氛，急忙问道："出什么事了？"

贝纳尔狠狠地把画笔扔在地上，径直走到了我面前，此时我们俩的脸之间只有几厘米的距离。

"出色？先生，你为什么这么说？"

"是的，出色，但是我可没从你的言行里看出有什么出色的。你看，这只小狗都被你吓得瑟瑟发抖！"

我轻蔑地回复他。

"你说得对，我吓坏了这只小狗。"他说，"不过，咱们还是走着瞧，看看我是不是只能吓坏一只小狗！"

这时候，帕皮塔还在大吼大叫，要不是帕皮亚诺和康迪达及时扶住她，她已经摔倒在地了。

现在，客厅里一片混乱。突然，我注意到了阿德里亚娜，此刻她正在沙发上坐着。而这时，我感觉自己的手臂被掐住了，我扭头一看，原来是贝纳尔，他趁着我不注意，对我进行了偷袭。他抬起手，准备打我的脸，我不但躲过了，还迅速地回击了一拳，重重地打在他的脸上。但是他没有放弃，又迅速冲向了我，这一次，我的脸差一点儿就遭到了他的毒手。我刚刚躲过他的拳头，刚准备再打他一拳，就被跑过来的帕皮亚诺和老安塞尔莫给拦住了。他们俩站在我们俩之间，把我们分开。贝纳尔被人拖着走出了房间，但是他边退边用拳头向我示意。

"你给我等着，这件事没完！你想什么时候打架都可以，在座的每一个人都知道我的地址。"

侯爵从椅子上站起来，浑身颤抖，朝着贝纳尔大喊起来。现在，老安塞尔莫和帕皮亚诺还死死地拉着我，我则想挣脱他们，去追赶贝纳尔。最后，侯爵大声说："你是个男子汉，得让你的两位朋友去解决这件事。至于贝纳尔，我必须让他给我一个交代，他简直太过分了，居然在我家里殴打我请来的客人！"

现在，我已经非常愤怒，浑身发抖，但是我还是竭力控制住了自己。我和侯爵告别之后，就从房间冲了出去，帕皮亚诺和老安塞尔莫在我身后紧追不舍。此时，阿德里亚娜正在另一个房间里，试图把帕皮塔叫醒。

现在，我不得不求助于偷我的钱的小偷，让他和老安塞尔莫一起做我的证人。我要去和贝纳尔决斗，但是我实在是找不到别的证人。

听到我的话，老安塞尔莫大吃一惊："我吗？梅伊斯先生，你不要开玩笑了！对于这样的事情我一点儿都不懂。实在是太蠢了！难道你现在就去？"

"您必须替我做证！"我大声嚷嚷，不想就这个问题跟他纠缠，"您和您的女婿都是好人，就请当我的证人吧！"

"我？我的孩子，你在说什么呢？不管你让我做什么，我都会答应你，唯独这件事不行。这只是一件小事，何必闹大呢？"

"不，你错了，"帕皮亚诺感觉到了我此时的愤怒，插嘴道，"这件事非常重要，梅伊斯先生有权去讨个说法，也能够讨回说法。他一定得找他算账！"

"你会跟我一起去吗？"我说，"你再找一个朋友，你们俩一起。"

出乎我的预料的是，帕皮亚诺直接拒绝了我的请求，他极为痛心地张开双臂。

"虽然我从心底里愿意帮您，但是……"

"你不去？"我生气地停了下来。

"梅伊斯先生，您不要生气，听我解释。"他说，"我之前已经跟您说过了，我这段时间非常忙碌。我就像侯爵的奴隶一样，每天都有数不清的事情等着我。"

"那又怎么样？侯爵不是也……你忘了？"

"这一点我很清楚，先生，可是明天呢？一旦他知道他的秘书卷入了这种决斗中，你猜他会怎么做？我知道，我的饭碗就保不住了！而且，这里面还牵涉了潘托加达呢。您还没看出来吗？她早就爱上了那个画家。到时候他们俩和好了，我该怎么办呢？我能想象，下场十分凄惨。所以，梅伊斯先生，请考虑一下我说的这些，我真的很抱歉……"

"也就是说，你们俩都不想帮我喽？"此时我心急如焚，"可是我在罗马只认识你们两个呀！"

"别着急，我们一定能想到办法。"帕皮亚诺赶紧说，"我和我的岳父，我们俩去不合适。但是呢，您是有理的一方，不能不去讨回公道。所以，我建议您去军队里，找几个军人，这件事涉及名誉，他们绝对不会坐视不理。您去他们那里，告诉他们您遇到的这件事，一般来说，他们都会向城里的陌生人伸出援手。"

这时候，我们已经走到了家门口。我对帕皮亚诺说："您放心好了！"说完，我就拉长了脸，扔下他们俩自己走了。我也不知道自己要去哪里，只是毫无目标地往前走。

刚走了不久，我又产生了那种令人难受的想法。我怎么能跟人决斗呢？现实如此，我难道还没有弄明白吗？我是可以去找两个军官当见证人，可是如果他们问我："你是谁？来自哪里？"我该怎么回答？事实上，人们可以当面吐我唾沫，用巴掌抽我，而我只能一边忍受这些，一边苦苦哀求他们不要把我的事情告诉别人。找两个军官！我怎么能让他们知道我的真实情况呢？首先，他们一定不会相信我，还会胡乱怀疑我。其次，对阿德里亚娜来说，这件事也毫无用处。就算他们相信我，我也在决斗中获胜了，可是我早就死了啊，一个死人是无法享受这种荣誉的。

因此，我只能像帕皮亚诺偷我的钱的时候那样，把这口气憋在肚子里，独自抚平受伤的自尊心。没错，别人啪啪打我的脸，我却只能像个胆小鬼一样，躲到一个没人的黑暗的角落。可是面对这样的黑暗，我自己都会厌恶自己。呵呵，未来，我怎么会有未来呢？我还怎么活下去？我怎么能忍受这样的生活？不！够了，我已经受够了！

我在街上站住了。这时候，我的大脑在轰鸣，两腿发软。然后，我的心脏剧烈地跳动起来，我感觉自己周围阴森森的。

"在此之前，"我告诉自己，"我起码应该试一试，万一我成功了呢？不管怎么说，我不能这么畏首畏尾地过日子，我一定要去试一试。反正我也不用担心会丧失什么东西了，不妨就去试试！"

现在，阿拉格诺咖啡馆就在距离我几个街区的地方。

"没错，那里就有军人，我就请遇到的第一个人去见证我的决斗。"

我痛苦不堪地走进了咖啡馆。我看到，在第一间大厅的一张桌子旁边，有五六个炮兵军官围坐着。我目不转睛地看着他们，被其中一个人发现了。当时我的脸色苍白，眼睛睁得大大的，看起来很犹豫。我朝着他们鞠了个躬，然后结结巴巴地说：

"对不起，我能不能跟你们讲几句话？"

一个年轻的小伙子站了起来，他没有胡子，看起来似乎还在军校就读。他走到我身边，非常客气地说："先生，请问我有什么可以为您效劳的？"

"是这么回事，请允许我先进行自我介绍。我是来自外地的阿德里亚诺·梅伊斯，在这里一个熟人都没有。现在，我遇到了一件与我的尊严有关的大事，于是，我想要去决斗，但是我需要两个证人。如果您和您的朋友愿意的话……"

小伙子听到我的话，发了一会儿呆，他打量了我一会儿，才转身对同伴说："格里利奥提！"

这个格里利奥提的年纪稍长一些，有两撇向上翘的小胡子，一个单片眼镜好不容易才在鼻子上架住，让人觉得他有点儿油头粉面。他一边起身，一边小声和同伴们说着什么（我能听出，他发"R"这个音的时候还带着法国口音）。他一边向我走来，一边点头示意。我看到格里利奥提的第一眼的时候，就想对那个小伙子说："这个人可不行。"后来我才知道，他是这一群人中最适合担任这个角色的人了，没有人比他更了解骑士决斗的规则。

我把整件事情详细地告诉了格里利奥提，他听完之后，给我提出了几个建议。他说，我应该给一个上校发电报，把自己遇到的情况和自己的愤怒都详细地告诉上校，再亲自去上校那里一趟。原来，格里利奥提在入伍之前，曾经在帕维亚和别人决斗过。他把骑士决斗应该注意的很多事情都告诉了我，听得我头都大了。

我第一眼看到格里利奥提，对他就没什么好感，现在他又跟我说了这么多废话，就别提我对他有多厌烦了！后来我实在忍无可忍，就不耐烦地打断了他：

"先生，你说的这些都很有道理，可是以我现在的情况，发这封电报又有什么裨益呢？我孤身一人，在这里人生地不熟，我只希望尽快决斗。要是可以的话，明天都行，我可不想花费时间来做这么多！

"而且，我并没有看出按照你说的做能给我带来什么好处。在给你们讲述我的事情的时候，我是满怀希望的。我现在需要的，只是找两个人做我的见证人，至于别的事情，我根本不在乎！"

经过我的这一通发泄，格里利奥提也生气了，于是我们吵了起来。我们都在大喊大叫，不甘示弱。其他的士兵都在一旁围观，不时还哄笑一番，这让我好像在气势上落了下风。于是，我转身逃离了咖啡馆，脸上如同被人打了一样，感觉火辣辣的。

可是，我又能逃去哪里呢？我抱头逃窜，士兵们的哄笑声还萦绕在我耳边。我用手抱住头，不知道接下来该何去何从。要不要回家呢？不行，不行，我马上就推翻了这个想法。我只能拼命地往前走，直到我觉得自己快要无法呼吸了，才停下来稍事休息。现在，我感觉自己疲惫至极，就连报仇的想法都变淡了。

我呆呆地站在原地，脑海中一片空白。过了一会儿，我又继续往前走。但是这一次，我却觉得十分轻松，似乎所有的痛苦都被我甩掉了，只留下一种麻木的感觉。

我走着走着，来到了一家商店的橱窗面前，我走近了几步，痴迷地看着橱窗里摆放的各种商品。

突然，灯灭了，整条街上的商店都灭掉了灯。

我感觉，因为我到来了，这些灯才被灭掉了。所有的人都回到了自己的家，只有我自己在街上漫无目的地游荡。门窗紧闭，黑夜笼罩，只有孤独和寂寞永远追随着我。

我像一个机器人一样，机械地挪动着脚步。

慢慢地，整个城市都睡着了，我感觉生命在渐渐远离我，它就像一种虚无杳渺的东西一样。

那个阴暗的想法是否是自然形成的？对此，我并不清楚。我好像受到了一种神秘力量的驱使，不知不觉中竟来到了玛盖里塔桥头。我扶着栏杆，盯着桥下那漆黑的河水发呆。

"跳下去？"这个突如其来的念头让我浑身一激灵。

不过，我并没有感觉害怕，只是有一种强烈的愤怒。对于在米拉格诺的那两个女人，我恨之入骨。没错，就是罗米尔达和佩斯卡特尔寡妇，如果不是她们说从"鸡笼"庄园发现的那具尸体就是我，我怎么会沦落到这个下场呢？我以前从来没有想过要假装自杀来摆脱这两个人。可是现在，我已经像一个孤魂野鬼一样在这个世界上游荡了两年了，又落到了命运的手里，要被判处死刑。唉，她们有什么错呢？我跟死人又有什么区别呢？我没有摆脱她们，她们却摆脱了我。

不行，我必须要反抗。难道我只有自杀这一条路吗？

可是，我已经是一个死人了，又怎么能自杀呢？我什么都不是，又怎么能自杀呢？

我站直了身子，心里似乎突然出现了一道亮光。不行，我必须为自己讨一个说法，我必须要回到米拉格诺。这谎言都快让我喘不过气来了，我必须摆脱它才行。也就是说，我要恢复自己的真实身份，到她们面前，让她们接受惩罚。对，我就要这样做。可是，我现在被现实所困，难道摆脱现状真有这么容易吗？我可以将现在的生活完全摆脱吗？我根本做不到啊！我站在桥上，被痛苦和混乱包围着，不知所措。

就在此时，我无意识地把手伸进了口袋，摸到了一样东西，是什么呢？我生气地把它掏出来，才发现原来是我曾经在火车上戴过的鸭舌帽。下午去公爵家之前，老安塞尔莫笑话我戴这顶帽子，我就顺手把它放进了口袋。

我抬起手，准备把它扔进河里，却突然有了一个念头。这个念头在我从阿伦加前往都灵的途中就出现过，现在，它又出现了。

我说："对，我就在这里，我的帽子和手杖，与在米拉格诺的水渠里一模一样。我，阿德里亚诺·梅伊斯，就要像之前的马提亚·帕斯卡尔一样，淹死在水里。"

这个念头让我忍不住高兴地跳了起来。是的，我早就死了，也就不存在自杀一说了，死人怎么可能自杀呢？我要杀死的，就是那个让我承受了两年折磨的、虚假的我。阿德里亚诺·梅伊斯在这里过着痛苦的生活，他胆小如鼠，谎话连篇，没有任何价值可言。这个虚假的阿德里亚诺·梅伊斯，他的脑子是败絮，心是纸浆，血管是橡胶，血管里只流动着有颜色的水，根本没有鲜血。好吧，赶紧跳下去，你这个可怜又可恨的木偶，赶紧跳下去淹死吧，就像马提亚·帕斯卡尔一样。

阿德里亚诺·梅伊斯本来就是个虚假的人，就这样跳下去吧，把这一切统统终结！

想来，这是一个不错办法。我给阿德里亚娜造成了伤害，我还能做些什么来弥补呢？西班牙画家激怒了我，我如何咽得下这口气？这个无赖趁着我不注意的时候攻击我，还要跟我决斗，可是我没有身份，又怎么能跟他决斗？真正的我自然不会害怕这个无赖，他只是羞辱了阿德里亚诺·梅伊斯，并没有羞辱我。毫无疑问，阿德里亚诺·梅伊斯可以忍受任何事情，要不然他为什么要自杀？

没错，我眼下只有这么一条出路。我忍不住哆嗦起来，倒像是我真的要杀死一个人。但是，此刻的我头脑异常清晰，心也浮了起来。我似乎受到了精神的强光的照耀，心里别提多高兴了。

我环顾四周，担心台伯河方向会有人注意到我，发现我在桥上发呆了一个小时，为了避免发生悲剧而把警察叫来。为了弄清楚情况，我又往前走了一段距离，先去了自由广场，然后是台伯河大街，顺便还看了看梅利尼大街。

四周空无一人。

我又返回来，走向大桥。但是，我刚走到一盏路灯下面，就突然想起了什么，停住了脚步。

笔记本！

我从笔记本上撕下一张纸，用铅笔写下了"阿德里亚诺·梅伊斯"这几个字。还有没有别的内容需要写呢？对了，地址也要写上，最好再把日期写上。好了，这样别人就会知道，死者就是阿德里亚诺·梅伊斯，你看，这不是他的帽子和手杖吗？

我的那些衣服和书籍，就留在房间里好了。至于现金，现在就在我身上呢。

我悄悄地走到桥上，把头伸到栅栏外面。现在，我止不住地浑身哆嗦，似乎下一秒心脏就会蹦出来。我来到了一个灯光昏暗的地方，把礼帽摘下来，把折好的纸条塞进去，再把礼帽挂在栅栏上，把手杖立在一边。然后，我戴上了我的幸运帽，也就是那顶鸭舌帽，要不是它，我会有什么办法脱身呢？然后，我在黑暗中，带着我的影子，头也不回地溜走了。

第十七章　我的复活

我急匆匆地赶到火车站，凌晨会有一班火车驶向比萨，此时还没发车。

我买好车票，就躲进了二等车厢里的一个角落。坐好之后，为了不让别人发现我，也为了不让我去看别人，我刻意把帽檐拉得非常低。

然而此时，我还是思绪万千，我甚至可以看到，那顶礼帽和手杖此时正安静地在桥头躺着。也许此时已经有路人从那里经过，发现了它们；或者有巡逻的警察途经那里，并立刻拉响了警报。可是我此刻还没有离开罗马，怎么办！此时，我坐立不安，吓得呼吸都困难了。

终于，火车开动了。天啊，车厢里除了我之外并没有别人，谢天谢地！我站起来，把手举得高高的，好像把一块巨大的石头从我的胸口推开了。我感到轻松极了，长舒一口气。天啊，真正的我，马提亚·帕斯卡尔，终于复活了。我真想向所有人大喊："看吧，我马提亚·帕斯卡尔还活着呢！"从今之后，我不用再担心别人发现我的真实身份，我也不用再生活在谎言和骗局里。只要我回到米拉格诺，这一切都会成真。我要让人们都知道，我还活着！我要重新在我那被埋葬的根芽上继续我的将来。

我想，我一定是疯了，居然妄想继续原来的生活。不过，这种快乐也曾经有过，就是在我从阿伦加前往都灵的路途中。当时我疯狂地大喊着："疯狂！自由！"我还以为，我从今以后就能和过去彻底告别，过上全新的生活。嘿，自由，一个多么美妙的词语。可是结果呢，它让我背负着重担，让我活成了幽灵。现在，我要回去找我的妻子和丈母娘，一旦她们发现我居然"复活"了，会是怎样的反应？好了，我现在又变成了一个活人，那就等着瞧吧，好戏在后面！

想着想着，我突然觉得，两年前我是疯狂到了怎样的程度，才会切断和社会的一切联系。一开始，我在都灵过上了异常轻松的生活（现在我才知道，那个世界就是疯狂的）；后来，我又流连于一个又一个的城市，我孤身一人，与任何人都没有往来，过着孤独沉寂的生活。我当时以为，这就是快乐和自由。后来，我又到了德国，在莱茵河上乘船游览。难道这一切都是我的梦吗？不是，是真的，我真的去过那里。我当时就像一个外乡人一样，往来于我自己的生活。可是刚过不久，我就到了米兰，想从一个可怜的卖火柴的老汉手里买下一条小狗。从那之后，我的不自由就开启了，之后……

我的思绪又跳跃到了罗马。我看见自己鬼鬼祟祟地溜到了那间无人问津的房子。此刻他们应该都已经进入了梦乡吧？也许只有阿德里亚娜还没有睡，她在等我回家。她一定是从别人那里得知，我要和贝纳尔决斗，还冲出去找见证人。我想，她一定吓哭了。

　　我用手捂住自己的脸，感到一阵揪心的痛苦。"唉，我可怜的阿德里亚娜。"我在心里默默对自己说，"我是一个假人，所以我不能陪伴你左右，你就当我已经死了，将曾经的那个吻忘掉吧！唉，可怜的阿德里亚娜，把这一切都忘掉吧！"

　　如果第二天一早，警察来到家里调查我的死因，又会怎样？他们会认为我是出于什么原因而自杀的？是不是因为和贝纳尔的决斗？不过，这个说法站不住脚。我从来都不知道胆怯为何物，又怎么会退缩？他们会认为，阿德里亚诺宁愿死于决斗，也不会自杀。可是，到底是什么造成了我的自杀，因为我没有找到人来见证我的决斗？不可能，这其中或许另有隐情吧！

　　没错，他们一定会这么想。我的自杀非常奇怪，不知道具体原因，以前也没有任何苗头。是的，我前几天确实干了些怪事，比如那件无法说清的丢钱事件，我先说钱丢了，又说钱找到了。"也许那本来就不是他的钱，他应该把这些钱还给别人，就故意说钱被偷走了。之后，他又对自己的所作所为后悔不已，才走上了自杀的道路。这件事谁都说不好。不过有一件事可以肯定，他是一个非常神秘的人，他没有过访客，也没有收到过信。"

　　早知道这样，我除了在纸条上写上姓名、地址和日期，还应该再写一些别的内容，比如我为什么要自杀。可是，我到底能编出一个什么合理的理由呢？

　　"报纸上会对这个神秘的阿德里亚诺·梅伊斯的自杀编造出怎样的故事呢？"我想，"我可以确定一点，那个来自都灵的助理纳税员梅伊斯先生，也就是我所谓的堂兄弟，一定会跳出来把自己知道的一切事情和盘托出。然后，他们就会顺着这条线索追查，接下来会发现什么呢？对了，那些钱都去哪儿了？阿德里亚娜见过那些钱，而帕皮亚诺，他上蹿下跳了这么久，最后冲到我的房间一看，里面的钱都不见了！那么，钱是被人偷走了，还是被阿德里亚诺带着跳进了河里呢？真可惜，帕皮亚诺一定会后悔：当时为什么不把钱全偷走呢？警察一定会把我的衣服和书都拿走，最后它们会归谁呢？哎，至少要为我的小阿德里亚娜留点儿东西吧，好让她留个念想。要不然，让她看着那个空荡荡的房间，一定会非常难过的。"

火车向北疾驰着，而我在火车上根本无法静下心来，辗转难眠。

我觉得，小心方为上策，我要先在比萨躲几天，这样，人们才不会觉得米拉格诺的马提亚·帕斯卡尔的复活和罗马的阿德里亚诺·梅伊斯的自杀之间存在什么联系。对于我的自杀事件，报纸上一定会有连篇累牍的报道，包括早报和晚报。如果没有什么关于阿德里亚诺·梅伊斯的特殊报道，我就先去奥列格利亚，看看我的哥哥罗贝尔托对我的复活做何反应。然后，我再从那里回米拉格诺。但是，我不能让我的哥哥知道我曾经去过罗马，我可以跟他说，在过去的两年里，我一直在各个国家辗转，有过很多遇险的经历。现在，我复活了，我可以随心所欲地撒谎，这会让我内心觉得十分舒畅。

现在，我手里还有五万两千里拉。那些债主在我"死"后，就用"鸡笼"庄园抵偿了债务。我觉得，他们把庄园卖掉之后所得的钱，一定可以让他们满意，不会再来骚扰我。将来，一定不会有人再来找我的麻烦了。虽然五万两千里拉无法让我在米拉格诺过得十分富足，但是衣食无忧还是没问题的。

我在比萨下了火车，然后去做了两件事。首先，去买了一顶帽子，就是马提亚·帕斯卡尔常戴的那种款式。其次，去理发店，剪掉阿德里亚诺·梅伊斯的长发。

"把头发剪短，理成寸头，可以吗？"我对理发师说。

现在，我已经留起了胡子，把头发剪短之后，看起来好看多了。此外，我比之前瘦了一些，斜眼也矫正了。也就是说，我不像马提亚·帕斯卡尔看起来那么奇怪。不过，阿德里亚诺·梅伊斯还是在我身上留下了一丝痕迹。此刻，我跟罗贝尔托看起来并没有很大的区别，这可是我以前没有想过的。

我买了一个旅行袋，想往里面装几件衣服，这样我的装扮就更像了。我知道，我的妻子肯定把我的衣服都扔了，因此我不得不买。于是，我先去了一家成衣铺，买了一套西装，拿着走进了内图诺旅馆。

我还是阿德里亚诺·梅伊斯的时候，就曾经来过比萨，还在伦敦旅馆住过。对于这座城市里的景点，我早已欣赏过，所以现在没有什么能提得起我的兴趣。我感觉自己经过长途跋涉之后，已经疲惫不堪，所以随便吃了点儿东西填了填肚子，就上床睡觉了。

一觉醒来，已经是下午了。醒来之后，我感觉自己被一种绝望和痛苦笼罩着。眼下正是危急时刻，我居然睡了这么久。此刻，帕莱亚里家里一定是一团乱麻。人们的惊奇和好奇，别人的怀疑和推测，没有任何结果的调查，我的衣服和书，还有人们在看到悲剧之后说的风凉话……在这样的时候，我居然在睡觉，而且，我只能通过明天早上的罗马早报才能知道那边到底是什么情况，在此之前，我能做的只有等待。

所以，我现在根本不敢去米拉格诺或者奥列格利亚，只能在比萨苦等。这时候，米拉格诺的马提亚·帕斯卡尔和罗马的阿德里亚诺·梅伊斯都死了。

现在我唯一能做的，就是带着两具已死的躯壳行走在比萨街头。说实话，我倒是觉得这非常有趣。我曾经说过，阿德里亚诺·梅伊斯非常熟悉比萨，所以自告奋勇要给马提亚·帕斯卡尔带路。但是后者心事重重，哪有心思看什么风景呢？因此，他非常讨厌这个戴着蓝色眼镜，身穿长外套戴着礼帽的我。

"对了，说到河，你不是淹死的吗，你忘了？"

这时候我才想起，两年之前，阿德里亚诺·梅伊斯也曾经在这样的街道上走过，当时他十分讨厌马提亚·帕斯卡尔，恨不得把他推进米拉格诺的水渠里淹死。而现在，我处于这两个人之间，十分为难。看，那白色的比萨斜塔正在阳光的照耀下闪闪发光，你可以按照自己的心情偏向某个方向，可是我却不能这样，我无法偏袒任何一方。第二天，阿德里亚诺·梅伊斯和马提亚·帕斯卡尔经过一夜的休息，都恢复了体力，而罗马的报纸也终于出来了。在我翻开报纸的一刹那，我感觉自己的心脏都快蹦出来了，但是我很快就平静了：一切如我所料，对于我的这次自杀，报纸上并没有进行详细报道，只有很小的篇幅，和别的社会新闻没什么区别。

报纸上的内容基本雷同，都说在玛盖里塔大桥上发现了一顶礼帽，一根手杖，还有一张字条；说我是一个来自都灵的怪人，至于我自杀的原因，目前还不得而知。不过，有一家报纸给出了这样的猜测："在梅伊斯先生自杀之前的一天，他曾经去了宗教界的一位很有名气的人士家，并和一位年轻的西班牙画家发生了冲突。" 另一份报纸报道："可能最近手头不太宽裕。"总之，大部分报道都是捕风捉影。

不过，还有一份报纸对帕莱亚里家的情况进行了详细的报道："得知这个消息之后，安塞尔莫·帕莱亚里十分震惊，并感到无比的悲痛。帕莱亚里先生曾经担任教育部一个部门的负责人，如今已经退休。梅伊斯先生在世时，就租住在帕莱亚里先生家里。对于帕莱亚里先生高尚的道德，梅伊斯先生十分推崇。"对于我和西班牙画家的冲突，文章中也有所提及，还暗示读者，我之所以会自杀，是因为"感情方面的某些纠葛"。

最后得出了这样一个结论：我之所以会自杀，是因为帕皮塔·潘托加达。

好吧，也许我会更满意这样的说法，因为这不会让阿德里亚娜受到牵连，对于偷钱事件也只字未提。也许警察还会对这件事情进行深究，不过我目前可以放下心里的包袱，去奥列格利亚了。

我到达罗贝尔托家之后，才听说他现在正在农场的葡萄园里。能够故地重游，我的心里别提有多高兴了，我曾经无数次想象过这个地方，还以为自己再也没有机会回来了。但是，我还是有点儿担心我还没来得及把自己的计划全部完成就被老熟人认出来。他们也会发现，我真的"复活"了。其实，我很快就感觉自己无比兴奋，和以往的自己完全不一样。往事一幕幕浮现在眼前，我的心扑通扑通跳个不停。哎，我感觉这条路好像没有尽头。

我走了一阵子，终于来到了罗贝尔托和他的妻子所在的别墅，直到现在，我才感觉自己是在一个真实的世界里。

我按响了门铃，很快就有人来开门了。

用人打开门，对我说："请进"，然后他让到一边，扶着门问："您找哪位？"

此时，我已经激动得说不出话来了。不过我为了不让他看出我内心的激动，还是用力挤出了一个微笑，断断续续地说：

"我……我是……他的一个老朋友，来自……来自很远的地方。"

用人一定会以为我是一个结巴。他让我先在大厅等候，然后将我的皮箱放在了衣架前面。

现在，我的心里五味杂陈，既有些着急，又有些期待。这个客厅十分明亮，金碧辉煌。罗贝尔托怎么还不来呢？

突然，我听到了推门而入的声音。

进来的是一个四岁左右的小男孩，他一只手里拿着一个小喷壶，另一只手里拿着一个小铲子。他瞪大眼睛看着我，目光里充满了好奇。我的心里突然出现了一丝温柔之情。这是我的侄子，罗贝尔托的大儿子。我弯下腰向他示意，让他来到我身边，可是这让他十分害怕，撒腿跑走了。

这时候，我听到有人推开了另外一扇门，马上又关上了。我站起来，激动地流出了泪水，一时间倒不知道该哭还是该笑了。然后，罗贝尔托就出现在我面前。

"请问你是……"他说。

"罗贝尔托！"我高兴地张开双臂，"是我呀，罗贝尔托，你真的认不出来吗？"

罗贝尔托一听到我的声音，脸色就变得像白纸一样。他用力地揉了揉眼睛，摇摇晃晃地后退了几步，差点儿摔倒在地上。

"这怎么可能呢？"

我往前走了几步，把他扶住，可是他还是非常害怕，不停地后退。

"就是我马提亚啊，我根本就没死，别害怕。不信你摸一摸，真的是我，我还活着呢！"

"马提亚！"可怜的罗贝尔托叫着，他还是不敢相信自己看到的，"天啊，我的弟弟，马提亚，你还活着！"

他用力抱住我，都把我勒疼了。我再也无法控制自己，像个孩子一样大哭起来。

"你快告诉我，这是怎么回事？"罗贝尔托抽噎着问，"快把整件事情都告诉我！"

"罗贝尔托，你看到了吗，我一直在这个世界上，根本没有死。好了，你先把我放开，听我慢慢跟你说。"

不过，罗贝尔托并没有放开我。他紧紧地抓着我的手臂，疑惑地看着我：

"那水渠里的那个人……"

"那不是我，只是他们弄错了而已。当时我已经离开了米拉格诺，看到报纸上说我自杀了。"

"也就是说，那个人不是你。"罗贝尔托平复了一下心情，又问，"那你当时为什么不说出真相呢？"

"我只是想装死，悄悄地离开那里。好了，这些事我以后会慢慢告诉你的，但不是现在。现在，我只能告诉你，我在过去的两年里到处游荡。一开始，我觉得这样的日子非常幸福，但是直到我经历了一些事情，我才知道我的想法大错特错，装死根本不会让我觉得快乐。所以，我才想要回来。"

"我一直都这么说，你是个疯子！"罗贝尔托笑着说，"但是我还是难以理解，你是根本无法理解我现在的感受的。马提亚，我还以为你真的死了，所以现在你又出现在我面前，让我真的不敢相信。快让我看看，你跟之前有了很大的变化。"

"没错，我的斜眼已经被矫正过来了。"我说。

"这样啊，怪不得我刚才没有把你认出来。不过，我还记得你的声音，我越看越觉得像你，对，就是你。快跟我上楼，让我的妻子好好看看你。"

说到这里，罗贝尔托突然不说话了，不高兴地看着我。

"你是不是还要回米拉格诺？"

"是啊，我准备下午就出发。"

"也就是说，你对于发生的事情并不知情？"

他用手捂住脸，大声说："你这个混球，你说你都干了些什么事啊！你的妻子，她……"

"她死了？"我吃惊地问。

"比死了还要坏！她改嫁了！"

我像受了当头一棒，"改嫁了？"

"是的，大概在一年前，改嫁给了帕米诺。"

"哈哈哈，嫁给了帕米诺！"我嘀咕着，然后放声大笑，好像要把内心的痛苦和忧伤全都笑出来。

罗贝尔托吃惊地看着我，他一定是以为我因为承受了太大的打击而疯掉了。

"你还能笑得出来？"他问。

"是的，太棒了，这是我这一生中最高兴的事情。"我说。

"你在胡说八道些什么？"罗贝尔托说，"什么最高兴的事？你要去……"

"是的，我会去。"

"可是，你应该把她要回来啊！"

"什么叫把她要回来？"

罗贝尔托坚定地说："你一定得把她要回来，这样她的第二段婚姻就会作废的。"

听到这番话，我吃惊地跌坐在凳子上。

"你说什么？我的妻子改嫁了，我……这算什么，这法律简直太疯狂了。"

罗贝尔托坚持说："我已经告诉你了。你等一会儿，我的小舅子是一个律师，眼下他刚好在这里。他知道该怎么处理这样的事情，你快点儿跟我来。要不这样吧，你先在这里等着，我的妻子身体不好，我不想让她受到惊吓。等以后有时间，我再慢慢告诉她这个消息。好吧，你就先坐在这里等一会儿吧！"

罗贝尔托一直抓着我的手，直到门边才松开，似乎担心他一松手我就会消失。

现在，客厅里就只剩下我一个人了，我像一只刚刚被放出笼子的狮子，左看看右看看。

"她改嫁给了帕米诺，这也是合情合理的，本来就是他先爱上她的。而她也……反正她现在有钱，也嫁给了帕米诺。我在罗马的时候也……我把她要回来？"

很快，罗贝尔托就带着几个人高兴地回来了。不过，我对他这种大张旗鼓的欢迎并不是很高兴。好在他很快就发现我的心思并不在此，就开始问他的小舅子，我的事情该怎么办。

"是什么法律？"我打断他们，"是不是土耳其法？"

"对，"他笑着对我说，"罗贝尔托说得没错，虽然我没法把那项法律的原文告诉你，但是按照法律的规定，一旦第一个配偶重新出现，那第二段婚姻就要作废。"

"也就是说，"我语带嘲讽地说，"虽然她已经和别的男人同床共枕了一年，我还得把她要回来。"

"恕我冒昧，帕斯卡尔先生，但是责任在您啊！"律师微笑着说。

"为什么责任在我？"我说，"她硬要说淹死的那个人就是我，然后又迅速改嫁他人，你还要说责任在我，还让我把她要回来？"

"是这样。"律师说，"帕斯卡尔先生，您必须在法律规定的时间内纠正您的妻子所犯的错，这是您应该承担的责任。虽然是您的妻子误认了您，但是您并没有纠正她，反而趁机远走高飞。当然，我并不是指责您的做法，在当时的情况下，您这么做也是合情合理的。我只是觉得奇怪，您为什么要回来，还要卷入这么无厘头的事情。如果是我遇到了这种情况，我一定再也不会露面。"

对于这个年轻的律师冰冷的态度和自以为是，我简直生气极了。

"因为你不知道你想要说什么。"我耸了耸肩告诉他。

他说："这是我能想象到的最好的运气。"

"如果你也想尝试一下，就请自便吧！"说完，我就扭过头去看着罗贝尔托，再也不看他一眼。

可是，我的哥哥也开始给我出难题。

"这么长时间你是怎么过的？"

他捻了捻拇指和食指，做了一个钱的姿势。

"你问我是怎么过的？那可就说来话长了，我现在没有时间跟你详谈，我也没有这个耐心。我只能告诉你，我得到了一笔钱，不过现在所剩不多了。我知道，你也不想看到我过苦日子，对吧！"

"也就是说，你还是要回到米拉格诺？我已经告诉你发生了什么。"

"我一定要回去。"我说，"我经历了那么多苦难，你觉得我还会继续装死吗？不，我要告诉所有人，我还在这个世界上活得好好的。我要拿到那张死亡证明，把它撕碎！我要觉得我是一个活人，尽管我要付出把那个女人要回来的代价。对了，那个佩斯卡特尔寡妇尚在人世吗？"

"我也不知道，"罗贝尔托说，"你也知道，自从你的妻子改嫁……但是以我知道的消息，她……"

"这就好，"我说，"没关系，我一定会找她报仇的！我可不再是以前那个愣头青了，不过，我可不会帮助帕米诺这个傻瓜，有什么苦头就让他自己吃个够吧！"

房间里的人都笑起来。这时候用人过来禀告，该吃晚饭了。我一心想着赶紧回去，所以味同嚼蜡，但是吃完饭后我才发现，我吃了不少。我的心里隐藏的那只野兽已经醒了，它已经摩拳擦掌，准备开始一场战斗了。

罗贝尔托极力挽留我，让我住一晚上，第二天他再跟我一起去米拉格诺。他非常想看看，帕米诺一家原本平静无波的生活，会因为我的到来而掀起怎样的波澜。不过，我根本顾不上想那么多。我一分钟都等不了了，坚持当晚就走。

当天晚上8点，我就坐上了火车。八点半的时候，我就到达了米拉格诺。

第十八章　已故的帕斯卡尔

此刻我的心中充满了焦急和愤怒，根本顾不上去想到底会不会有人把我认出来。我唯一做的一件谨慎的事情，就是坐在了一等车厢里。此时已经是夜晚，车上并没有多少人。而且我从罗贝尔托的反应就能推断，有很多人都认为我早在两年前就死了，根本不会有人想到，我就是马提亚·帕斯卡尔。

我把身子探出窗外，希望可以看到一些熟悉的场景，让自己激动的心情平复一下。没想到事与愿违，我越看就越焦急，越愤怒。在朦胧的月光下，我发现眼前的那座山就是"鸡笼"庄园所在的地方。

我小声嘀咕："没错，就是那里，可现在……"

我突然想起，刚才太过匆忙，忘了问罗贝尔托一些问题。如今家里的农场是被卖了还是归了债主？巴提斯塔·马拉格纳的近况如何？斯克拉斯提卡姑妈现在又怎么样？

想到这些，我感觉自己并不是只离开了短短的两年三个月，倒好像是漫长的一个世纪。我经历了很多，米拉格诺也发生了很多事。也许，唯一的一件大事就是罗米尔达改嫁给了帕米诺吧。其实，这件事本来也非常平常，但是现在我回来了，它就不再平常了。

到了米拉格诺车站之后，我要先去哪儿呢？

他们现在把家安在了什么地方？

我想，我原来居住的地方，帕米诺肯定是不屑一顾的。他的父亲非常有钱，还只有他一个儿子，怎么会让他在我那个破烂的地方安身呢？而且，帕米诺生性敏感，我原来的住所保留了我的很多痕迹，他肯定不想住在那里。所以，他现在一定是跟他的父亲一起住在庄园里。我甚至可以想象，佩斯卡特尔现在住在那里，一定是一副贵妇的做派。格洛拉莫·帕米诺向来胆小怕事，自然不敢管她。我敢肯定，他只能处于那个老巫婆的淫威之下。虽然他赚了很多钱，又怎么样呢？他们父子俩，哪一个都不敢把佩斯卡特尔扫地出门。好了，现在就让我来跟她算账吧！

好了，我就直奔帕米诺的庄园好了，就算我在那里找不到他们，也可以打听到他们的住处。

啊，我沉睡的故乡，如果人们明天看到我"复活"了，还不知道会惊讶成什么样子。

那天天气非常晴朗，一轮明月高挂在空中。现在，大家都在忙着享用晚餐，所以街道上几乎连个人影都没有。

我感觉自己激动得快要晕过去了。此时，我觉得自己并没有踩在地上，而是踩在了软绵绵的云彩上，这种感觉我不知道该怎么描述。就好像那是一阵狂风，我的五脏六腑全部被卷入其中。我知道，我必须控制自己，否则街道和房子都会遭受这狂风的摧残。

我走了不远，就来到了帕米诺的住处。没想到，以前总是有门房守着的门口，此刻却空无一人。

我敲响了门。

我等了一会儿，也没有人来开门。突然，我发现门口挂着一根褪了色的丧带，上面落满了灰尘，看起来挂了有几个月了。是谁死了？我知道，不是佩斯卡特尔寡妇，就是老帕米诺，不过我觉得后者的可能性更大。现在，我根本顾不上关心是谁死了，我应该先到"宫殿"里去，把我要找的那两个人找到。现在，我已经没有等待的耐心了。我推开前门，大步跨上楼梯。

我刚爬完楼梯，眼前就出现了一个女门房。

"请问帕米诺骑士在家吗？"我问。

我发现，门房的表情非常奇怪，我就知道了，死的一定是老帕米诺。

"那么帕米诺骑士的儿子小帕米诺先生在家吗？"我又问。

那个女人咕哝了几句，但是我没有听清。一口气上了那么多台阶，着实把我累坏了，现在，我得休息一会儿才行。眼下，我已经站在了帕米诺的门前。

我想："此时他们一家三口肯定正在愉快地享用晚餐，几秒钟之后，我就会敲响这扇门，彻底打乱他们的生活，此刻，他们的命运就掌握在我手里。"

我拽住门铃绳，轻轻地拉了一下，与此同时，我感到自己的心脏都快蹦出来了。房间里寂静无声，我能听到的，只有门铃的回音。

我感觉全身的热血都涌到了头上，耳朵也嗡嗡地响起来，倒好像那门铃是装在我的脑子里的。

几秒钟之后，我加大了拽门铃绳的力度。突然，门里传来了佩斯卡特尔寡妇的声音：

"是谁呀？"

我沉默了一会儿，说不出话来。为了不让我的心脏蹦出来，我把手按在了胸口上，然后，我粗声粗气，一字一顿地回答：

　　"我是马提亚·帕斯卡尔。"

　　"谁？"门内又传来了声音。

　　"我是马提亚·帕斯卡尔。" 这次我的声音更大了。

　　听到我的话，老巫婆吓坏了。我能听到，她着急地走出了客厅，似乎在被鬼追赶。

　　至于此时客厅里正在发生什么，我也很容易就能想到。现在家里只有一个男人，就是帕米诺，她们一定会让他来开门。

　　我又一次拽响了门铃绳。

　　真的是帕米诺来开门，而我就直挺挺地站在他面前。

　　他吓坏了，大步向后退。我一边说话，一边逼近他。

　　"我是马提亚·帕斯卡尔，专门从地狱回来找你们。"

　　帕米诺跌坐在地上动弹不得，他用手撑住身子，大大的眼睛里流露出害怕和不解。

　　"怎么是你，马提亚！"

　　这时候，佩斯卡特尔寡妇手里拿着一盏灯跑了过来，看清楚是我之后，就大声号叫起来。我一脚把门踢上，又接住了从她手里掉下来的灯。

　　我对她说："快闭嘴吧！你们是不是以为我真的是鬼？"

　　"你没死？"她脸上苍白，气喘吁吁地说，还用手不停地撕扯自己的头发。

　　"没错，我没死，"我高兴地说，"当然，我知道你发过誓，说那里淹死的那个人就是我。"

　　"你来自哪里？"她害怕地说。

"你这个老妖婆，我当然是来自水渠里呀！"我愤怒地说，"把你的灯拿住，好好看看我到底是谁！现在认出来了吗！还是说，你依然认为淹死在水渠里的那个男人就是我？"

"那个人不是你吗？"

"我告诉你吧，老巫婆，我现在活得好着呢！还有你，帕米诺，你怎么还坐在地上，罗米尔达呢？"

帕米诺一边从地上爬起来，一遍小声说："她……她在给孩子喂奶呢！"

"哪来的孩子？"我问。

"是我的小女儿！"

"这个杀人犯！"佩斯卡特尔寡妇大声号叫起来。

听到这个消息，我震惊了，一句话都说不出来。

"你们有了女儿？现在……"

"妈妈，你去罗米尔达那里看看行吗？"帕米诺哀求道。

不过，已经晚了。此时，罗米尔达已经听到了吵闹声，出现在门口。她的上衣敞开着，怀里还抱着一个吃奶的婴儿。她衣衫不整，可能是听到声音之后，就匆忙地从床上爬了起来。她一看到我，就开始尖叫：

"马提亚！"

然后她的身子一软，倒在了帕米诺和佩斯卡特尔怀里。在混乱之中，那个婴儿落到了我手里。

他们抱着罗米尔达回了房间，客厅里只剩下我和我怀里的婴儿。

他们走的时候也把灯拿走了，所以现在客厅里一片黑暗。我抱着这个婴儿，她的嘴里还有奶水，正在细声细气地哭着。此刻我有些烦躁，只知道罗米尔达是因为我才发出了那一声尖叫，而且，她是我现在抱着的这个婴儿的妈妈，可是，我不是这个婴儿的爸爸。我的女儿呢？当时她很不喜欢我的女儿，根本就不爱她。所以，他们每个人都不值得可怜！她只顾着自己，飞快地改嫁了，而我……

我怀里的婴儿还在小声地哭泣，我不知道怎么才能让她停下来。

"小家伙，小家伙，你是一朵水仙花！"

我轻轻地拍着她的肩膀，还不住地摇晃她，她才慢慢地平静下来。

这时，客厅另一边传来帕米诺的声音。

"马提亚，把孩子抱到这里来。"

"你小点儿声，万一把她吵醒了怎么办？"

"你把她怎么样了？"

"我把她吃了！我会把她怎么样呢？好不容易才哄她睡着。谢天谢地，可不要再把她弄醒了。罗米尔达呢？"

帕米诺盯着我，目光惊疑不定，如同一只被主人抓住的狗。

"你问罗米尔达做什么？"

"我要跟她谈谈。"我的口气非常生硬。

"你刚才不是看到了？她晕过去了。"

"你胡说八道，看我怎么弄醒她。"

帕米诺一听我的话，就站到我身前拦住了我。

"马提亚，我求你了，我现在很害怕，你怎么会没死呢？这两年你去哪儿了？你先跟我谈谈好吗？"

"不行，这是我们俩之间的事情，用不着你插手，你根本无法代表任何人。"我生气地大吼。

"你为什么要这么说？"

"因为我是她的第一任丈夫，现在我回来了，你们俩的婚姻就作废了。"

"你说什么？作废？那我们的孩子怎么办？"

"孩子？"我冷酷地说，"我刚死两年多，她就急忙改嫁给你，还生了孩子，简直是不知羞耻。小姑娘，别哭了，我带你去找妈妈，是在这个房间吗？"

我刚走到门口，就被佩斯卡特尔寡妇拦住了，她就像一只护雏的老鹰。我把孩子从右手换到左手，然后用空出来的右手使劲儿地推了她一把。

"你少管闲事，你的女婿在那边，你去找他的麻烦好了，我根本就不认识你！"

罗米尔达正在痛哭，我抱着孩子，在她面前弯下了腰。

"罗米尔达，你好好抱着她。你哭什么？是不是看到我还活着，你觉得非常难过？你是不是想让我死？你好好看看眼前的我，到底是死了还是活着？"

她眼含热泪地抬起头，哽咽着说：

"马提亚，怎么会这样呢？你过得怎么样？"

"过得怎么样？"我冷笑着说，"你居然问我过得怎么样？我能看出来，你过得倒是不错，很快就改嫁他人，现在连孩子都生了，居然还能装模作样地问我，'马提亚，你过得怎么样？'"

"唉！"帕米诺用手捂住脸，大喊一声。

"可是你跑到哪里去了？你装死，然后扔下妻子一个人跑了，你……"佩斯卡特尔寡妇还在张牙舞爪。

我用手钳制住她的手腕："老东西，你给我听着，你最好不要插手这件事。如果你敢再叫一声，我就会让你的宝贝女婿和那个外孙女儿……我不怕犯法，我一定会做出让你追悔莫及的事情。你知道法律在这方面有什么规定吗？如果第一配偶活着，那第二段婚姻就会作废，也就是说，我会要回罗米尔达。"

"你说你要回罗米尔达？你疯了吗？"佩斯卡特尔害怕地大喊。

但是帕米诺现在已经没有了锐气。

他恳求道："亲爱的妈妈，看在上帝的分儿上，请你安静好吗？"

听到这话，老巫婆就立即和帕米诺吵了起来，说他胆小懦弱，一点儿用处都没有。

我站在一旁听着，忍不住笑了起来。

"把眼泪擦干！"我笑完之后才命令道，"就让他留下来继续做你的好女婿吧，我不想再继续当你的女婿！唉，可怜的帕米诺，我的老朋友，刚才我说你是傻瓜，你听见了吧？可是你的岳母也说你傻，而且我们的妻子罗米尔达，我敢保证她在心里也这么叫你。她觉得你迟钝又愚蠢，总之就是和这些差不多的词，对不对，罗米尔达？你说实话，是不是这样？好了，你不要再哭了，给你的丈夫们笑一个，怎么样？你笑一下吧，这样对你的孩子也有好处。目前的情况就是，我还活着。曾经有一个酒鬼朋友跟我说：'振作起来。'对，帕米诺，就是这样。难道你真的认为，我会让你的女儿失去母亲吗？我可以拿性命向你担保，我绝对不会做出这样的事。我曾经有一个儿子，罗米尔达，你还记得吗？现在他是马拉格纳的儿子，而你现在有了帕米诺的女儿，这样咱们就谁也不欠谁了。以后，这两个孩子可以结为夫妻。现在，你对那个男孩的厌恶应该没有那么强烈了吧！好了，我们现在谈一点儿有趣的事儿。你和你的母亲是如何认定，我就是淹死在水渠里的那个人的？"

帕米诺愤怒地大声说："就连我也是这么认为的！不光罗米尔

达和她的母亲这么想，所有人都这么想！"

"那只能说你们的眼光太差了！难道我真的跟那个人很像？"

"你们有着同样的身材、头发和胡须，同样都穿着黑色衣服，而且你已经失踪了那么长时间。"

"你是说，我抛妻弃子，对不对？你们都忘了，我其实是被那个老巫婆扫地出门的。不管怎么说，我现在带着一大笔钱回来了。在过去的两年里，我的生活漂泊不定，谢天谢地，但是我在这两年里过得十分舒坦。在这两年里，你们忙着订婚、结婚、度蜜月、过日子、生孩子。死者已经安息，活人还要继续生活，对不对？"

帕米诺吼道："那你现在有什么打算？"

罗米尔达站起来，把婴儿放进了摇篮里。

我提议道："我们到别的房间去吧，你的女儿现在睡着了，我们最好不要吵醒她。"

我们来到餐厅，此时桌子上还摆满了菜肴。帕米诺脸色苍白，哆嗦着坐在了椅子上，他双目无神，冷汗不停地往下流。他就像在做梦一样，反复说着：

"怎么办，他还活着！"

"别担心，我会告诉你怎么办的！"我不耐烦地说。

这时，罗米尔达也平复了心情，加入到我们的谈话中来。在灯光下，我看到她的美丽不减当年，甚至比我跟她初次见面时更美丽了。

我说："让我看看你。帕米诺，你不会介意我看她吧？你也知道，她也是我的妻子，我和你比起来，她更多的是我的妻子。嗨，我可不是故意激怒你。罗米尔达，你看看帕米诺都吓成什么样了！别害怕，我不是鬼，不会吃人的。"

"这一点我无法接受！"帕米诺生气地说。

我对着罗米尔达眨了眨眼，说："他紧张了！好了，老朋友，过来吧。放心，我绝对不会把她要回来的，我已经说过了。不过，如果你不介意……"

我一边说，一边快步走向罗米尔达，用力在她脸上留下了一个吻。

"马提亚！"帕米诺尖叫起来。

我哈哈大笑。

"怎么了，老朋友，你是不是吃醋了？可是我有优先权呀！好了，罗米尔达，把这一切都忘掉吧。我这次来……罗米尔达，请你原谅。帕米诺，如果我把她带走，你倒是应该感谢我。但是，我是一个公平的人，我不会强迫她跟我走，只会偷走她。因为现在我看到，你很爱她，她也……哎，她就像一个美好的梦一样。你还记得我们第一次和她相见是怎样的情形吗？罗米尔达，别哭了，我不是故意要惹你哭的。唉，往日的时光多么美好，只可惜一去不复返。没关系，如今你们有了一个女儿，就让往事随风而逝吧。放心，我保证不会给你造成麻烦。"

"那我们这段婚姻就作废了？"帕米诺哭着问。

我告诉他："你很在意吗？法律是这么规定的，可是我并没有说要诉诸法律呀！而且，如果我不遭遇很大的经济危机，我是不会劳神费力地去取消死亡证明的。我唯一的目的，就是让大家看到我还活着。我不会再假死，因为我遭遇过真正的死亡。而你们俩呢，大家都知道你们在一年多前就已经结婚了，现在你们是夫妻。所以，你们继续好好过日子吧，谁还会关心罗米尔达的第一次婚姻呢？逝者已经逝去。以前罗米尔达是我的妻子，可是她现在嫁给了你，还给你生了一个女儿。最近一段时间，大家一定会对这件事议论纷纷。亲爱的丈母娘，你觉得我说得有道理吗？"

佩斯卡特尔寡妇眉头紧皱，她一时间没有反应过来，只是木然地点了点头。帕米诺却紧张地问：

"你以后就在米拉格诺生活吗？"

"是的，我会不定期到你家里来喝杯咖啡，或者跟你喝酒。"

"不行！"佩斯卡特尔寡妇跳起来说。

罗米尔达低着头，始终不敢跟我对视："他只是在开玩笑！"

我又哈哈大笑。

"罗米尔达，你看到了吗，你妈妈害怕我跟你再续前缘。不如我们就满足她吧，不过我担心帕米诺难以接受。既然不想看到我出现在这个家，不如我们一起去街上，在你的窗口下面，好不好？我保证，一定会让你度过很多美妙的夜晚。"

帕米诺气得跳起来大叫：

"不行，我受不了了！"

然后他又说：

"别忘了，要是你没死，她就不再是我的妻子了。"

"那你们就当我已经死了好了。"我平静地说。

帕米诺着急地说："我怎么能这么认为？"

"那就不要这么认为了，不过你觉得，如果罗米尔达不愿意，我还会破坏你们的生活吗？要知道，决定权在她手里。罗米尔达，你来说一说，我跟他谁更帅？"

"我现在说的是法律！"帕米诺尖叫起来。

罗米尔达不安地看着他。

"好吧，看来决定权在我这里。我要做的是，让我曾经的妻子一直跟你生活在一起。"我说。

"可是，从此以后罗米尔达就不算我的妻子了！"帕米诺嚷嚷道。

"别胡说了，我本来想向你们展开报复，可是我并没有这么做，对吧？我可以向你保证，我把妻子让给你，让你们过平静的生活，再也不来打扰你们，难道你还不满意吗？罗米尔达，收拾好行李，跟我走吧，我们一起去度蜜月。我们本该开心快乐，不应该受到这种事情的烦扰。帕米诺是个书呆子，只知道什么法律，根本不会给你幸福的。我看，他巴不得我淹死在水渠里！"我说。

"不不不，我可没有这么想，"帕米诺生气地说，"好吧，你们一起离开这里吧，到一个远离这里的地方，不要让任何人看到你。别忘了，我还得在这里……"

我站起来，轻轻地拍了拍他的肩膀。我对他说，我已经去过奥列格利亚，见过我的哥哥。也许现在，我没死的消息就已经传开了，最迟也不会超过明天早上。然后我又对他说：

"可是，你让我离开米拉格诺，到一个远离这里的地方。我的老朋友，你不是在跟我开玩笑吧！把心放回肚子里好了，你是一个非常称职的丈夫。如今你和罗米尔达的婚姻是既成事实，所有人都会支持你们，再说了，你们还有一个女儿呢！我保证，我绝对不会来打扰你们，连一口咖啡都不喝你的。现在，你们如此恩爱，你们那建筑在我的死亡上的幸福是这么让人羡慕！你们这些忘恩负义的东西！你们有谁去过我的坟前，为我送上一个花圈，或者献上一束花，没有吧？说实话，你去过没有？"

"你不是也狠狠地戏弄了我们吗？" 帕米诺并不甘心落了下风，他耸着肩说道。

"戏弄你们！哪有这回事？说实话，我的灵魂早就死了。你说，你到底去没去过我的坟前？"

"我，我不敢去。"帕米诺嗫嚅着。

"那你怎么敢抢走我的妻子呢！混账东西！"

帕米诺反驳道："明明是你先从我的手里抢走了她！"

我惊讶地说："我抢走她？你到现在还不明白吗？当年她根本就不爱你。你需要我现在把她当年说你的话复述给你听吗？她说你是蠢蛋、懦夫。罗米尔达，请你来告诉他，他现在居然说是我背叛了他。不过事到如今，这些都不重要了。现在你已经嫁给了他，这些事情就不要再提了。但是你必须承认，我没有任何过错。我明天一早就会去坟地，看看那个可怜的家伙。他独自躺在冷冰冰的墓穴里，没有人送花给他，也没有人为他流泪。我说，墓碑应该有吧？"

帕米诺连忙说："当然，是镇上出的钱，我可怜的爸爸……"

"没错，我知道是他主持了葬礼。如果那个可怜人能够听得到……悼词是什么？"

"那我不清楚，是小云雀写的。"

"小云雀！"我感叹道，"那个诗人！唉，还是不提这个了。我现在只想知道，为什么我刚死不久，你们就迅速结婚了。看在上帝的分上，你不能为我说几句话吗？好了，夜深了，很快天就亮了。天一亮我就离开这里，假装我们是陌生人。好了，我们得充分利用最后的这几个小时，你说……"

罗米尔达耸了耸肩，看了看帕米诺，才挤出一个笑容。她低下头，盯着自己的手说："唉，你想让我说什么呢？我哭过……"

"你配吗？"佩斯卡特尔寡妇突然插了一句话。

"谢谢你，我亲爱的丈母娘。"我说，"哭得很少，对吧？我并不贪心，只要你那美丽的眼睛为我流几滴泪就可以。唉，这双眼睛这么漂亮，却这么容易被蒙骗，是不是挺惭愧的？"

"当时我们的处境非常艰难，"罗米尔达小声说，"多亏了帕米诺。"

"帕米诺，你干得不错，"我说，"马拉格纳那个无赖就袖手旁观吗？"

"他一毛钱都不出！"佩斯卡特尔寡妇说，然后她又指着帕米诺，"他却为我们忙前忙后。"

"应该说，"帕米诺急忙说，"你还记得我可怜的父亲吧？他觉得罗米尔达生活艰难，就想帮助她，然后……"

"然后你们俩就结婚了！"

"他对此很高兴，他希望大家都在一起生活，可是，两个月前……"

帕米诺给我讲述了他父亲过世的事情，以及老人是如何疼爱罗米尔达和小孙女的。他还说，他父亲的死让镇上的人都十分难过。

我对此并没有什么兴趣，于是问起了斯克拉斯提卡姑妈的近况，她和老帕米诺私交不错。对于姑妈糊在她脸上的面粉，佩斯卡特尔耿耿于怀，所以她一听到姑妈的名字就跳了起来。帕米诺说，他上次见到姑妈还是在两年前，但是据他所知，姑妈现在过得不错。

"那这两年你经历了什么？"他突然转移了话题，"你去了哪里？做了什么？"

我简单地说了说自己这两年的遭遇，只不过略去了遇到的人和发生的事情。然后，我们又聊了一些别的话题，天一亮，我就准备走了。我们一晚上都没有睡觉，情绪又十分激动，所以都疲惫不堪。罗米尔达一定要为我煮一杯咖啡，好让我暖和一点儿。我从她手里接过咖啡的时候，跟她对视了一眼，她露出了一抹轻微的笑。

"你还是不喜欢加糖，对吧？"

在这一瞬间，她在我的眼睛里看到了什么？我只看到她迅速转过了头。清晨的微光照射进来，我心里突然涌现出了一股乡愁，我有点儿难过地看了看帕米诺。

手里的咖啡热气腾腾，香气扑鼻。

我端起杯子，喝了一小口。

"我能不能先把行李放在你家，等我决定了要去哪里，我再回来取？"我问帕米诺，"你放心，我很快就会拿走。"

"没问题！"帕米诺急忙说，"你也不用亲自过来，我会派人给你送过去的。"

"里面的东西不多。"我一边说，一边扫了罗米尔达一眼。

"对了，"我对她说，"罗米尔达，我的那些衬衫和袜子之类的，都还在吗？"

"都不在了！"她难过地摊开手，"全被我扔了，你也知道，在那场悲剧之后……"

"谁都无法想到你还会回来。"帕米诺说。

可是我看到的是什么？吝啬的帕米诺的脖子上，系着的不正是我以前的领带吗？

"好吧，那我走了，祝你们好运！"我说。

最后，我又看了看罗米尔达，但她依然不敢看我的眼睛。

我感觉到，在握手作别的时候，她的手在颤抖。

"再见！"

走到街上之后，我又一次失去了方向，虽然这里是生我养我的地方，我却不知道该去哪里。我在这里没有家，也没有目的地。

不过，我还是不停地往前走，每遇到一个人，我就会满怀期待地看着他们。奇怪了，怎么会没有人认出我呢？我还是以前的那个我啊！起码也该有人小声议论，说我长得很像那个死去的马提亚·帕斯卡尔呀！

可是，我想象的一切都没有发生。人们早就把我忘得一干二净，根本没有人认出我。人们对我的出现毫无反应，更别说感到惊讶了。

我曾经设想过，我在马路上刚一露面就会引起轰动，连交通都会瘫痪！可是现实让我大失所望。为此，我沮丧极了，我感觉到一种无法言说的痛苦和气愤。我只消失了一段时间，人们就把我彻底遗忘了。现在，我才知道什么是死亡，没有一个人想起我，怀念我！我多么希望我从来没有活在这个世界上！

我徘徊在米拉格诺街头，却根本没有引起任何人的注意。我生气极了，真想马上冲回帕米诺家，告诉他我刚才跟他的约定不作数了。我为什么要放弃向他讨债？现在这个镇子上根本没有人认识我，实在是太难受了。可是，罗米尔达一定不愿意跟我走，我也不知道该带着她去哪里。我首先应该找到一个住处，才能考虑带她私奔的事。于是，我准备先去镇公所，让他们立刻把我从死亡名单上划掉。可是，我在走向镇公所的路上，又产生了新的念头，于是调头走向博卡蒙扎图书馆。

在这个老地方，我和我的老朋友唐恩·艾利戈·佩乐格里诺图重逢了。一开始，他也没有认出我是谁。不过他后来告诉我，他看到我的第一眼就认出了我，之所以没有马上和我拥抱，是想再确认一下。

唐恩·艾利戈说："我觉得是你，但又觉得不可能，所以我不能贸然去抱一个和你长得像的人，大家会以为我疯了。"

唐恩·艾利戈是第一个真心实意欢迎我归来的人，这让我觉得异常温暖。他硬要带我回到镇上，好消除我心头的坏印象，因为我觉得镇上的人对我太过冷漠了。

一开始，我生气极了。但是，唐恩·艾利戈带着我先后去了布里西格的药店和联合咖啡馆。他骄傲地告诉那里的人，我根本没死。

这个消息如同在平静的水面上投下了一枚炸弹，镇上所有的人像潮水一样涌来，争着问我问题。

"也就是说，在'鸡笼'庄园里发现的那具尸体并不是你，那他是谁呢？"

有很多人问我这个问题，我都记不清到底有多少人。他们争先恐后地问我，好像怀疑自己看到的一切。

"真的是你吗？"

"要不然能是谁呢？"

"你来自哪里？"

"另一个世界。"

"过去的这两年你干什么去了？"

"装死。"

不管他们问什么问题，我都用这几句话回答。反正，他们这种兴奋一直持续了好几天。

唯一倒霉的，就是《小报》的总编辑小云雀，因为他被迫重新对我进行采访。他想打动我，让我把过去这两年发生的事情全都告诉他，所以来的时候还专门带了两年前的那份载有我的讣告的报纸。可是我告诉他，我早就把那份讣告背得滚瓜烂熟，因为在另一个世界里，《小报》的发行量也很大。

"你说的另一个世界是天堂吗？"

"不，是另外一个地方，总有一天你可以亲眼见到。"

最后，他又提到了我的悼词。

"我对此表示非常感谢，有一天我从坟墓里出来的时候看到过。"

我不想在这里赘述他星期天发表的重头报道，反正是刊登在了星期日版上，标题是：

马提亚·帕斯卡尔还活着！

除了我的那些债主，只有几个人不想露面，亲自向我道喜，巴提斯塔·马拉格纳就是其中之一。但是有人告诉我，两年前他听到我自杀的消息的时候，看起来十分悲伤。不管我是死还是复活，他都会悲伤，不过我对于其中的原因是心知肚明的。

最后，在斯克拉斯提卡姑妈的坚持下，我住进了她家里。有点儿奇怪的是，我古怪的经历居然赢得了她的好感。在她的安排下，我住进了我的母亲曾经住过的那个房间。我每天的安排非常简单，不是在房间里待着，就是去图书馆跟唐恩·艾利戈一起待着。

唐恩·艾利戈整理书籍的工作看起来距离完成还差得远。

我用了差不多半年的时间，才在艾利戈的帮助下，把这个奇怪的故事记录下来。他已经读完了我写的整个故事，却守口如瓶，不告诉任何人。对于我的经历，我们进行了长时间的讨论，我跟他说，我不知道把这段经历写下来会有什么结果。

"首先，"他说，"你的经历体现的是法律之外的生活，亲爱的帕斯卡尔，你要知道，如果没有那些特殊的生活，无论是好是坏，我们根本就无法活下去。"

可是我对他说，我对此持有不同的看法。因为我没有恢复到法律的范畴，也没有回归正常生活。我的妻子已经改嫁给了帕米诺，而我自己也说不好自己是谁。

　　在米拉格诺的公墓里，在那个跳进水渠里自杀的可怜虫的坟墓前，还立着墓碑，上面写着：

　　　　　　不幸的

　　　　　　马提亚·帕斯卡尔之墓

　　　　　　曾经担任图书管理员

　　　　　　为人热心谦虚正直

　　　　　　长眠于此

　　　　　　市民捐立

　　我在他的坟头放了一个花圈，隔三岔五还会去看看，就好像是我自己躺在这个坟墓里。经常会有远方的人慕名前来拜访我，在门口遇到我的时候，他们就会问：

　　"你到底是谁呢？"

　　这个时候，我会耸耸肩，眯起眼睛对他们说：

　　"我想，我应该是已故的帕斯卡尔！"

路伊吉·皮兰德娄作品年表

1867年　6 月 28 日在西西里岛阿格里琴托出生。

$\dfrac{1885}{1887}$年　就读于巴勒莫大学。

$\dfrac{1887}{1888}$年　就读于罗马大学。

1888年　进入德国波恩大学语言系。

1889年　第一部诗集《欢乐的痛苦》问世。

1891年　以论文《论凯琴铁的方言》获得博士学位,发表诗集《杰
　　　　亚的复活节》。

1894年　1 月迎娶安东尼埃塔·波尔杜拉,发表短篇小说集《没
　　　　有爱的爱情》。

1895年　写作《莱诺挽歌》。

1896年　翻译歌德组诗《罗马挽歌》。

1901年　发表长篇小说《被抛弃的女人》。

1902年　短篇小说集《对生与死的嘲弄》和《轮流》发表。

1904年　长篇小说《已故的帕斯卡尔》发表。

1908年　短篇小说集《赤裸裸的生活》，文艺论著《幽默主义》《艺术与科学》相继问世。

1910年　首部剧作《虎钳》发表。创作完成剧作《西西里柠檬》。

1913年　长篇小说《老人与青年》发表。

1914年　短篇小说集《两副假面》发表。

1916年　创作小说《开拍》。

1917年　剧作《诚实的快乐》《带铃的帽子》发表。

1918年　剧作《假如你认为你对》《角色的游戏》《并非一件严肃的事情》相继问世。

1919年　创作《游戏规则》，短篇小说集《你在微笑》、剧作《人、兽与美德》发表。

1920年　剧作《万事大吉》《一切都会变得最好》发表。

1921年　《六个寻找剧作家的角色》问世。

1922年　《亨利四世》问世。

1923年　《给裸者穿上衣服》问世。

1924年　《各行其是》《我给你的生命》发表。

1925年　与演员鲁杰罗·鲁杰里、马尔塔·阿芭合作，创建了"戏剧艺术剧团"。

1926年　长篇小说《人，既不是任何人，又是千万个人》发表。

1927年　剧作《美妙的生活》问世。

1929年　被聘为意大利科学院院士。

1930年　剧作《像你希望我的那样》《我们今晚即兴演出》问世。

1932年　剧作《寻找自我》问世。

1933 年　剧作《换儿记》问世。写作《高山巨人》（未完成）。

1934 年　11 月 8 日获诺贝尔文学奖。论文《论乔万尼·维尔加》、
　　　　剧作《不知道如何是好》发表。

1936 年　12 月 10 日在罗马逝世。